玉米

畢飛宇◆著

目錄

江南才子畢飛宇是「得獎專戶」

相較於蘇童，莫言，王安憶等名家，「畢飛宇」對台灣讀者來說，是較陌生的名字，然而作品會說話，隨著《青衣》、《玉米》等在台陸續問世，讀者眼睛將因這位說故事高手而大亮。

一九六四年，畢飛宇出生於江蘇興化，「江蘇多才子」，這位穿著T恤，牛仔褲的江南才子，愛踢球，愛看NBA，留短短的平頭，五官分明的臉看起來酷中帶著帥氣。他在邁入四十之齡的二〇〇三、二〇〇四年成為大陸文壇的「得獎專户」，以〈青衣〉，〈玉米〉接連拿下了中國小說學會獎，馮牧文學獎，莊重文文學獎，第三屆魯迅文學獎。雖然一下子拿了太多文學獎的青壯作家往往容易招致側目與非議，但是只要提起由他編劇的「搖啊搖，搖到外婆橋」，就連台灣人也多半久仰大名。而這只是他在一九九四年聲名乍起的作品。當他在二〇〇一年四月發表〈玉米〉，便引起文學界一陣「玉米熱」，造成廣泛的討論。當〈青衣〉改編成電視劇在大陸播放，從文壇到讀者群，觀眾群，乃至於大眾傳播媒體，畢飛宇成為超人氣的偶像級作家。雖然他不上網，只把電腦拿來打字，卻有人為他設立網站，在網路上熱烈討論他的作品。

有人把他歸類為女性作家，因為在他的作品中，總是第一眼就看到那些活生生的女子。她們的個性如此鮮明獨特，卻又總叫你想起身邊或記憶中的某個女性。畢飛宇筆下的女子是過日子的女子，不管是在父權的壓制下，攥緊每一分握得到手裡的權力，或是在生活的困境中，依附每一絲生存下去的可能，因著她們的性格和命運，不知不覺間就走成了一齣悲劇。也有人把他歸類為鄉土作家，因為他熱中且擅長於描寫鄉村題材。但他自己並不這麼認為：「我不是一個有故鄉感的作家。我對鄉土，更多的是借用來作為一個背景，一個拷問人性的場所。」

畢飛宇幼年生長在江蘇鄉下，一九七九年十五歲返城，一九八三年考入揚州師範學院。畢業後曾經在南京的鄉間任教五年，而後在《雨花》雜誌，《南京日報》任編輯。他在一九八〇年代開始創作，青澀時期碰碰撞撞，他故意寫得很怪，很難懂，「彷彿不是我畢飛宇寫的，是德語，法語讓我給翻譯過來的。」他在摸索中開始書寫女性，書寫熟悉的鄉村人事，書寫權力與社會把人異化的程度，也曾求好心切而用力過猛。直到〈玉米〉，他覺得找到了自己說話的方式。然後，「它們就不斷地獲獎了」。而我們則讚嘆地看到他「字字句句都閃著金光」。

十幾年的創作生涯，畢飛宇創作近百篇中短篇小說，及幾部長篇小說。在大陸集結出版的有《慌亂的指頭》，《祖宗》，《輪子是圓的》，《黑衣裳》，《青衣》以及《玉米》等。長篇小說則有《上海往事》（電影〈搖啊搖，搖到外婆橋〉），《那個夏季那個秋天》及最近發表的《平原》。

——編者

以肉體殉祭

——讀畢飛宇的《玉米》

郝譽翔

對台灣讀者而言，畢飛宇是一個相當陌生的名字，但在中國大陸，他卻是當代炙手可熱的小說家，而且頗有扶搖直上的趨勢。

張藝謀的電影《搖啊搖，搖到外婆橋》以及正在熱播中的大陸電視劇《青衣》，都是改編自畢飛宇的作品。影視傳播大大增長了他的知名度，而獲得魯迅文學獎的肯定，更加奠定了他在文壇上的地位，這使得畢飛宇成為少數可以兼顧市場性與文學性的作家之一。

畢飛宇的小說之所以屢受影視劇的青睞，就在它具有一定的通俗性格，不但非常好讀，情節緊湊，充滿了戲劇的高潮，而且更重要的是，他筆下的人物鮮活又分明。大陸小說向來與台灣最大的區別便是：台灣的小說總喜歡引經據典，挪用理論，而大陸的小說則要樸素許多，著重在人物和故事的鋪排。畢飛宇尤其如此。比起王安憶、蘇童或余華，畢飛宇的小說又更加貼緊人物去寫，完全不操作一絲的概念，而光憑人物的內在力氣去發展。他甚至很少花費筆墨去描寫風景，或者時代，而只是專寫人物，專寫人的活動，人的作為，人的想法，人的愛恨。又由於畢飛宇小說中的人物多是平民老百姓，他們的想法多半是單純的，每天光繞著柴米油鹽生存的基本條件打轉，而缺乏深一層的性靈或哲思。也因此，他的小說特別容易被社會大眾所接受，心有同感，因為它簡直就是現實生活的翻版，瑣碎、平凡，卻又真實到令人怵目驚心。

畢飛宇一如他的好友蘇童，都是南京作家，也都擅長描寫女性。他們兩人的小說面貌之相似，甚至曾被混合在一起，編成了一齣戲劇。讀畢飛宇的《玉米》，常會讓我想到蘇童的《紅粉》，以及也是被張藝謀改編成電影《大紅燈籠高高掛》的《妻妾成群》。在畢飛宇和蘇童的小說中，男性角色多是刻板而平面的，不是高高在上、面無表情的威權家長，要不就是稚嫩單純的青年，缺乏複雜的內心世界，以致於這些男性角色都無甚可觀。而畢飛宇和蘇童寫得最精彩的，卻都是女性角色，寫女人的表裡不一，撒謊嫉妒，勾心鬥角，愛恨慾念，飢渴與匱乏，憐憫與兇殘，無一不寫得淋漓盡致，相形之下，男人的世界遂顯得單調到了極點。

因此讀畢飛宇，往往誤以為他是一個女作家。或有人說，畢飛宇正是南方文學的典型代表。早從詩經、楚辭以來，中國文學便有了顯著的北、南區別，北方的文風是樸素的，直接的，豪放爽朗的，而南方的則偏於陰柔的，綺麗的，多幻想的，纖細而敏感。不管畢飛宇本人同不同意，他的小說竟在有意無意之間又印證了這項南北文學差異的理論。雖然將文學分成南、北的說法，有將創作化約成為地理區隔的危險，不過，這卻很可以說明，畢飛宇的小說確實其來有自，他總是讓我們想起了蘇童、張愛玲、《海上花》、白先勇，甚至是曹雪芹的《紅樓夢》，一樣的風花雪月，一樣的細緻人情。但若要進一步追究，便會發現畢飛宇與蘇童、張愛玲、《海上花》的血緣仍然是靠近了一些，而距離白先勇、曹雪芹卻較遠，何以見得呢？

在曹雪芹和白先勇的小說中，都具有一種強烈的反陽剛、反威權的特質，因此他們是愛美的，天真的，不世故的，他們筆下的女人是水做成的骨肉，不容男性世界將之汙濁。然而畢飛宇的小說卻是世故的，他很清楚知道，這個世界的生殺大權仍是牢牢掌握在男性的手中，而女人畢竟只是配角罷了。《玉米》中的三姊妹玉米、玉秀與玉秧，無異是中國古代妻妾的現代版本，她們閉鎖在狹窄的臥室／後宮中，彼此無情廝殺，只為了在男人的鼻息之下爭奪一點點生存的位置。從張愛玲〈傾城之戀〉中的白流蘇，蘇童《妻妾成群》中的頌蓮，到畢飛宇《玉米》中的玉米，她們和姊妹密友之間最常出現的相互稱呼，竟是咒罵「賤人」。這些恆常處在競爭狀態中，沒有一秒不在算計利弊得失的女人們，有著一張青春美麗的臉龐，卻有著一顆最最蒼老的、世故的、冷酷的心。

當一切生活的資源都被男性壟斷時，女人只能學會早熟，學會了如何去戰鬥，但可悲的是，她們的唯一武器便是自己的肉體。在《玉米》的三姊妹中，唯一努力追求愛情的是玉秀，但她的下場卻也最悲慘，到頭來落得什麼都沒有。而長在八〇年代的玉秧年紀最小，吃的苦也最少，但卻是三姊妹中最為世故老成的一個，早早便知道如何運用自己的身體去交換權力。相對於這些精明老練的女人們，男性則是一群極度僵硬的、壓抑的、貧乏的弱者，表現出來的便是性的飢渴和無能。〈玉秧〉中描寫魏向東跪倒在玉秧面前，嚎啕大哭的一段，徹底暴露出男人的空虛醜態。或許畢飛宇正是要藉此暗示中國大陸當代的悲劇情境——在一個道德規範高度僵化的社會中，人性如何被扭曲成為畸形與變態。

也正是如此，大陸當代的情慾書寫其實和台灣大不相同。台灣的情慾書寫自九〇年代以後蓬勃發展，宛如一場慾望狂歡嘉年華會，解構再解構，一切體系於此紛然潰散。朱天文《荒人手記》打造陰性的美學國度，舞鶴《鬼兒與阿妖》光怪陸離，摧毀道德莫此為甚，而李昂《北港香爐人人插》則從情慾角度改寫台灣民主政治運動史。但反觀大陸的情慾書寫，卻是籠罩在一套堅固的男權體制之下，而這體制絲毫沒有動搖。新社會與舊社會並無區別，因為女人仍然是被男性置於掌中賞玩，雙腳纏裹，獻媚做作罷了，她們只能燃燒自身的肉體，以此殉祭，或者更殘酷的是：以此來擊倒另外一個女性。於是《玉米》中的情慾，宛如一場生存與死亡的戰鬥，無關肉體的歡愉或是解放。而男人，則從頭到尾始終是一副事不干己的模樣，冷眼旁觀。

畢飛宇曾經說，《玉米》的第三部分〈玉秧〉背景設在八〇年代，是因為文革雖然已經過去了，但文革的方法論就是尋找敵人，而不可兼容的人際，正依舊是中國人在一九八二年的基本生存法則。此話誠然。人與人之間的相互監視，控制，傾軋，以致慾望無法獲得正常的抒解，所導致的種種猥褻與變態，是否仍然殘存至今天呢？這恐怕是畢飛宇小說最值得我們深思的地方。

本文作者郝譽翔女士，國立台灣大學中國文學博士，現任國立東華大學中國文學系助理教授。著有短篇小說集《洗》、《逆旅》，散文集《衣櫃裡的祕密旅行》、《情慾世紀末》，論著《目連戲中庶民文化之研究》。曾獲時報文學獎、聯合文學小說新人獎、台北文學獎、中央日報文學獎等獎項。

第一部　玉米

玉米並沒有持家的權力，
但是，權力就這樣，
你只要把它握在手上，捏出汗來，
權力會長出五根手指，
一用勁就是一隻拳頭。

出了月子，施桂芳把小八子丟給了大女兒玉米，除了餵奶，施桂芳不帶孩子。按理說施桂芳應該把小八子銜在嘴裡，整天肉肝心膽的才是。施桂芳沒有。做完了月子施桂芳胖了，人也懶了，看上去鬆鬆垮垮的。這種鬆鬆垮垮裡頭有一股子自足，但更多的還是大功告成之後的懈怠。施桂芳喜歡站在家門口，倚住門框，十分安心地嗑著葵花子。施桂芳一隻手托著瓜子，一隻手挑挑揀揀的，然後捏住，三個指頭肉乎乎地翹在那兒，慢慢等候在下巴底下，樣子出奇地懶了。施桂芳的懶主要體現在她的站立姿勢上，施桂芳只用一隻腳站，另一隻卻要墊到門檻上去，時間久了再把它們換過來。人們不太在意施桂芳的懶，但人一懶看起來就傲慢。人們看不慣的其實正是施桂芳的那股子傲氣，她憑什麼嗑葵花子也要嗑得那樣目中無人？施桂芳過去可不這樣。村子裡的人都說，桂芳好，一點官太太的架子都沒有。施桂芳和人說話的時候總是笑著的，如果正在吃飯，笑起來不方便，那她一定先用眼睛笑。現在看起來，過去的十幾年施桂芳全是裝的，一連生了七個丫頭，自己也不好意思了，所以斂著，客客氣氣的。現在好了，生下了小八子，施桂芳自然有了底氣，身上就有了氣焰。雖說還是客客氣氣的，但是客氣和客氣不一樣，施桂芳現在的客氣是支部書記式的平易近人。她的男人是村支書，她又不是，她憑什麼懶懶散散地平易近人？二嬸子的家在巷子的那頭，她時常提著丫杈，站在陽光底下翻草。二嬸子遠遠地打量著施桂芳，動不動就是一陣冷笑，心裡說，大腿叉了八回才叉出個兒子，還有臉面做出女支書的模樣來呢。

施桂芳二十年前從施家橋嫁到王家莊，一共為王連方生下了七個丫頭。這裡頭還不包括掉掉的那三胎。施桂芳有時候說，說不定掉走的那三胎都是男的，懷胎的反應不大同，連舌頭上的淡寡也不一樣。施桂芳每次說這句話都要帶上虛設往事般的僥倖心情，就好像只要保住其中的一個，她就能一勞永逸了。有一次到鎮上，施桂芳特地去了一趟醫院，鎮上的醫生倒是同意她的說法，那位戴著眼鏡的醫生把話說得很科學，一般人是聽不出來的，好在施桂芳是個聰明的女人，聽出意思來了。簡單地說，男胎的確要嬌氣一些，不容易掛得住，就是掛住了，多少也要見點紅。施桂芳聽完醫生的話，嘆了一口氣，心裡想，男孩子的金貴打肚子裡頭就這樣了。醫生的話讓施桂芳多少有些釋懷，她生不出男孩也不完全是命，醫生都說了這個意思了，科學還是要相信一些的。但是施桂芳更多的還是絕望，她望著碼頭上那位流著鼻涕的小男孩，愣了好大一會兒，十分悵然地轉過了身去。

王連方卻不信邪。支部書記王連方在縣裡學過辯證法，知道內因和外因、雞蛋和石頭的關係。關於生男生女，王連方有著極其隱祕的認識。女人只是外因，只是泥地、溫度和鳴情，關鍵是男人的種子。好種子才是男孩，種子差了則是丫頭。王連方望著他的七個女兒，嘴上不說，骨子裡頭卻是傷了自尊。

男人的自尊一旦受到挫敗，反而會特別地偏執。王連方開始和自己犟。他下定了決心，決定排除萬難去爭取勝利。兒子一定要生，今年不行明年，明年不行後年，後年不行大後年。王連方既不渴望速勝，也不擔心絕種。他預備了這場持久戰。說到底，男人給女人下種也不算特別吃苦的事。相反，施桂芳倒有些恐懼了。剛剛嫁過來的那幾年，施桂芳對待房事是半推半就的，這還是沒過門的時候她的嫂子告訴她的。嫂子把她嘴裡的熱氣一直哈到施桂芳的耳垂上，告誡桂芳一定要夾著一些、捂著一些，要不然男人會看輕了妳、看賤了妳。嫂子用那種通曉世故的神祕語氣說：要記住，桂芳，難啃的骨頭才是最香的。嫂子的智慧實際上沒有能夠派上用場。連著生了幾個丫頭，事態反過來了，施桂芳不再是半推半就，甚至不是半就半推，確實是怕了。她只能夾著、捂著。夾來捂去地，把王連方的火氣都弄出來了。那一天晚上王連方給了她兩個嘴巴，正面一個，反面一個。「不肯？兒子到現在都沒叉出來，還一頓兩碗飯的！」王連方的聲音那麼大，站在窗戶的外面也一定能聽得見。施桂芳「在床上不肯」，這話傳出去就要了命了。光會生丫頭，還「不肯」，絕對是醜女多作怪。施桂芳不怕王連方打，就是怕王連方吼。他一吼，施桂芳便軟了，夾也夾不緊，捂也捂不嚴。王連方像一個笨拙的赤腳醫生，板著臉，拉下施桂芳的褲子就插針頭，插進針頭就注射種子。施桂芳怕的正是這些種子，一顆一顆地數起來，哪一顆不是丫頭？

老天終於在一九七一年開眼了。陰曆年剛過，施桂芳生下了小八子。這個陰曆年不同尋常，有要求的，老百姓們必須把它過成一個「革命化」的春節。村子裡嚴禁放鞭炮、嚴禁打撲克。這些嚴禁令都是王連方在高音喇叭裡向全村老少宣布的。什麼叫革命化的春節，王連方自己也吃不準。吃不準不要緊，關鍵是做領導的要敢說。新政策就是做領導的脫口而出。王連方站在自家的堂屋裡，一手握著麥克風，一手玩弄著擴音器的開關。開關小小的，像一個又硬又亮的感嘆號。王連方對著麥克風厲聲說：「我們的春節要過得團結、緊張、嚴肅、活潑。」說完這句話，王連方就把亮鋥鋥的感嘆號撳了下去。王連方自己都聽出來了，他的話如同感嘆號一般，緊張了、嚴肅了，冬天的野風平添了一股浩蕩之氣、嚴厲之氣。

初二的下午，王連方正在村子裡檢查春節，他披著舊大衣，手上夾了半截子飛馬牌香菸。天氣相當陰冷，巷子裡蕭索得很，是那種喜慶的日子少有的冷清，只有零星的老人和孩子。男將們不容易看得到，他們一定躲到什麼地方賭自己的手氣去了。王連方走到王有慶的家門口，站住了，咳了幾聲，吐出一口痰。王有慶家的窗戶慢慢拉開一道縫隙，露出了王有慶老婆的紅棉襖。有慶家的面對著巷口，越過天井敞著的大門衝王連方打了一個手勢。屋子裡的光線太暗，她的手勢又快，王連方沒看清楚，只能把腦袋側過去，認真地調查研究。這時候高音喇叭突然響了，傳出了王連方母親的聲音，王連方的老母親掉了牙，主要是過於急促，嗓音裡夾雜了極其含混的氣聲，呼嚕呼嚕的。高音喇叭喊道：「連方啊連方啊，養兒子了哇！家來呀！」王連方歪著腦袋，聽到第二遍的時候聽明白了。回過頭去再看窗前的紅棉襖，有慶家的已經垂下了雙肩，臉卻靠到了窗欞口，面無表情地望著王連方，看上去有些怨。這是一張好看的臉，紅色的立領裹著脖子，對稱地豎在下巴底下，像兩隻巴掌托著，格外地媚氣了。高音喇叭裡雜七雜八的，聽得出王連方的堂屋裡擠的都是人。後來唱機上放了一張唱片，滿村子都響起了《大海航行靠舵手》，村裡的空氣雄赳赳的，昂揚著，還一挺一挺的。有慶家的說：「回去吧你，等你呢。」王連方用肩頭簸了簸身上的軍大衣，兀自笑起來，心裡說：「媽個巴子的。」

玉米在門口忙進忙出。她的袖口挽得很高，兩條胳膊已經凍得青紫了。但是玉米的臉頰紅得厲害，有些明亮，發出難以掩飾的光。這樣的臉色表明了內心的振奮，卻因為用力收住了，又有些說不出來路的害羞，繃在臉上，所以格外地光滑。玉米在忙碌的過程中一直咬著下嘴脣，就好像生下小八子的不是母親，而是玉米她自己。母親終於生兒子了，玉米實實在在地替母親鬆了一口氣，這分喜悅是那樣地深入人心，到了貼心貼肺的程度。玉米是母親的長女，而從實際情況來看，不知不覺已經是母親的半個姐妹了。事實上，母親生六丫頭玉苗的時候，玉米就給接生婆做下手了，外人終究是有諸多不便的。到了小八子，玉米已經是第三次目睹母親分娩了。玉米借助於母親，親眼目睹了女人的全部隱祕。對於一個長女來說，這實在是一分額外的獎勵。二丫頭玉穗只比玉米小一歲，三丫頭玉秀只比玉米小兩歲半，然而，說起通曉世事，說起內心的深邃程度，玉穗、玉秀比玉米都差了一塊。長幼不只是生命的次序，有時候還是生命的深度和寬度。說到底，成長是需要機遇的，成長的進度只靠光陰有時候反而難以彌補。

玉米站在天井往陰溝裡倒血水，父親王連方走進來了。今天是一個大喜的日子，王連方以為玉米會和他說話的，至少會看他一眼。玉米還是沒有。玉米沒穿棉襖，只穿了一件薄薄的白線衫，小了一些，胸脯鼓鼓的，到了小腰那兒又有力地收了回去，腰身全出來了。王連方望著玉米的腰身和青紫的胳膊，意外地發現玉米已經長大了。玉米平時和父親不說話，一句話都不說。個中的原委王連方猜得出，可能還是王連方和女人的那些事。王連方睡女人是多了一些，但是施桂芳並沒有說過什麼，和那些女人一樣有說有笑的，有幾個女人還和過去一樣喊施桂芳嫂子呢。玉米不同。她嘴上也不說什麼，背地裡卻有了出手。這還是那些女人在枕頭邊上告訴王連方的。好幾年前了，第一個和王連方說起這件事的是張富廣的老婆，還是個新媳婦。富廣家的說：「往後我們還是輕手輕腳的吧，玉米全知道了。」王連方說：「她知道個屁，才多大。」富廣家的說：「她知道，我知道的。」富廣家的沒有嚼蛆，前兩天她和幾個女的坐在槐樹底下納鞋底，玉米過來了。玉米一過來，富廣家的臉突然紅了。富廣家的瞥了玉米一眼，目光躲開了。再看玉米的時候，玉米還是看著她，一直看著她。就那麼盯著，從頭到腳，又從腳到頭，旁若無人，鎮定得很。那一年玉米才十四歲。王連方不相信，但是沒過幾個月，王大仁的老婆嚇了王連方一大跳。那一天王連方剛剛上了王大仁老婆的身，大仁家的用兩隻胳膊把臉遮住了，身子不要命地往上拱，說：「支書，你用勁，快弄完。」王連方還沒有進入狀態，稀裡糊塗的，草草敗了。大仁家的低著頭，極慌張地擦換，什麼也不說。王連方叉住她的下巴，再問，大仁家的跪著說：「玉米馬上來踢毽子了。」王連方眨巴著眼睛，這一回相信了。但是一回到家，玉米一臉無知，王連方反而不知道從哪兒說起了。玉米從那個時候開始，不再和父親說話了。王連方想，不說話也好，總不能多了一個蚊子就不睡覺。然而今天，在王連方喜得貴子的時刻，玉米不動聲色地顯示了她的存在與意義。這一顯示便是一個標誌，玉米大了。

王連方的老母垂著兩條胳膊，還在抖動她的下嘴脣。她上了歲數，下嘴脣耷拉在那兒，現在光會抖。喜從天降對年老的女人來說是一種折磨，她們的表情往往很僵，很難將心裡的內容準確即時地反映到臉上。王連方的老爹則沉穩得多，他選擇了一種平心靜氣的方式，慢慢地吸著菸鍋。這位當年的治保主任到底見過一些世面，反而知道在喜上心頭的時刻不怒自威。

「回來啦？」老爹說。

「回來了。」王連方說。

「起個名吧。」

王連方在回家的路上打過腹稿，隨即說：「是我們家的小八子，就叫王八路吧。」

老爹說：「八路可以，王八不行。」

王連方忙說：「那就叫王紅兵。」

老爹沒有再說什麼。這是老家長的風格。老家長們習慣於用沉默來表示讚許。

接生婆又在產房裡高聲喊玉米的名字了。玉米丟下水盆，小跑著進了西廂房。王連方看著玉米的背影，她在小跑的過程中已經知道將兩邊的胳肢窩夾緊了，而辮子在她的後背卻格外地生動。這麼多年來，王連方光顧了四處蒔弄、四處播種，再也沒有留意過玉米，玉米其實也到了談婚論嫁的歲數了。玉米的事其實是拖下來的，王連方是支書，到底不是一般的人家，不大有人敢攀這樣的高枝。就是媒婆們，見到玉米通常也是繞了過去。皇帝的女兒不愁嫁，哪一個精明的媒婆能忘得了這句話。玉米這樣的家境、這樣的模樣，兩條胳膊隨便一張就是兩隻鳳凰的翅膀。

農民的冬天並不清閒。用了一年的水車、槽桶、農船、丫杈、鐵鍬、釘耙、連枷、板鍬，都要關照了。該修的要修，該補的要補，該淬火的要淬火，該上桐油的要上桐油。這些都是事，沒有一件落得下來。最吃力氣、最要緊的當然還是興修水利。毛澤東主席都說了，水利是農業的命脈。主席做過農民，他老人家要是不到北京去，一定還是個好把式。主席說得對，水、肥、土、種、密、保、工、管，「八字方針」水為先。興修水利大多選擇在冬天，如果攤上一個大工程，農民們恐怕比農忙的時候還要勞累一些。冬天裡還有一件事是不能忘記的，那就是過年。為了給過去的一年做一道總結，也為了給下一個來年討一個吉祥，再懶散、再勞苦的人家也要把年過得像個樣子。家家戶戶用力地洗、刷，炒花生、炒豆、炒蠶瓜子、爆米花、撣塵、泥牆、划糕、蒸饅頭，直到把日子弄得香氣繚繞的，還霧氣騰騰的。趕上過年了，當然又少不了一大堆的人情債、世故帳，都要應酬好。所以，到了冬天，主要是臘月和正月，農活是沒有了，人反而更忙了。「正月裡過年，二月裡賭錢，三月裡種田」，這句話說得很明白了。農民們真正清閒的日子其實也只是陰曆的二月，利用這段清閒的日子走一走親戚、賭一賭自己的手氣。到了陰曆的三月，一過了清明，也就是陽曆的四月五號，農民們又要向土地討生活了。別的事再重要、再複雜，但農民的日子終究在泥底下，開了春氣得把它翻過來，這樣才過得下去。城裡人喜歡傷嘆「春日苦短」，那意思要文化得多，心情修飾的成分也多得多。農民們說這句話可是實打實的，說的就是這二、三十天。春天裡，這二、三十天的好時光實在是太短暫了，連傷嘆的工夫都沒有。

整個二月，玉米幾乎沒有出門，她在替她的母親照料小八子。沒有誰逼迫玉米，帶小八子完全出於玉米的自願。玉米是一個十分訥言的姑娘，心卻細得很，主要體現在顧家這一點上，最主要的一點又表現在好強上。玉米任勞，卻不任怨，她絕對不能答應誰家比自家過得強。可是家裡沒有香火，到底是他們家的話把子。玉米是一個姑娘家，不好在這件事情上多說什麼，但在心裡頭還是替母親擔憂著、牽掛著。現在好了，他們家也有小八子了，當然就不會留下什麼缺陷和把柄了。玉米主動把小八子攬了過來，替母親把勞累全包了，不聲不響的，一舉一動都顯得專心致志。玉米在帶孩子方面有些天賦，一上來就無師自通，沒過幾天，已經把小八子抱得很像那麼一回事了。她把小八子的禿腦袋放在自己的胳膊彎裡，一邊抖動，一邊哼唧。開始還有些害羞，一些動作一下子做不出來，但害羞是多種多樣的，有時候令人懊惱，有時候卻又不了，反而叫人特別地自豪。玉米抱著小八子，專門往婦女們中間鑽，而說話的對象大多是一些年輕的母親。玉米和她們探討、交流一些心得，諸如孩子打奶嗝之後的注意事項、嬰兒大便的顏色、什麼樣的神態代表了什麼樣的需求，就這些，很瑣碎、很細枝末節，卻又十分地重大，相當地愉悅人心。抱得久了，玉米抱孩子的姿勢和說話的語氣再也不像一個大姐了。她抱得那樣妥貼，又穩，又讓人放心，還那麼忘我，表現出一種切膚的、扯拽著心窩子的情態。一句話，玉米通身洋溢的都是一個小母親的氣質。而「我們」小八子似乎也把大姐搞錯了，只要喝足了，並不貪戀施桂芳。他漆黑的眼珠子總是對著玉米，毫無意義，卻又全神貫注，盯著她。玉米和「我們」小八子對視著，時間久了，平白無故地陷入了恍惚，憧憬起自己的終身大事。玉米習慣於利用這樣的間隙走走神，黑燈瞎火地謀劃一下自己的將來。這是身不由己的。玉米至今沒有婆家，村子裡倒是有幾個不錯的小伙子，玉米當然不可能看上他們。但是他們和別的姑娘有說有笑，玉米一攙和進來，他們便侷促了，眼珠子像受了驚嚇的魚，在眼眶子裡頭四處逃竄。這樣的情形讓玉米多少有些寥落。老人說，門檻高有門檻高的好，門檻高也有門檻高的壞，玉米相信的。村子裡和玉米差不多大的姑娘已經「說出去」好幾個了，她們時常背著人，拿著鞋樣子為未來的男人剪鞋底。玉米看在眼裡，並不笑話她們，習慣性地偷看幾眼鞋底，依照鞋底的長寬估算一下小伙子的高矮程度。這樣的心思在玉米的這一頭實在有點情不自禁。好在她們在玉米的面前並不驕傲，反而當了玉米的面自卑了。她們說：「我們也就這樣了，還不知道玉米會找怎樣好的人家呢。」玉米聽了這樣的話當然高興，私下裡相信自己的前程更要好些。但終究沒有落到實處，那分高興就難免虛空，有點像水底下的竹籃子，一旦提出水面都是洞洞眼眼的了。這樣的時候，玉米的心中不免多了幾縷傷懷，繞過來繞過去的。好在玉米並不著急，也就是想想。瞎心思總歸是有酸有甜的。

不過，母親越來越懶了。施桂芳生孩子一定是生傷了，心氣全趴下了。她把小八子交給玉米也就算了，再怎麼說也不該把一個家都交給玉米。女人活著為了什麼？還不就是持家。一個女人如果連持家的權力都不要了，絕對是一隻臭雞蛋，徹底地散了黃了。玉米倒沒有抱怨母親，相反，很願意。做姑娘的時候早早學會了帶孩子、持家，將來有了對象，過了門、圓了房，清早一起床就是一個利索的新媳婦、好媳婦，再也不要低了頭，從眼眶的角落偷偷地打量婆婆的臉色了。玉米願意這樣還有另外一層意思，玉穗、玉秀、玉英、玉葉、玉苗、玉秧，平時雖說喊她姐，究竟不服她。老二玉穗有些憨，不說她。關鍵是老三玉秀。玉秀仗著自己聰明，又會籠絡人心，不管是在家裡還是在村子上，勢力已經有一些了。還有一點相當要緊，玉秀有兩隻雙眼皮的大眼睛，皮膚也好，人漂亮，還狐狸精，屁大的委屈都要歪在父親的胸前發嗲，玉米是做不出來的，所以父親偏著她。但是現在不同，玉米帶著小八子，還持起了家，不管管她們絕對不行了。

母親不撒手則罷，母親既然已經撒了手了，玉米是老大，年紀最大，放到哪裡說都是這樣。

玉米的第一次掌權是在中午的飯桌上。玉米並沒有持家的權力，但是，權力就這樣，你只要把它握在手上，捏出汗來，權力會長出五根手指，一用勁就是一隻拳頭。父親到公社開會了，玉米選擇這樣的時機應當說很有眼光了。玉米在上午把母親的葵花子炒好了，吃飯之前也提好了洗碗水。玉米不聲不響的，心裡頭卻有了十分周密的謀劃。家裡人多，過去每一次吃飯，母親都要不停地催促，要不然太拖拉，難收拾，也難免雞飛狗跳。玉米決定效仿母親，一切從飯桌上開始。中飯到了臨了，玉米側過臉去對母親說：「媽，妳快點，葵花子我給妳炒好了，放在碗櫃裡。」玉米交代完了，用筷子敲著手上的碗邊，大聲說：「妳們都快點，我要洗碗的，各人都快一點。」母親過去也是這樣，一邊敲打碗邊，一邊大聲說話的。玉米的話產生了效應，飯桌上扒飯的動作果真緊密了。玉秀沒有呼應，咀嚼的樣子反而慢了，驕傲得很、漂亮得很。玉米把七丫頭玉秧抱過來，接過玉秧的碗筷，餵她。餵了兩口，玉米說：「玉秀，妳是不是想洗碗？」玉米說這話的時候並沒有抬頭，話說得也相當平靜，但是有威脅的力量。玉秀停止了咀嚼，突然擱下飯碗，說：「等爸爸回來！」玉米並沒有慌張。她把玉秧的飯餵好了，開始收拾。玉米端起玉秀的飯碗，把玉秀剩下的飯菜倒進了狗食盆。玉秀退到西廂房的房門口，無聲地望著玉米。玉秀依舊很驕傲，不過，幾個妹妹都看得出，玉秀姐臉上的驕傲不對稱了，絕對不如剛才好看。

玉秀在晚飯的飯桌上並沒有和玉米抗爭，只是不和玉米說話。好在玉米從她喝粥的速度上已經估摸出玉秀的基本態度了。玉秀自然是不甘心，開始了節外生枝。她用筷子惹事，很快和四丫頭玉英的筷子打了起來。玉米沒有過問，心裡卻有了底了，一個人如果開始了節外生枝，大方向首先就不對頭，說明她已經不行了、洩氣了，喊喊冤罷了。玉英的年歲雖然小，並不示弱，一把把玉秀的筷子打在了地上。玉米放下手裡的碗筷，替玉秀撿起筷子，放在自己的碗裡，用粥攪和乾淨，遞到玉秀的手上，小聲告誡的卻是玉英：「玉英，不許和三姐鬧。」玉米當著所有妹妹的面把玉秀叫做「三姐」，口氣相當地珍重，很上規矩。玉秀得到了安撫，臉上又漂亮了。這一來委屈的自然是玉英。玉米知道玉英委屈，但是怪不得別人，在兩強相爭尋找平衡的階段，委屈必然要落到另一些人的頭上。

玉秀第一個吃完了。玉米用餘光全看在眼裡。狐狸精的氣焰這一回澈底下去了。不要看狐狸精猖獗，狐狸精有狐狸精的弱點。狐狸精一是懶，二是喜歡欺負比她弱的人，這兩點妳都順了她，她反而格外地聽話了。所有的狐狸精全一個樣。玉米要的其實只是聽話。聽了一次，就有兩次；有了兩次，就有三次。三次以後，她也就習慣了、自然了。所以，第一次聽話是最最要緊的。權力就是在別人聽話的時候產生的，又透過要求別人聽話而顯示出來。放倒了玉秀，玉米意識到自己開始持家了，洗碗的時候就有一點喜上心頭，當然，絕不會喜上眉梢的。心裡的事發展到了臉上，那就不好了。

陰曆的二月，也就是陽曆的三月，玉米瘦去了一圈。她抱著王紅兵四處轉悠了。王紅兵也就是小八子，但是，當著外人，玉米從來不說「小八子」，只說「王紅兵」。村子裡的男孩一般都不用大號，大號是學名，只有到了課堂上才會被老師們使用。玉米把沒有牙齒的小弟弟說得有名有姓的，這一來特別地慎重、正規，和別人家的孩子區分開來了，有了不可相提並論的意思。玉米抱著王紅兵的時候，說話的腔調和臉上的神色，已經是一個老到的母親了。其實也不是什麼無師自通，都是她在巷口、地頭、打穀場上從小嫂子們身上學來的。玉米是一個有心的人，不論什麼事都是心裡頭先會了，然後才落實到手上。但是，玉米畢竟還是姑娘家，她的身上並沒有小嫂子們的拉呱、邋遢，抱孩子抱得格外地好看。所以玉米的腔調和神色就不再是模仿而來的，有了玉米的特點，成了玉米的發明與創造。玉米帶孩子的模樣給了婦女們極為深刻的印象。她們看到的反而不是玉米抱孩子抱得如何好看，說來說去，還是玉米這丫頭懂事早、人好。不過，村子裡的女人們馬上看出了新苗頭，玉米抱著王紅兵四處轉悠，不全是為了帶孩子，還有另外一層更要緊的意思。玉米和人說著話，毫不經意地把王紅兵抱到有些人的家門口，那些人家的女人肯定是和王連方上過床的。玉米站在他們家的門口，站住了，不走，一站就是好半天。其實是在替她的母親爭回臉上的光。富廣家的顯然還沒有明白玉米的深刻用意，冒失了，她居然伸出胳膊想把王紅兵從玉米的懷裡接過去，嘴裡還自稱「姨娘」，說：「姨娘抱抱嘛，肯不肯嘛？」玉米一樣和別人說話，不看她，像是沒有這個人，手裡頭抱得更緊了。富廣家的拽了兩下，有數了，玉米這丫頭不會鬆手的。但是當著這麼多的人，又是在自家的門口，富廣家的臉上非常下不來。富廣家的只好拿起王紅兵的一隻手，放到嘴邊上，做出很香的樣子、很好吃的樣子。玉米把王紅兵的手搶回來，把他的小指頭含在嘴裡，一根一根地吮乾淨，轉臉吐在富廣家的家門口，回過頭去呵斥王紅兵：「髒不髒！」王紅兵笑得一嘴的牙床。富廣家的臉卻嚇白了，又不能說什麼。周圍的人一肚子的數，當然也不好說什麼了。玉米一家一家地站，其實是一家一家地揭發、一家一家地通告了，誰也別想漏網。那些和王連方睡過的女人，一看見玉米的背影就禁不住地心驚肉跳，這樣的此地無聲比用了高音喇叭還要驚心動魄。玉米不說一句話，卻一點一點揭開了她們的臉面，活活地丟她的人、現她的眼。這在清白的女人這一邊特別地大快人心，還特別地大長志氣。她們看在眼裡，格外地嫉妒施桂芳，這丫頭是讓施桂芳生著了！她們回到家裡，更加嚴厲地訓斥自己的孩子。她們告誡那些「不中用的東西」：「你看看人家玉米！」「你看看人家玉米」，這裡頭既有「不怕不識貨，就怕貨比貨」的意思，更有一種樹立人生典範的嚴肅性、迫切性。村子裡的女人比以往的任何時候都更喜歡玉米了，她們在收工或上碼頭的路上時常圍在玉米的身邊，和玉米一起逗弄王紅兵，逗弄完了，總要這樣說：「不知道哪個婆婆有福氣，能討上玉米這樣的丫頭做兒媳。」婦女們羡慕著一個虛無的女人，拐了一個彎子，最終還是把馬屁結結實實地拍在玉米的身上。這樣的話玉米當然不好隨便接過來，並不說什麼，而是偷偷看一眼天上，鼻尖都發亮了。

人家玉米已經快有婆家啦！你們還蒙在鼓裡呢！玉米的婆家在哪裡呢？遠在天邊，近在眼前，就在七里遠外的彭家莊。「那個人」呢，反過來了，近在眼前，卻又遠在天邊。這樣的事玉米絕不會隨隨便便讓外人知道的。

春節過後，王連方多了一件事，一出去開會便到處託人——玉米是得有個婆家了。丫頭越來越大了，留在村子裡太不方便。急歸急，王連方告訴自己，一般的人家還是不行。女孩子要是下嫁了，委屈了孩子還在其次，丟人現眼的還是父母。依照王連方的意思，還是要按門當戶對的準則，找一個做官的人家，手裡有權，這樣的人家體大力不虧。王連方在四周的鄰鄉倒是打聽到幾個了。王連方讓桂芳給玉米傳了話，玉米那頭沒有一點動靜。王連方猜得出，玉米這丫頭心氣旺得很，有他這樣的老子，她對做官人家的男人肯定不放心。後來還是彭家莊的彭支書說話了，他們村子裡的箍桶匠家有個小三子。王連方一聽到「箍桶匠」、「小三子」，就再也沒有接話，不會是什麼人高馬大的人家。彭支書解釋說：「就是前年驗上飛行員的那個。全縣才四個。」王連方咬緊了下嘴脣，「嘶」了一聲。這一來不同尋常了。要是有一個飛行員做女婿，他王連方也等於上過一回天了，他王連方隨便撒一泡尿其實就是一天的雨了。王連方馬上把玉米的相片送到彭支書的手上，彭支書接過照片，說：「是個美人嘛。」王連方說：「要說最標致，還要數老三。」彭支書默無聲息地笑了，說：「老三還太小。」

箍桶匠家的小三子把信回到彭支書那邊去了。這封信連同他的相片，經過王連方、施桂芳的手，最後壓在了玉米的枕頭底下。小伙子叫彭國梁，在名字上面就已經勝了一籌，因為他是飛行員，所以他用「國家的棟梁」做名字，並不顯得虛有其表，反而有了名副其實的一面，頂著天，又立著地，聽上去很不一般。從照片上看，彭國梁的長相不好。瘦，有些老相，滑邊眼，瞇瞇的，眼皮還厚，看不出他的眼睛有什麼本領，居然在天上還認得回家的路。嘴脣是緊抿的，因為過於努力，反而把門牙前傾這個毛病突現出來了，儘管是正面像，還是能看出拱嘴。然而，彭國梁穿著飛行服，相片又是在機場上拍攝的，畫面上便有了常人難以想像的英武。彭國梁的身旁有一架銀鷹，也就是飛機，襯托在那兒，相當容易激活人的想像力。玉米的心思跨過了彭國梁長相上的不足，心氣已去了大半，自卑了，無端地自慚形穢。說到底人家是一個上天入地的人哪。

玉米恨不得一口就把這門親事定下來。彭國梁在信封上寫了一個詳細到最小單位的地址，意思已經很明確了。玉米知道，她的終身大事現在完全取決於自己的回信了。這件事相當大，不能有半點馬虎。玉米原計劃到鎮上再拍幾張相片的，想了一想，彭國梁肯給彭支書回信，說明他對自己的長相已經滿意了，沒有必要節外生枝。現在的問題就是信本身了。彭國梁的信寫得相當含混，口氣雖然大，好像自己也不太有底。他只是強調自己「對家鄉很有感情」，然後強調他在飛機上「恨不得飛到家鄉，看看家鄉的人民」，最露骨的一句話也只是表揚了「彭叔叔」，說「彭叔看上的人」，他「絕對信得過」。但是，到底沒有把話挑破了，更沒有完完全全地落實到玉米的身上。所以是不能一上來就由玉米挑破了的。那樣太賤，不好。一點不說更不行，彭國梁要是誤解了，麻煩反而大了，挽回的餘地都沒有。彭國梁近在眼前，畢竟遠在天邊。遙遠的距離讓玉米自豪，到底也是傷神的地方。

玉米的信寫得相當低調。玉米想來想去，決定採取低調的辦法。她簡單地介紹了自己，用筆是那種適當的讚許。然而，筆鋒一轉，玉米說：「我一點點也比（配）不上（你）。你們在天上，天上的先（仙）女才比（配）得上。我沒有先（仙）女好，沒有先（仙）女好看。」玉米的話說得一點都不失體面。一個人說自己沒有仙女好看，畢竟是應該的。信的最後玉米說：「我現在天天看天上，白天看、晚上看。天上是老樣子，白天只有太陽，夜裡只有月亮。」信寫到這兒已經相當抒情了，關鍵是玉米的胸中憑空湧起萬般眷戀，結結實實的，卻又空無一物，很韌、很折磨人。玉米望著自己的字，竟難以掩抑，無聲地落淚了，心中充滿了委屈。玉米想說的話其實不是這些，她多想讓彭國梁知道，自己對這一門親事是多麼滿意。要是有一個人能替自己說，把彭國梁全說明白了，讓彭國梁知道她的心思，那就太好了。玉米封好信，寄了出去。玉米在寄信的時候多了一分心思，她留的是王家莊小學的地址，「高素琴老師轉」。信是寄出去了，玉米卻活生生地瘦去了一圈。

有了兒子，王連方的內心鬆動多了。施桂芳他是不會再碰她的了，攢下來的力氣都給了有慶家的。要是細說起來，王連方在外面弄女人的歷史複雜而又漫長。第一次是在施桂芳懷上玉米的時候。老婆懷孕對男人來說的確是一件傷腦筋的事。施桂芳剛剛嫁過來的那幾十天，兩個人都相當地貪，滿腦子都是熄燈上床。可是問題立即來了，第二個月桂芳居然不來紅了。怎麼說好景不長久的呢。桂芳自豪得很，她平躺在床上，兩隻手護著肚子，拿自己特別地當人，說：「我這是坐上喜，就是的，我知道的，我肯定是坐上喜，就是的。」自豪歸自豪，施桂芳並沒有忘記給王連方頒布戒嚴令。施桂芳說：「從今天起，我們不了。」王連方在黑暗中板起了面孔。他還以為結了婚了就能夠甩開膀子七仰八叉的，原來不是，結婚只是老婆懷孕。施桂芳把王連方的手拉過來，放到自己的肚子上去。王連方無聲地嘆了一口氣，指頭卻活動得很，在施桂芳的肚子上蠕動。蠕動了幾下，手指頭全挺起來了，忍不住往下面去。施桂芳抓住王連方的手，用力掐，是那種建功立業之後特有的放肆。王連方很急，卻又找不到出路。這種急還不容易忍，你越忍它反而越是急，跳牆的心思都有。王連方忍了十來天。他再也沒有料到自己會有膽量做那樣的事，他在大隊部居然把女會計摁在了地上，扒開來，睡了。王連方睡她的時候肯定急紅了眼了，渾身都繃著力氣，腦子裡卻一片空。相關的細節還是事後回憶起來的。王連方拿起了《紅旗》雜誌，開始回憶，後怕了。那是中午，他怎麼突然起了這分心的？一點過渡都沒有。女會計大他十多歲，長他一個輩分，該喊她嬸子呢。女會計從地上爬起來，用搌布擦了擦自己，褲子提上來，繫好，捋了捋頭髮，前前後後撣了撣，把搌布鎖進了櫃子，出去了。她的不動聲色太沒深沒淺了。王連方怕的是出人命。一出人命，他這個全公社最年輕的支書肯定當不成了。那天晚上，王連方在村子裡轉到十一點鐘，睜大了眼睛四處看，豎起了耳朵到處聽。第二天他一大早就到大隊部去了，把所有的屋梁都看了一遍，沒有屍體掛在上面。還是不放心。大隊部陸續來了一些人，到了九點多鐘，女會計進門了，一進門客客氣氣的，眼皮並不紅腫。王連方的心到了這個時候才算放下了，發了一圈香菸，開始了說笑。後來女會計走到了他的身邊，遞過一本帳本，指頭下面卻壓著一張紙條。小紙條說：「你出來，我有話說給你。」因為是寫在紙上的，王連方聽不出話裡話外的語氣，一點好歹都沒有，剛剛放下來的心又一次提上去了，還咕咚咕咚的。王連方看著女會計出門，又隔著窗櫺遠遠地看著女會計回家去了。王連方很不安。熬了十幾分鐘，很嚴肅地從抽屜裡取出《紅旗》，攤開來，拉長了臉，用指頭敲了幾下桌面，示意人們學習，出去了。王連方一個人來到了會計家。王連方作為男人的一生，其實正是從走進會計家的那一刻開始的。作為一個男人，他還嫩。女會計輔導著他、指引著他。王連方進入了前所未有的好光景，他算什麼結了婚的男人？這裡頭緒多了。王連方和女會計開始了鬥爭，這鬥爭是漫長的、艱苦卓絕的、你死我活的，危機四伏的，最後卻又是起死回生的。王連方迅速地成長了起來，女會計後來已經不能輔導了。她的臉色和聲音都很慘，王連方聽到了身體內部的坍塌聲、撕裂聲。

在鬥爭中，王連方最主要的收穫是鍛鍊了膽量。他其實不需要害怕。沒有什麼需要害怕的嘛。就算她們不願意，說到底也不會怎麼樣。女會計在這個問題上倒是批評過王連方，女會計說：「不要一上來就拉女人的褲子，就好像人家真的不肯了。」女會計晃動著王連方襠裡的東西看著它，批評它說，「你呀，你是誰呀？就算不肯，打狗也要看主人呢，不看僧面看佛面呢。」

長期和複雜的鬥爭不只是讓王連方有了收穫，還讓王連方看到了意義。王連方到底不同於一般人，是懂得意義和善於挖掘意義的。王連方不僅要做播種機，還要做宣傳隊，他要讓村裡女人們知道，上床之後連自己都冒進，可見所有的新郎官都冒進了。他們不懂得鬥爭深入性和持久性，不懂得所有的鬥爭都必須進行到底。要是沒有王連方，那些婆娘們這一輩子都要蒙在鼓裡。

關於王連方的鬥爭歷史，這裡頭還有一個外部因素不能不涉及。十幾年來，王連方的老婆施桂芳一直在懷孕，她一懷孕王連方只能「不了」。施桂芳動不動就要站在一棵樹的下面，一手扶著樹幹，一手捂著腹部，把她不知好歹的乾嘔聲傳遍了全村。施桂芳十幾年都這樣，王連方聽都聽煩了。施桂芳嘔得很醜，她乾嘔的聲音是那樣地空洞，沒有觀點、沒有立場，咋咋呼呼、肆無忌憚，每一次都那樣，所以有了八股腔。這是王連方極其不喜歡的。她的任務是趕緊生下一個兒子，又生不出來。光喊不幹，扯他娘的淡。王連方不喜歡聽施桂芳的乾嘔，她一嘔王連方就要批評她：「又來做報告了。」

王連方雖然在家裡「不了」，但是並沒有迷失了鬥爭的大方向。在這個問題上，施桂芳倒是個明白人，其他的女人有時候反而不明白了。她們要麼太拿自己當回事，要麼太忸怩。王裕貴的老婆就是一個例子。王連方一共才睡了裕貴家的兩回，裕貴家的忸怩了，還眼淚鼻涕的一把。裕貴家的光著屁股，捂著兩隻早就被人摸過的奶子，說：「支書，你都睡過了，你就省省，給我們家裕貴留一點吧。」王連方笑了。她的理論很怪，這是能省下來的嗎？再說了，你那兩隻奶子有什麼捂頭？過門前的奶子是金奶子，過了門的奶子是銀奶子，餵過奶的奶子是狗奶子。她還把她的兩隻狗奶子當做金疙瘩，緊緊地捂在胳膊彎裡。很不好。王連方虎下了臉來，說：「隨妳，反正每年都有新娘嫁過來。」這個女人不行。後來連裕貴想睡她她都不肯，氣得裕貴老是揍她。深更半夜的，老是在床上被裕貴揍得鬼叫。王連方不會再管她了。她還想留一點給裕貴，看起來她什麼也沒有留。

十幾年過去了，眼下的王家莊最得王連方歡心的還是有慶家的。除了把握村子裡階級方面的問題，王連方其餘的心思全撲在有慶家的身上。十幾年了，王連方這一回算是遇上真菩薩了。有慶家的上床之後渾身上下找不到一塊骨頭，軟塌塌地就會放電。王連方這一回絕對遇上真菩薩了。一九七一年的春天，王連方的好事有點像老母豬下崽，一個跟著一個來。先是兒子落了地，後是玉米有了婆家，現在，又有了有慶家的這麼一台發電機。

彭國梁回信了。信寄到了王家莊小學，經過高素琴，千里迢迢轉到了玉米的手上。玉米接到回信的時候，正在學校那邊的碼頭上洗尿布。玉米以往洗尿布都是在自家的碼頭，現在不同，女孩子的心裡一旦有了事，做任何事情都喜歡捨近求遠了。玉米彎著身子，搓著那些尿布片。每一片尿布都軟軟的，很蒼白，看上去憂心忡忡。玉米的手上在忙，心裡想的其實還是彭國梁的回信。她一直在推測，彭國梁到底會在信上和她說些什麼呢？玉米推測不出來。這是讓玉米分外傷懷的地方，說到底，命運捏在人家的手上，你永遠不知道人家究竟會說什麼。

高素琴後來過來了，她來汰衣裳。高素琴把木桶支在自己的胯部，順著碼頭的石階一級一級地往下走。她的步子很慢，有股子天知地知的派頭。玉米一見到高老師便是一陣心慌，好像高老師捏著她的什麼把柄了。高素琴俯視著玉米，只是笑。玉米看見高素琴的笑臉，預感到將要發生什麼事。但是高老師光是笑，並不說什麼。這一來還是什麼事都沒有了，相當地惆悵人。玉米也只能陪著笑，還能怎樣呢。要是說起來，高老師是玉米最為佩服的一個人了。高老師能說普通話，她在閱讀課文的時候，能把教室弄得像一個很大的收音機，她就待在收音機裡頭，把普通話一句一句播送到窗戶外面。她還能在黑板上進行四則混合運算。玉米曾親眼看見高老師把很長的題目寫在黑板上，中間夾雜了許多加、減、乘、除的標記，還有圓括號和方括號。高老師一個步驟一個步驟地，一連寫了七、八個等於，結果出來了，是「0」。三姑奶奶說：「高老師怎麼教這個東西，忙了半天，屁都沒有。」玉米說：「怎麼沒有呢，不是零嘛。」三姑奶奶說：「妳倒說說，零是多少？」玉米說：「零還是有的，就是這樣一個結果。」

高老師現在就蹲在玉米的身邊，微笑著，臉上的皺紋像一個又一個圓括號和方括號。玉米吃不準高老師的心裡在怎樣地加、減、乘、除，結果會不會也是「0」呢？

高老師終於說話了。高老師說：「玉米，妳怎麼這麼沉得住氣？」玉米一聽這話心都快跳出嗓子了。玉米故意裝著沒有聽懂，噍了一口，說：「沉什麼氣？」高老師微笑著從水裡提起衣裳，直起身子，甩了甩手，把大拇指和食指伸進口袋裡，捏住一樣東西，慢慢拽出來——是一封信。玉米的臉嚇得脫去了顏色。高老師說：「我們家小二子不懂事，都拆開了——我可是一個字都沒敢看。」高素琴把信遞到玉米的面前，信封的確是拆開了。玉米又是驚、又是羞、又是怒，更不知道說什麼了。玉米在大腿上一正一反擦了兩遍手，接過來，十個指頭像長上了羽毛，不停地撲棱。這樣的驚喜實在是難以自禁的。但是，這封寶貴的信到底被人拆開了，玉米在驚喜的同時，又湧上了一陣徹骨的遺憾。

玉米走上岸，背過身去，一遍又一遍地讀彭國梁的信。彭國梁稱玉米「王玉米同志」，這個稱呼太過正規、太過高尚了，玉米其實是不敢當的。玉米第一次被人正經八百地稱做「同志」，內心湧起了一股難言的自愛，都近乎神聖了。玉米一看到「同志」這兩個字已經喘息了，胸脯頂著前襟，不停地往外鼓。彭國梁後來介紹了他的使命，他的使命就是保衛祖國的藍天，專門和帝修反做鬥爭。玉米讀到這兒已經站不穩了，幸福得近乎崩潰。天一直在天上，太遠了，其實和玉米沒有半點關係。現在不同了，「天」和玉米捆綁起來了，成了她的一個部分，在她的心裡，藍藍的，還越拉越長、越拉越遠。她玉米都已經和藍藍的天空合在一起了。最讓玉米感到震撼的還是「和帝修反做鬥爭」這句話，輕描淡寫的，卻又氣壯如牛。帝、修、反，這可不是一般的地主富農，它太遙遠、太厲害、太高級了，它既在明處，卻又深不見底，可以說神祕莫測，你反而不知道他們究竟在哪裡了。你聽一聽，那可是帝、修、反哪！如果沒有飛機，就算你頓頓大魚大肉，你也看不見他們在哪兒。

彭國梁的信幾乎全是理想和誓言、決心與仇恨。到了結尾的部分，彭國梁突然問：妳願意和我一起，手拉手，和帝修反作鬥爭嗎？玉米好像遭到了一記悶棍，被這記悶棍打傻了。神聖感沒有了，一點一點滋長起來的卻是兒女情長。開始還點點滴滴的，一下子已經洶湧澎湃了。「手拉手」，這三個字真的是一根棍子，是一根擀麵杖，玉米每讀一遍，都要從她鬆軟的身子上碾過一遍。玉米的身子幾乎鋪開來，十分被動卻又十分心甘情願地越來越輕、越來越薄。玉米已經沒有一點力氣了，面色蒼白，扶在樹幹上吃力地喘息。彭國梁終於把話挑破了。這門親事算是定下來了，玉米流出了熱淚。玉米用冰涼的巴掌把滾燙的淚水往兩隻耳朵的方向抹。但是，抹不乾。玉米淚如泉湧，抹乾一片立即又潮溼了一片。後來玉米索性不抹了，她知道抹不完的。玉米乾脆蹲下身去，把臉埋在肘彎裡頭，全心全意地往傷心裡頭哭。

高素琴早就汰好衣裳了。她依舊把木桶架在胯部，站在玉米的身後。高素琴說：「玉米，差不多了，妳看看妳。」高素琴向河邊努了努嘴，說，「玉米，妳看看，妳的木桶都漂到哪裡去了？」玉米站起來，木桶已經順水漂出去十幾丈遠了。玉米看見了，但是視而不見，只是僵在那兒。高素琴說：「快下去追呀，晚了坐飛機都追不上了。」玉米還過神來了，跑到水邊，順著風和波浪的方向追逐而去。

當天晚上，玉米的親事在村子裡傳開了，人們在私下裡說的全是這件事。玉米「找了」一個飛行員，專門和帝修反做鬥爭的。玉米這樣的姑娘能找到一個好婆家，村子裡的人是有思想準備的，但是「那個人」是飛行員，還是大大超出了人們的預料。這天晚上，每一個姑娘和每一個小伙子的腦子裡都有了一架飛機，只有巴掌那麼大，在遙遠的高空，閃閃發亮，屁股後面還拖了一條長長的氣尾巴。這件事太驚人了。只有飛機才能在藍天上飛翔，你換一隻老母豬試試？要不換一頭老公牛試試？一隻老母豬或一頭老公牛，無論如何也不能衝上雲霄，變得只有巴掌那麼大的，想都沒法想。那架飛機不僅改變了玉米，肯定也改變了王連方。王連方過去很有勢力，說到底只管著地上。現在，天上的事也歸王連方管了。王連方公社裡有人、縣裡頭有人，如今天上也有人了。人家是夠得上的。

玉米的「那個人」在千里之外，這一來玉米的「戀愛」裡頭就有了千山萬水，不同尋常了。這是玉米的戀愛特別感人至深的地方。他們開始通信。信件的來往和面對面的接觸到底不同，既是深入細緻的，同時又還是授受不親的。一來一去使他們的關係籠罩了雅致和文化的色彩。不管怎麼說，他們的戀愛是白紙黑字，一豎一橫、一撇一捺的，這就更令人神往了。在大多數人眼裡，玉米的戀愛才更像戀愛，具有了示範性卻又無從模擬。一句話，玉米的戀愛實在不可企及。

人們錯了。沒有人知道玉米現在的心境，玉米真是苦極了。信件現在是玉米的必需，同時也成了玉米沒日沒夜的焦慮。它是玉米的病。玉米倒是讀完初小的，如果村子裡有高小、初中，玉米當然也會一直讀下去。村子裡沒有。玉米將將就就只讀了小學三年級，正經八百地識字只有兩年。過了這麼多年，玉米一般地看看還行，寫起來就特別地難了。誰知道戀愛不是光「談」，還是要「寫」的呢。彭國梁一封一封地來，玉米當然要一封一封地回。這就難上加難了。玉米是一個多麼內向的姑娘，內向的姑娘實際上多長了一雙眼睛，專門是向內看的。向內看的眼睛能把自己的內心探照得一清二楚，所有的角落都無微不至。現在的問題是，玉米不能用寫字的方式把自己表達在紙上。玉米不能。那麼多的字不會寫，玉米的每一句話，甚至每一個詞都是詞不達意的。又不好隨便問人，這太急人了。玉米只有哭泣。要是彭國梁能在玉米的身邊就好了，即使什麼也不說，玉米會和他對視，用眼睛告訴他、用手指尖告訴他，甚至，用背影告訴他。玉米現在不能，只能把想像當中見面的場面壓回到內心。玉米壓抑住自己。她的一腔柔情像滿天的月光，鋪滿了院子，清清楚楚，玉米一伸手地上就會有手的影子。但是，玉米逮不住它們，抓一把，張開來還是五隻指頭。玉米不能把滿天的月光裝到信封裡去。玉米悄悄偷來了玉葉的《新華字典》，可是這又有什麼用？字典就在手頭，玉米卻不會用它。那些不會寫的字全是水裡的魚，你知道它們就在水的下面，可哪一條也不屬於你。這是怎樣的費心與傷神。玉米敲著自己的頭，字呢！字呢？——我怎麼就不會多寫幾個字呢？寫到無能為力的地方，玉米望著紙、望著筆，絕望了，一肚子的話慢慢變成了一臉的淚。她把雙手合在胸前，說：「老天爺，可憐可憐我，你可憐可憐我吧！」

玉米抱起了王紅兵，出去轉幾圈。家裡是不能待的。一待在家裡她總是忍不住在心裡「寫信」，玉米恍惚得很、無力得很。「戀愛」到底是個什麼東西？玉米想不出頭緒，剩下來的只能是在心裡頭和他說話了，可是，說得再好，又不能寫到信上去，反而堵著自己，叫人分外難過。玉米越發不知道怎樣好了。玉米就覺得愁得慌、急得慌、堵得慌、累得慌。好在玉米有不同一般的定力，並沒有在外人面前流露過什麼，人卻是一天比一天瘦了。

玉米抱著王紅兵，來到了張如俊的家門口。如俊家的去年剛生了孩子，又是男孩，所以和玉米相當地談得來。如俊家的長得很不好，眼睛上頭又有毛病，做支書的父親是不會看上她的。這一點玉米有把握。一個女人和父親有沒有事、什麼時候有的事，逃不出玉米的眼睛。如果哪個女人一見到玉米突然客氣起來了，就反而提醒了玉米，玉米會格外地警惕。那樣的客氣玉米見多了，既心虛，又巴結，既熱情周到，又魂不附體。一邊客氣，還要一邊捋頭髮，做出很熱的樣子。關鍵還是眼珠子，會一下子活絡起來，什麼都想看，什麼都不敢看，帶著母老鼠的鼠相。玉米想，那妳就客氣吧，不打自招的下三濫！再客氣妳還是一個騷貨加賤貨。對那些騷貨加賤貨，玉米絕不會給半點好臉的。說起來真是可笑，玉米越是不給她們好臉，她們越是客氣，妳越客氣玉米越是不肯給妳好臉。妳不配，個臭婊子。長得好看的女人沒有一個好東西，王連方要不是在她們身上傷了元氣，媽媽不可能生那麼多的丫頭。玉秀長得那麼漂亮，雖說是嫡親的姐妹，將來的褲帶子也繫不緊。人家如俊家的不一樣，雖說長得差了點，可是周正，一舉一動都是女人樣，做什麼事都得體大方，眼珠子從來不躲躲藏藏的，人又不笨，玉米才和她談得來。玉米對如俊家的特別好還有另外的一層，如俊不姓王，姓張。王家村只有兩個姓，一個王姓，一個張姓。玉米聽爺爺說起過一次，王家和張家一直仇恨，打過好幾回，都死過人。王連方有一次在家裡和幾個村幹部喝酒，說起姓張的，王連方把桌子都拍了。王連方說：「不是兩個姓的問題，是兩個階級的問題。」當時玉米就在廚房裡燒火，聽得清清楚楚。姓王的和姓張的眼下並沒有什麼大的動靜，風平浪靜的，看不出什麼，但是，畢竟死過人，可見不是一般的雞毛蒜皮。死去的人總歸是仇恨，進了土，會再一次長出仇恨來。表面上再風平浪靜、再和風細雨，再一個勁地對著姓王的喊「支書」，姓張的肯定有一股凶猛的勁道掩藏在深處。現在看不見，不等於沒有。什麼要緊的事要是都能看見，人就不是人了，那是豬狗。所以玉米平時對姓王的只是一般地招呼，而到了姓張的面前，玉米反而用「嫂子」和「大媽」稱呼她們了。不是一家子，才要像一家子對待。

玉米抱著王紅兵，站在張如俊的院子門口和如俊嫂子說話。如俊家的也抱著孩子，看見玉米過來了，把自己的孩子送進裡屋，拿出了板凳，卻把王紅兵抱過去了。玉米不讓，如俊家的說：「換換手，隔鍋飯香呢。」玉米坐下了，向遠處的巷頭瞭了幾眼。如俊家的看在眼裡，知道玉米這些日子肯到她這邊來，其實是看中了她家的地段，好等郵遞員送信呢。如俊家的並不點破，一個勁地誇耀王紅兵。千錯萬錯，誇孩子總是不錯。扯了一會兒鹹淡，如俊家的發現玉米直起了上身，目光從自己的頭頂送了出去。如俊家的知道有人過來了，低了頭仔細地聽，沒聽到自行車鏈條的滾動聲，知道不是郵遞員，放心了。身後突然響起了一陣哄笑，如俊家的回過頭，原來是幾個年輕人過來了，他們把腦袋攢在一處，一邊看著什麼東西一邊朝自己的這邊來，樣子很振奮，像看見了六碗八碟。慢慢來到了張如俊的家門口，小五子建國抬起了頭，突然看見了玉米。小五子招了招手，說：「玉米，妳過來，彭國梁來信了。」玉米有些將信將疑，走到他們的面前。小五子一手拿著信封，一手拿著信紙，高高興興地遞到了玉米的面前。玉米看了一眼，上頭全是彭國梁的筆跡。是自己的信。是彭國梁的信。玉米的血衝上了頭頂，羞得不知道怎樣才好，好像自己被扒光了，被遊了好幾趟的街。玉米突然大聲說：「不要了！」小五子看了一眼玉米的臉色，連忙把信疊好了，裝進了信封，再用舌頭舔了舔，封好了遞過去。玉米一把又把小五子手上的信打在了地上，小五子撿起來，解釋說：「是妳的，不騙妳，是彭國梁寫給妳的。」玉米搶過來，再一次扔在地上。玉米說：「你們一家都死光！」巷子裡僵持住了。玉米平時不這樣，人們從來沒有發現玉米動過這麼大的脾氣。事態已經很嚴重了。麻子大叔一定聽到巷子裡的動靜，挺了一隻指頭，走到小五子的面前，撿起信，對著小五子拉下了臉。麻子大叔厲聲說：「唾沫怎麼行？你看看，又炸口了！」麻子大叔用指頭上的飯粒把信重新封好，遞到玉米的面前，說：「玉米，這下好了。」玉米說：「他們看過了！」麻子大叔笑了，說：「妳興旺大哥也在部隊上，他來信了我還請人念呢。」玉米說不出話了，只是抖。麻子大叔說：「再好的衣裳，上了身還是給人看。」麻子大叔說得在理，笑瞇瞇的；他一笑，滾圓的麻子全成了橢圓的麻子。可是，玉米的心碎了。高素琴老師拆過玉米的兩封信，玉米關照過彭國梁，往後別再讓高素琴轉了。還有什麼用？難怪最近一些人和自己說話總是怪聲怪氣的，一些話和信裡的內容說得似是而非，玉米還以為自己多心了，看來不是。彭國梁的信總是全村先看了一遍，然後才輪到她玉米。別人的眼睛都長到玉米的肚臍眼上了，衣裳還有什麼用？玉米小心掖著的祕密，哪裡還有一點祕密！麻子大叔寬慰了玉米幾句，回去了。玉米的臉上已經了無血色，而兩道淚光卻格外地亮，在陽光下面像兩道長長的刀疤。如俊家的都看在眼裡，一下子不知所措，害怕了。連忙側過身去，莫名其妙地解上衣的鈕釦，剛露出自己的奶子，一把把王紅兵的小嘴摁了上去。

有慶家的是從李明莊嫁過來的。李明莊原來叫柳河莊，一九四八年出了一個烈士，叫李明，後來國家便把柳河莊改成了李明莊。有慶家的姓柳，叫粉香，做姑娘的時候是相當有名氣的。主要是嗓子好，能唱，再高的音都爬得上去。嗓子好了，笑起來當然就具有號召力，還有感染力。而她的長相則有另外一些特點，雖說皮膚黑了一些，不算太洋氣，但是下巴那兒有一道淺淺的溝，嘴角的右下方還有一顆圓圓的黑痣，這一來她笑起來便有了幾分的媚。最關鍵的是，她的目光不像鄉下人那樣訥、那樣拙，靈活得很，左盼右顧的時候帶了一股眼風，有些招惹的意思。人們私下說，這是她在宣傳隊的戲台上落下的毛病。柳粉香微笑的時候先把眼睛閉上，然後，睫毛挑了那麼一下，睜開了，側過臉去接著笑。關於柳粉香的笑，李明莊的人們有個總結，叫做聽起來浪，看上去騷，天生就是一個下作的胚子。柳粉香的名氣大，不好的名聲當然也跟著大。人們私下說：「這丫頭不能惹。」話說得並不確切，反而讓人浮想聯翩，聽上去黏糊得很，有了「母狗不下腰，公狗不上腚」的意思，也許還有攤上誰就是誰的味道。有些話就這樣，不說則罷，只要說了，越看反而越像，一刀子能捅死人。不管怎麼說，柳粉香是帶著身子嫁到王家莊來的，這一點毋庸置疑。眼力老到的女人曾深刻地指出：「至少四個月！」屁股在那兒呢。柳粉香肚子裡的孩子到底是誰的，不容易弄得清。尖銳的說法是，柳粉香自己也弄不清。那陣子柳粉香在各個公社四處匯演，身子都讓男人壓扁了。身子扁了下去，肚子卻鼓了起來。女人就這樣，她們的肚子和她們的嘴巴一樣，藏不住事。柳粉香被她的肚子弄得聲名狼藉，賠大了。但是王家莊的王有慶卻賺了，可以用喜從天降和喜出望外來雙倍地形容。柳粉香辦婚事的速度比她肚子的膨脹速度還要快，稱得上雷厲風行，真是說時遲，那時快。才聽說王有慶剛剛訂了婚了，一轉眼，柳河莊的柳粉香已經在王家莊變成有慶家的了。柳粉香連一套陪嫁的衣裳都沒有撈到，就算王有慶置得起，以她現在的腰身，還浪費布證做什麼。

有慶家的並沒有把孩子生下來。她結結實實地摔了一跤，當晚見紅，當夜小產了。據說，只能是據說了，誰也沒有親眼看見，是她的婆婆「一不小心撞了她的屁股」，把她從橋上推了下去。那還是有慶家的過門不久的日子，有慶家的和她的婆婆一起過橋，兩個人在橋上說說笑笑的，像一對嫡親的母女。快到岸邊的時候，婆婆一個趔趄，衝到她的屁股上了。婆婆站穩了，有慶家的卻栽了下去，一屁股坐在了河岸上。有慶家的一躺就是一個月，婆婆屋裡屋外地伺候，有慶家的還吃了半斤紅糖、一隻雞。婆婆對人說，「我們家的粉香把小腰閃了。」婆婆真是精明得過了分了，精明的人都有一個毛病，喜歡此地無銀。誰還不知道有慶家的躺在床上坐小月子呢。不過，有慶家的說起來也怪，帶著身孕過門的，過了門之後卻又懷不上了。轉眼都快兩年了，有慶家的越來越苗條。最先沉不住氣的還是婆婆。婆婆相當地怨，她在有慶的面前嘟囔說：「我算是看出來了，這丫頭當著不著的，是個外勤內懶的貨。」有慶聽了這話不好交代，委屈得很，但是有慶太老實，只能在床上加倍地刻苦、加倍地努力。然而，忙不出東西。可是有慶他不該在老婆的面前搬弄母親的話。有慶家的一聽到「外勤內懶」這四個字臉都氣白了，她認準了是婆婆在嚼舌頭。有慶老實巴交的樣子，放不出這樣陰損毒辣的屁。有慶家的發了脾氣，大罵有慶，一字一句卻是指桑罵槐而去。有慶家的一不做，二不休，勒令王有慶和寡母分了家。「有她沒我，有我沒她。」有慶家的把婆婆掃地出門之前留下了一句狠話。「×老了，別想夾得死人！」其實婆婆說那句話是事出有因的，有慶家的總是生不出孩子，外面的話開始難聽了，好多話都是衝著有慶去的。做母親的怎麼說也要偏著兒子，所以才對兒媳有怨氣。外面是這樣看待有慶的：「有慶也不像是有種的樣子。」

有慶家的心裡頭其實有一本明細帳，她是生不出孩子來了。只不過有慶太死心眼，在床上又是那樣地吃苦，不忍心告訴他罷了。她小產的那一次傷得太重，醫生已經說得很明白了。有慶家的自己當然也不肯甘心，又連著吃了三、四個月的中藥，還是沒有用。說起中藥，有慶家的最怕了。倒不是怕中藥的味道，而是別的。按照吃中藥的規矩，藥渣子要倒到大路的中央去，作踐它，讓千人踩、萬人跨，這樣藥性才能起作用。有慶家的不想讓人知道她在吃藥，不想讓人知道她有這樣的把柄，很小心地瞞著。好在有慶家的在宣傳隊上宣傳過唯物主義，並不迷信，她把藥渣子倒進了河裡。但是瞞不住，中藥的氣味太大，比煨了一隻老母雞味道還傳得遠。只要家裡頭一熬藥，過不了多久，天井的門口肯定會伸頭伸腦的，門縫裡擠進來的目光絕對比砒霜還要毒。這一來，有慶家的不像是吃藥了，而像在家做賊，吃藥的感覺上便多了一倍的苦。有慶家的後來放棄了，啞巴苦當然是不吃的好。

有慶家的和王連方的事並不像外面傳說的那樣。事實上，他們沒有事。王連方真正爬上有慶家的身，還是在一九七〇年的冬天。時間並不長。要是細說起來，有慶家的坐完小月子不久就和王連方在路口上認識了。王連方和藹得很，目光甚至有點慈祥。但是有慶家的只看了他一眼，立即看出王連方的心思來了。有了一官半職的男人喜歡這樣，用親切微笑來表示他想上床。有慶家的對付這樣的男人最有心得。她衝王連方很不好意思地笑了笑，知道被他睡是遲早的事，什麼也擋不住的。有慶家的心裡並不亂，反而提早有了打算。無論如何，這一次她一定要先懷上有慶的孩子，先替有慶把孩子生下來。這一條是基本原則。還有一點不能忘記，既然是遲早的事，遲一步要比早一步好。男人都是賊，進門越容易，走得越是快。有慶家的在這個問題上有教訓，歷史的經驗不能忘。

但是王連方急。有慶家的認識王連方的時間不算長，已經感受到這一點了。他在尋找和創造與她單獨見面的機會。不管怎麼說，當著外人的面，王連方還是不好太冒失。貓都知道等天黑，狗還知道找角落裡呢。王連方要是逛到她家的天井裡來了，有慶家的熱情得很，嗓門扯得像報幕，還到隔壁去討開水，高聲說：「王支書來了，看我們呢。」王連方很窩火。但是你不能對人家的熱情生氣，只能親切，再加上微笑。有慶家的大大方方的，把一切全做在明處。這和謹小慎微和時刻小心的女人大不相同了，你反而不好下手。你不能像公雞那樣，爬上去就摁母雞的腦袋。王連方有一次都跟她把話說破了，說：「有慶這個呆子，我哪一天才享到有慶那樣的呆福？」有慶家的心口咯噔了一下，都有點心動了。但是，有慶家的裝出一臉的沒心沒肺，嗓子還是那麼大，反而把王連方弄得提心吊膽了。不過，有慶家的卻拿捏著分寸，絕不會讓王連方對她絕望。王連方要是對妳絕望了，到頭來妳一定比他更絕望。有慶家的知道自己，懶。懶的人必須有靠山，沒靠山只能是等死了。那一回生產隊長已經攤派有慶家的漚肥去了。漚肥是一個又髒又累的活兒，工分又低。生產隊長這樣攤派有慶家的，顯然是給她顏色了。有慶家的扛著釘耙，夾在男人堆裡一路說說笑笑地向田裡去。迎面卻走來了王連方，一起招呼過了，走出去十來步，有慶家的卻回過身，來到王連方的面前。她把王連方衣領上的頭皮屑撣乾淨，隨後扯出一根線頭。有慶家的沒有用手，而是把臉俯上去，用牙齒咬住了，咬斷，在舌尖上打成結，很波俏地吐了出去。有慶家的小聲說：「死樣子，一點不像支書，替我漚肥去！」有慶家的沒頭沒腦地丟下這句話，王連方被弄得魂不守舍，幸福得兩眼茫茫。有慶家的當然沒有和那些男人一起漚肥，她只是在地頭站了一會兒，把綠格子方巾從頭頂上摘下來，窩在手裡頭，說「不行」，說她得「先回去」。有慶家的當著隊長的面，扛上釘耙打道回府了。屁股一扭一扭的，像拖拉機上的兩只後輪。沒有人敢攔她。誰知道她什麼「不行」了呢?誰知道她「先回去」幹什麼呢?

到了一九七〇年的冬天，有慶家的對自己澈底死了心了。她不可能再懷上。有慶似乎也放棄了努力，他忙不出什麼頭緒來，一賭氣，有慶上了水利工地。大中午王連方來了。有慶家的剛剛哭過，想起自己的這一生，慢慢地有了酸楚。她不知道自己錯在哪兒，怎麼會落到這一步的。有慶家的當初是一個心氣多旺的姑娘，風頭正健，處處要強，現在卻處處不甘，處處難如人意了，越想越覺得沒有指望。王連方進門了，背著手，把門反掩上了。人是站在那兒，卻好像已經上了床了。有慶家的並沒有吃驚，立起身，心裡想，他也不容易了，又不缺女人，惦記著自己這麼久，對自己多少有些情意，也難為他了。再說了，作為男人，他到底還是王家莊最順眼的，衣有衣樣、鞋有鞋樣，說出來的話一字一句都往人心裡去，牙也乾淨，肯定是天天刷牙的。有慶家的這麼一想，兩隻肩頭鬆了下去，望著王連方，淒涼得很，眼淚無聲地溢了出來。有慶家的慢慢轉過身，走進屋裡，側著身子緩緩地拿屁股找床沿，撳下頭，脖子拉得長長的，一顆一顆地解。解完了，有慶家的抬起頭，說：「上床吧。」

有慶家的到底是有慶家的，見過世面，不懼王連方。就憑這一點，在床上就強出了其他女人。王連方最大的特點是所有的人都怕他。他喜歡人家怕他，不是嘴上怕，而是心底裡怕。你要是嚥不下去，王連方有王連方的辦法，直到你真心害怕為止。但是讓人害怕的副作用在床上表現出來了。那些女人上了床要不篩糠，要不就像死魚一樣躺著，不敢動，胳膊腿都收得緊緊的，好像王連方是殺豬匠，寡味得很。沒想到有慶家的不怕，關鍵是，有慶家的自己也喜歡床上的事。有慶家的一上床便體現出她的主觀能動性，要風就是風，要雨就是雨。沒人敢做的動作她敢做，沒人敢說的話她說得出，整個過程都驚天動地。做完了，還側臥在那兒安安靜靜地流一會兒眼淚，特別地招人憐愛，特別地開人胃口。這些都是別竅的地方。王連方一下子喜歡上這塊肉了。王連方胃口大開，好上了這一口。

這一回王連方算是累壞了，最後趴在了有慶家的身上，睡了一小覺。醒來的時候，在有慶家的腮幫子上留下了一灘口水。王連方拖過上衣，掏出小瓶子來，倒出一個白色的小藥片。有慶家的看了一眼，心裡想，準備工作倒是做得細，真是不打無準備之仗呢。王連方笑笑，說：「乖，吃一個，別弄出麻煩來。」有慶家的說：「憑什麼我吃？我就是要給王家莊生一個小支書——你自己吃。」從來沒有人敢對王連方說這樣的話，王連方又笑，說：「個要死的東西。」有慶家的歪過了腦袋，不吃。無聲地命令王連方吃。王連方看了看，很無奈，吃了一顆。有慶家的也吃了一顆。王連方看了看有慶家的，把藥片吐出來了，放在了手上。接著笑。有慶家的抿了嘴，也是無聲地笑，慢慢把嘴唇咧開，兩排門牙的中間咬著一顆小白片。王連方很幸福地生氣了，是那種做了長輩的男人才有的懊惱，說：「一天到晚和我鬧。」賭氣吃下去一顆，張開嘴，給她檢查。有慶家的用舌尖把小白片舔進去，喉頭滾動了一下，吐出長長的舌頭，伸到王連方的面前，也讓他普查。她的舌頭紅紅的、尖尖的，像扒了皮的小狐狸，又頑皮、又乖巧，挑逗得厲害。王連方很孟浪地摟住了有慶家的，一口咬住了。有慶家的抖了一下，小藥瓶已經給打翻在地，碎了，白花花地散了一屋子，像夏夜的星斗。兩個人都嚇得不輕，有慶家的說：「才好。」王連方急吼吼的，卻又開始了。有慶家的吐出嘴裡的藥片，心裡想，我就不用吃它了，這輩子沒那個福分了。這個突發的念頭讓有慶家的特別地心酸，是那種既對不起自己，又對不起別人的酸楚。但是有慶家的立即趕走了這個念頭，呼應了王連方。有慶家的一把勾緊了王連方的脖子，上身都懸空了，她對著王連方的耳朵，哀求說：「連方，疼疼我！」王連方說：「我在疼。」有慶家的流出了眼淚，說：「你疼疼我吧！」王連方說：「我在疼。」他們一直重複這句話，有慶家的已經泣不成聲了，直到嘴裡的字再也連不成句子。王連方快活得差一點發瘋。

王連方嘗到了甜頭，像一個死心眼的驢，一心一意圍著有慶家的這塊磨。有慶在水利工地，正是一寸光陰一寸金，寸金難買寸光陰。可是有些事情還真是人算不如天算，那一天中午偏偏出了意外，有慶居然回來了。有慶推開房門，他的老婆赤條條的，一條腿架在床框上，一條腿擱在馬桶的蓋子上，而王連方也是赤條條的，站在地上，身子緊貼著自己的老婆，氣焰十分地囂張。有慶立在門口，腦子轉不過來，就那麼看著，呆在那兒。王連方停止了動作，回過頭，看了一眼有慶。王連方說：「有慶哪，你在外頭歇會兒，這邊快了，就好了。」

有慶轉身就走。王連方出門的時候，房門、屋門和天井的大門都開在那兒。王連方一邊往外走，一邊把門帶上。王連方對自己說：「這個有慶哪，門都不曉得帶上。」

玉米現在的主攻目標是柳粉香，也就是有慶家的。有慶家的現在成了玉米的頭號天敵。這個女人實在不像話了，把王連方弄得像新郎官似的，天天刮鬍子，一出門還梳頭。王連方在家裡幾乎都不和施桂芳說話了，他看施桂芳的眼神，玉米看了都禁不住發冷。施桂芳天天在家門口嗑葵花子，而從骨子裡看，施桂芳已經不是這個家的人了。在王連方的那一邊，施桂芳一生下小八子，這個世上就沒有施桂芳這麼一個人了。王連方有時候都在有慶家的那邊過夜了。玉米替母親寒心。但是這樣的狀況玉米只能看在眼裡，不可以隨便說。這一切都因為什麼？就因為有了那隻騷狐狸！這一切全是騷狐狸一手做的鬼！玉米對有慶家的已經不是一般的恨了。

關於有慶家的，玉米的感覺相當複雜。恨是恨，但還不只是恨。這個女人的身上的確有股子不同尋常的勁道，是村子裡沒有的，是其他的女人難以具備的。你能看得出來，但是你說不出來，就連王連方在她的面前都難免流露出賤相。這是她出眾的地方、高人一頭的地方，最氣人的其實也正是這個地方。比方說，她說話的腔調或微笑的模樣，村子裡已經有不少姑娘慢慢地像她了。誰也不會點破，誰也不會提起，這裡頭無疑都是她的力量。也就是說，每個人的心裡其實都有一個柳粉香。而男人們雖說在嘴上作踐她，心裡頭到底喜歡，一和她說話嗓子都不對，老婆罵了也沒用，不過夜的。玉米嘴上不說，心裡還是特別地嫉妒她。這是玉米恨之入骨的最大緣由。玉米一直想把王紅兵抱到她的家門口去，但是有慶家的並沒有躲躲藏藏的，她和王連方的事都做在明處，還敢和王連方站在巷口說話，那樣做就沒什麼意思了。這個女人的臉皮太厚，小八子羞辱不了她。不過，玉米還是去了。玉米想，妳生不出孩子，總是妳的短處，妳哪裡疼我偏偏要往哪裡戳。玉米抱上王紅兵，慢悠悠地來到有慶家的門口。一起跟過來很多人。一些是無意的，一些是有意的。她們的神情相當緊張，又有些振奮。有慶家的看見玉米來了，並沒有把門關上，而是大大方方地出來了。她的臉上並沒有故作鎮定，因為她的確很鎮定。她馬上站到這邊和大家一起說話了。玉米不看她，她也不看玉米，甚至沒有偷偷地瞟玉米一眼，還是玉米忍不住偷偷瞄她了。玉米還沒有開口，有慶家的已經和別人談論起王紅兵了。主要是王紅兵的長相。有慶家的認為，王紅兵的嘴巴主要還是像施桂芳，如果像王連方反而更好。她對王連方嘴巴的讚美是溢於言表的。不過長大了會好一點，有慶家的說，男孩子小時候像媽，到了歲數骨架子出來了，最終還是像老子。玉米都有點聽不下去了。而王紅兵的耳朵也有問題，有些招風。其實王紅兵不招風，反而是有慶家的自己有點招風。玉米側過身，看著她，毫不客氣地對著她的臉說：「也不照照！」玉米的出手很重了，換了別的女人一定會慚愧得不成樣子，笑得會比哭還難看。但是有慶家的沒聽見。話一出口，玉米已經意識到上了這個女人的當了，是自己首先和她說話的。有慶家的還是不看她，和別人慢慢拉呱。這一回說的是玉米，反而像說別人。有慶家的說：「玉米這樣漂亮的女孩子，就是嘴巴不饒人。」有慶家的沒有說「漂亮的丫頭」、「漂亮的姑娘」，而是說「漂亮的女孩子」，非常地文雅，聽上去玉米絕對是雞窩裡飛出的金鳳凰。她的話鋒一轉，卻幫著玉米說話了，她說：「我要是玉米，我也是這個樣子。」她很認真地說了這句話。玉米沒法再說什麼了，反而覺得自己厲害得不講方寸，像個潑婦了。而她偏偏就說玉米漂亮，她這麼一說其實已經是定論了。有慶家的又和別人一起評價起玉秀的長相了，有慶家的最後說：「還是玉米大方。玉米耐看。」口氣是一錘子定音的。玉米知道這是在拍自己的馬屁，但她的臉上沒有一點巴結玉米的神色，都沒有看自己，完全是有一說一、有二說二的樣子，看來是真心話。玉米其實滿高興的，這反而氣人。玉米最不能接受的還是這個女人說話的語氣，這個女人說起話來就好像她掌握著什麼權力，說怎樣只能是怎樣，不可以討價。這太氣人了，她憑什麼？她是什麼破爛玩意兒！玉米「哼」了一聲，挖苦說：「漂亮！」口氣裡頭對「漂亮」進行了無情打擊，賦予了「漂亮」無限豐富和無限骯髒的暗示，都是毀滅性的。玉米說完這句話走人了。這在看客的眼裡不免有些寡味。玉米和有慶家的第一次交鋒其實沒有什麼實質性的成績，充其量是平手。不過玉米想，日子長呢，妳反正是嫁過來的人。妳有慶家的有把柄，妳的小拇指永遠夾在王家莊門縫裡頭。

彭國梁原計劃在夏忙的季節回家探親，他的爺爺卻沒有等到那個時候，開春後匆匆地嚥了氣。真是黃泉路上不等人。一份電報過去，彭國梁探親的日程只好提前。彭國梁已經回到彭家莊了，玉米的這邊還沒有半點消息。彭國梁沒有能夠和爺爺見上最後一面，他走進家門的時候，爺爺做死人已經做到第三天了。爺爺入了殮，又過了四天，燒好頭七，彭國梁摘了孝，傳過話來，他要來相親。

玉米失措得很。這件事是不好怪人家的。彭國梁這個時候回來，本來就是一件意外。問題是，玉米連一件合適的衣裳都沒有。玉米打算穿上過年的新衣裳，試了一下，那是加在棉襖上的加褂，上身之後大了一號掛在身上，有點瘋瘋傻傻的，很不好看。重做吧，還要到鎮上扯料子，無論如何來不及了。玉米惆悵得很，心情相當地壓抑，老是想哭，但到底心裡頭是歡喜，一直沒哭出來，這反而更壓抑了。

玉米沒有料到有慶家的會把她攔在路口。看上去好像前幾天她們一點也沒有發生過什麼事，都好像沒有見過面。有慶家的把玉米叫住，還沒等玉米開口，有慶家的先說話了。有慶家的說：「玉米，妳恨我的吧。」玉米沒有料到有慶家的先把話題挑開來，一時嘴更笨了。玉米想，這個女人的臉皮是厚，換了別人，把褲子穿在臉上也不敢這樣說話。有慶家的說：「飛行員快來相親了，妳這身衣裳怎麼穿得出去？」玉米盯著有慶家的，想一想，說：「妳都有人要，我怎麼會嫁不出去。」有慶家的顯然沒想到玉米說出這樣的話。這句話打臉了。玉米自己都覺得過分了。但這個女人臉太厚，不這樣不足以平民憤。有慶家的從胳肢窩裡取下小布包，用方巾裹著，遞到玉米的手上。她一定預備了好多話的，但是玉米的話究竟讓有慶家的有些亂，一時忘了想說的東西，所以手上的動作分外地快。有慶家的說：「這件衣裳是我在宣傳隊上報幕時穿的，沒用處了。」這個舉動大大出乎玉米的意料，有些出格。但是不管她是什麼用意，她的東西玉米怎麼可能要。玉米沒有打開，推了回去。有慶家的說：「玉米，做女人的可以心高，卻不能氣傲，天大的本事也只有嫁人這麼一個機會，妳要把握好，可別像我。」「天大的本事也只有嫁人這麼一個機會」，這句話玉米聽進耳朵裡去了。有慶家的又把包裹塞到玉米的懷裡，回頭便走。走出去四、五步，有慶家的突然回過頭，衝著玉米笑。她的眼眶裡頭早就貯滿淚光了，閃閃爍爍的，心碎的樣子。「可別像我。」玉米沒有想到有慶家的會說這樣的話。看起來這個女人並不氣盛，沒想到她對自己的評價這樣低。玉米再也沒有料到這個女人心中盤著那樣的怨結，差一點心軟了。有慶家的這一個回頭，給了玉米極其疼痛的印象。玉米這一回算是大勝了有慶家的，但是勝得有點寡味，不知道是哪裡出了毛病了。玉米站在那兒，望著手裡的衣裳，腦子裡一直翻捲的都是有慶家的那句話：「妳要把握好，可別像我。」

玉米想扔了的，但是，畢竟是有慶家的「報幕」時穿的，這件衣裳一下子有了特殊的誘惑。這是一件小開領的春秋衫，收了一點腰身。雖說玉米的體形和有慶家的有點類似，可是玉米還是覺得緊了一些。玉米走到大鏡子前，嚇了自己一大跳。自己什麼時候這樣洋氣、這樣漂亮過？鄉下的女孩子大多挑過重擔，壓得久了，背部會有點彎，含著胸，盆骨那兒卻又特別地侉。玉米不同，她的身體很直，又飽滿，好衣服一上身自然會格外地挺拔，身體和面料相互依偎，一副體貼謙讓又相互幫襯的樣子。怎麼說人靠衣裳馬靠鞍呢！最驚心動魄的還在胸脯的那一把，凸是凸、凹是凹，比不穿衣服還顯得起伏，挺在那兒，像是給全村的社員餵奶。柳粉香當年肯定正是那樣，挺拔四方，漂亮得不像樣子。玉米無法驅散對柳粉香當年的設想，可是，設想到最後，玉米卻設想到自己的頭上去了。這個念頭極其危險了。玉米相當傷感地把衣服脫了下來，正正反反又看了幾回。想扔，捨不得。玉米都有點恨自己了，什麼事她都狠得下心，為什麼在一件衣裳面前她反而軟了？玉米想，那就放在那兒，絕對不可以上身。

彭國梁被彭支書領著，來到了玉米家的大門口，施桂芳正站在門框旁邊，看見彭支書領著一個當兵的衝者自己的大門走來，心裡有數了。她把葵花子放進口袋，做出站相，微笑也預備好了。彭支書來到施桂芳的面前，喊過「嫂子」，彭國梁跨上來一步，立正，「啪」，一個軍禮。施桂芳的胳膊一陣亂動，把客人請進了堂屋。施桂芳很歡喜，只是毛腳女婿的軍禮讓她覺得事態過於重大了，光會賠笑，不會說話了。好在施桂芳是支書的娘子，處變不驚。她打開廣播，對著話筒：「王連方，請你立即回家裡來，家裡來了解放軍！請你立即回家裡來，家裡來了解放軍！」

廣播也就是通知。只是一會兒工夫，玉米家的大門口立即擠滿了人，男男女女、老老少少、高高矮矮、胖胖瘦瘦的。「解放軍」是什麼意思，不用多說了。後來王連方過來了，大步流星，一邊走，一邊繫下巴底下的風紀釦。人們讓開了一條道。王連方來到彭支書的面前，握過手。彭國梁起立，立正，「啪」，再一個軍禮。王連方掏出香菸，給了彭支書一根，也給了彭國梁一根。彭國梁再一次起立，立正，「啪」，又一個軍禮。彭國梁說：「報告首長，彭國梁不吸菸。」王連方笑起來，說：「好、好。」氣氛相當客氣，但是有點肅穆，甚至緊張。王連方大聲說：

「你回來啦？」這句話其實是廢話。彭國梁說：「是。」門外圍觀的人們似乎也受到了感染，他們不說話。他們相當崇拜彭國梁的軍禮，他的軍禮很帥，行雲流水，卻又斬釘截鐵。

玉米的到來，把故事推向了高潮。玉米被人們拖回來了。王紅兵早就被女人們搶過去抱走了。人們同樣給玉米讓開了一道縫隙。這一幕人們盼望已久了。只有這一幕看到了，大夥兒才能夠放心。玉米被人擁著，推著兩條腿一左一右地在地上走，其實是別人的力量，她的身子幾乎後仰了。到了家門口，玉米膽怯了，不走。兩個膽子大的閨女把玉米一直推到彭國梁的面前，人們以為彭國梁又要給玉米敬軍禮了，沒有。四周靜悄悄的。彭國梁不僅沒有敬禮，甚至沒有立正，差不多也沒了站相，只是不停地咧嘴，又不停地吃力地抿上。玉米迅速地瞥了一眼彭國梁，看到了他的神情，玉米放心了，但是人已經羞得不成樣子。腰那一把像蛇。玉米的臉龐紅彤彤的，把眼珠子襯得更黑，亮閃閃地到處躲，可憐極了。門外的人再也沒有想到玉米會這樣扭捏，一點都不像玉米。他們想，到底還是個姑娘家。門外的人一起哄了幾聲，高潮過去了，氣氛輕鬆下來了。他們為彭國梁高興，但主要的還是為了玉米。

王連方來到門口敬菸，是男人都有分兒。王連方最後給張如俊的兒子也敬了一根，如俊的兒子被如俊家的抱在懷裡，傻頭傻腦的。王連方把香菸夾到他的耳朵上，說：「帶回去給你老子抽。」人們沒有想到王支書這樣客氣，都說笑話了。門口響起了一陣大笑，氣氛相當地好。王連方對著門外撣了撣手，人們散去了。王連方關上門，深深地吸了一口氣。

施桂芳安排彭國梁和玉米燒水去了。作為一個過來人，施桂芳知道廚房對於年輕男女的重要意義。初次見面的男女都這樣，生疏得很、拘謹得很，兩個人一同坐到灶台的後面，一個拉風箱，一個添柴火，爐膛裡的火把兩個人烤得紅紅慢慢會活絡的。施桂芳帶上廚房的門，把玉英、玉秀她們都哄了出去。這幾個丫頭不能留在家，她的七個女兒，除了玉米，別的都是人來瘋。

玉米燒火的時候，彭國梁給了玉米第二份見面禮。第一份是按照祖傳的舊規矩預備的，無非是面料和毛線那一路的東西。彭國梁到底有不同凡俗的地方，另外又準備了一份——一支紅管英雄牌鉱金筆、一瓶英雄牌藍黑墨水、一沓四十克信箋、二十五只信封，外加領袖的夜光像章一枚。這一份禮物更有了私密性，同時兼備了文化和進步的特徵。彭國梁把它們放在風箱上，旁邊還有他的軍帽。軍帽上有一顆紅色五角星，鮮紅鮮紅的，發亮，是閃閃的紅星。這幾樣東西組合在一起，此時無聲勝有聲了。彭國梁拉著風箱，他的每一個動作都要反映到爐膛裡的火苗上。在他做推手的動作時，東倒西歪的火苗立即豎了起來，像一根柱子，相當有支撐力。玉米則把稻草架到那根火柱子上，這一來他們的手腳暗地裡有了配合、有了默契，分外地感人。稻草被火鉗架到火柱子上去，跳躍了一下，柔軟了，透明了、鮮豔了、變成了光與熱，兩個人的臉龐和胸口都被爐膛裡的火苗有節奏地映紅了，他們的喘息和胸部的起伏也有了節奏，需要額外地調整與控制。空氣燙得很，晃動得很，就好像兩個人的頭頂分別掛了一顆大太陽，有點烤，但是特別地喜慶，是那種發燙的溫馨。就是有點亂，還有一點催人淚下的成分，不時在胸口一進一出的。玉米知道，自己戀愛了。玉米望著火，禁不住流下了熱淚。彭國梁顯然看見了，還是不說什麼，只是掏出了他的手帕，放在玉米的膝蓋上。玉米拿起來，沒有擦眼淚，卻捂住了鼻子。手帕有一股香皂的氣味，玉米一聞到這股氣味差一點哭出了聲音。好在玉米即刻忍住了，淚水卻是越忍越多。他們到現在都沒有說一句話，沒有碰一下手指頭。玉米想，這就對了，戀愛就是這樣的無聲地坐在一起，有些陌生但是默契；近在咫尺卻一心一意地向遙遠的地方憧憬、緬懷。就是這樣的。

玉米望著彭國梁的腳，知道了是四十二碼的尺寸。這個不會錯。玉米知道了彭國梁所有的尺寸。女孩子的心裡一旦有了心上人，眼睛就成了捲尺，目光一拉出去就能量，量完了呼啦一下又能自動收進來。按照舊規矩，玉米過門以前，彭國梁不能在王家莊這邊住下來。但是王連方破字當頭，主張移風易俗。王連方發話了，住。王連方實在是喜歡彭國梁在他的院子裡進進出出的，總覺得這樣一來他的院子裡就有了威武之氣，特別地無上光榮。施桂芳小聲說：「還是不妥當。」王連方瞪了施桂芳一眼，極其嚴肅地指出：「形而上學。」

彭國梁在玉米的家裡住下了。不過哪裡也沒有去。除了吃飯和睡覺，幾乎都是和玉米待在了灶台後面。灶台的背後真是一個好地方，是鄉村愛情的聖地。玉米和彭國梁已經開始交談了，玉米有些吃力，因為彭國梁的口音裡頭已經夾雜了一些普通話了。這是玉米很喜歡的。玉米自己說不來，可是玉米喜歡普通話。夾雜了普通話的交談無端端地帶上了遠方的氣息，更適合於愛情，是另一種天上人間。爐膛裡的火苗一點一點暗淡下去，黑暗輕手輕腳地籠罩了他們。玉米開始恐懼了，這種恐懼裡頭又多了一分難言的企盼與焦慮。當愛情第一次被黑暗包裹時，因為不知後事如何，必然會帶來萬事開頭難這樣的窘境。兩個人都相當地肅穆，就生怕哪兒碰到對方的哪兒。是那種全神貫注的擔憂。

彭國梁握住了玉米的手。玉米終於和彭國梁「手拉手」了。雖說有些害怕，玉米等待的到底還是這個。玉米的手被彭國梁「拉」著，有了大功告成的滿足。玉米在內心的最深處澈底鬆了一口氣。玉米其實也沒有拉著，只是伸在那兒，或者說，被彭國梁拽在那兒。彭國梁的手指開始很僵，慢慢地活了，一活過來就顯得相當地犟。它們一次又一次地往玉米的手指縫裡摳，而每一次似乎又是無功而返的，因為不甘，所以再重來。切膚的舉動到底不同一般，玉米的喘息相當困難了。彭國梁突然摟住玉米，把嘴唇貼在了玉米的嘴唇上。彭國梁的舉動過於突然，玉米明白過來的時候已經晚了，趕緊把嘴唇緊緊地抿上。玉米想，這一下完蛋了，嘴都讓他親了。但是玉米的身上一下子通了電，人像是浮在了水面上，毫無道理地蕩漾起來，失去了重量，只剩下浮力，四面不靠，卻又四面包圍。玉米企圖掙開，但是彭國梁的胳膊把她箍得那樣緊，玉米也只好死心了。玉米相當害怕，卻反而特別地放心了。玉米漸漸把持不住了，抿緊的雙唇失去了力量，讓開了一道縫，冷冷的，禁不住地抖。這股抖動很快傳遍全身了，甚至傳染給了彭國梁，他們攪在一起抖動，越吻越覺得吻的不是地方，只好悶著頭到處找。其實什麼也沒有找到。自己的嘴唇還在自己的嘴上。這個吻差不多和傍晚一樣長，施桂芳突然在天井裡喊：「玉米，吃晚飯了哇！」玉米慌忙答應了一聲，吻才算停住了。玉米愣了好大一會兒，調息過來了。抿著嘴，無聲地笑，就好像他們的舉動因為特別地隱蔽，已經神不知、鬼不覺了。兩個人從稻草堆上站起身，玉米的膝蓋軟了一下，差一點沒站住。玉米捶了捶腿，裝著像是腿麻了，心裡想，戀愛也是個體力活兒呢。玉米和彭國梁挪到稍亮一點的地方，相互為對方撣草屑。玉米撣得格外仔細，一絲一毫都不肯放過，玉米不能答應彭國梁的軍服上有半根草屑。撣完了，玉米從彭國梁的身後把他抱住了，整個人像是貯滿了神祕的液體，在體內到處流動、四處淌。人都近乎傷感了。玉米認定自己已經是這個男人的女人了。都被他親了嘴了，是他的人，是他的女人了。玉米想，都要死了，都已經是「國梁家的」了。

第二天的下午，彭國梁突然把手伸進玉米的衣襟。玉米不知道彭國梁想幹什麼，彭國梁的手已經撫住玉米的乳房了。雖說隔著一層襯衫，玉米還是嚇得不輕，覺得自己實在是膽大了。玉米和他僵持了一會兒，但是，彭國梁的手能把飛機開到天上去，還有什麼能擋得住？彭國梁的搓揉差點要了玉米的命，玉米摟緊了彭國梁的脖子，幾乎是吊在彭國梁的脖子上，透不過氣來。可是彭國梁的指頭又爬進玉米的襯衫，直接和玉米的乳房肌膚相親了。玉米立即摁住彭國梁的手，央求說：「不能，不能啊！」彭國梁停了一會兒，對著玉米的耳朵說：「好玉米，下一次見面還不知道是哪一年呢。」這句話把玉米的心說軟了、說酸了，一股悲慟湧衝進了玉米的心窩，無聲地洶湧了。玉米失聲痛哭，順著那聲痛哭脫口喊了一聲「哥哥」。這樣的稱呼換了平時玉米不可能叫出口，而現在完全是水到渠成了。玉米鬆開手，說：「哥哥，你千萬不能不要我。」彭國梁也流下了眼淚，彭國梁說：「好妹子，妳千萬不能不要我。」雖說只是重複了玉米的一句話，但是那句話由彭國梁說出來，傷心的程度上卻完全不同了，玉米聽了都揪心。玉米直起身，安靜地貼了上來，給他。彭國梁撩起玉米的襯衫，玉米圓溜溜的乳房十分光潔地挺在了他的面前。彭國梁含住了玉米的左乳。鹹鹹的。玉米突然張大了嘴巴，反弓起身子，一把揪緊了彭國梁的頭髮。

最後的一個夜晚了。第二天的一早彭國梁要回到彭家莊去，而下午他就要踏上返回部隊的路。玉米和彭國梁一直吻著，全心全意地撫摸，絕望得不行了。他們的身體緊緊地貼在一起，困苦地扭動。這幾天裡，彭國梁與玉米所做的事，其實就是身體的進攻與防守。玉米算是明白了，戀愛不是由嘴巴來「談」的，而是兩個人的身子「做」出來的，先是手拉手，後是脣對脣，後來發展到胸脯，現在已經是無遮無掩的了。玉米步步為營，彭國梁得寸進尺，玉米再節節退讓。說到底，玉米還是心甘情願的。這是怎樣的欲罷不能，欲罷不能哪！彭國梁終於提出來了，他要和玉米「那個」。玉米早已是臨近暈厥，但是，到了這個節骨眼上，玉米的清醒與堅決卻表現出來了。玉米死死按住了彭國梁的手腕，他們的手雙雙在玉米的腹部痛苦地拉鋸。「我難受啊。」彭國梁說。玉米說：「我也難受啊。」「好妹子，妳知道嗎?」「好哥哥，我怎麼能不知道。」彭國梁快崩潰了，玉米也快崩潰了。但是玉米說什麼也不能答應，這一道關口她一定要守住。除了這一道關口，玉米什麼都沒有了。她要想拴住這個男人，一定要給他留下一個想頭。玉米抱著彭國梁的腦袋，親他的頭髮。玉米說：「哥，你不能恨我。」彭國梁說：「我沒有恨妳。」玉米說到第二遍的時候已經哭出聲音了，玉米說：「哥，你千萬不能恨我。」彭國梁抬起頭，想說什麼，最後說：「玉米。」

玉米搖了搖頭。

彭國梁最後給玉米行了一個軍禮，走了。他的背影像遠去的飛機，萬里無雲，卻杳無蹤影。直到彭國梁的身影在土圩子的那頭澈底消失，玉米才犯過想來，彭國梁，他走了。剛剛見面了、剛剛認識了，又走了。玉米剛才一直都傻著，現在，胸口一點一點地活動了。動靜越來越大、越鬧越凶，有了抵擋不住的執拗。但是玉米沒有流淚，眼眶裡空得很，真的是萬里無雲。她只是恨自己，後悔得心碎。說什麼她也應當答應國梁、給了國梁的，守著那一道關口做什麼？白白地留著身子做什麼？還能給誰？肉爛在自家的鍋裡，盛在哪一只碗裡還不都一樣？「我怎麼就那麼傻？」玉米問自己，「國梁難受成那樣，我為什麼要對他守著？」玉米又一次回過頭，莊稼是綠的，樹是枯的，路是黃的。「我怎麼就這麼傻。」

有慶家的這兩天有點不舒服，說不出來是哪兒，只是悶。只好一件一件地洗衣裳，靠搓洗衣裳來打發光陰。衣裳洗完了，又洗床單，床單洗完了，再洗枕頭套。有慶家的還是想洗，連夏天的方口鞋都翻出來了，一左一右地刷。刷好了，有慶家的懶了下來，卻又不想動了。這一來更加無聊了。王連方又不在家，彭國梁前腳離開，他後腳就要開會去。他要是在家或許要好一點。有慶家的以往都是這樣，再無聊、再鬱悶，只要和王連方睡一下，總能順暢一點。有慶現在不碰她，都不願意和她在一張床上睡。村裡的女人沒有一個願意和她搭訕，有慶家的現在什麼都沒有，反而只剩下王連方了。有時候有慶家的再偷一個男人的心思都有，但是不敢。王連方的醋勁大得很。有慶家的和別人說幾句笑話王連方都要擺臉色。那可是王連方的臉色。你說女人活著為什麼？還有什麼意思？就剩下床上那麼一點樂趣。說到底床上的樂趣也不是女人的，它完全取決於男人在什麼時候心血來潮。

有慶家的望著洗好的東西，一大堆，又發愁了。她必須汰一遍。可她實在彎不下腰了。腰疼得很。有慶家的只好打起精神，拿了幾件換身的衣裳，來到了碼頭。剛剛汰好有慶的加褂，有慶家的發現玉米從水泥橋上走了過來。從玉米走路的樣子上來看，肯定是剛剛送走了彭國梁。玉米恍惚得很，臉上也脫了色。她行走在橋面上，像牆上的影子，一點重量都沒有。玉米也真是好本事，她那樣過橋居然沒有飄到河裡去。有慶家的想，玉米這樣不行，會弄出毛病來的。有慶家的爬上岸，守候在水泥橋頭。玉米過來了，有慶家的堆上笑，說：「走啦？」玉米望著有慶家的，目光像煙那樣，風一吹都能拐彎。玉米冷得很，不過總算給了有慶家的一點面子，她對著有慶家的點一下頭，過去了。有慶家的一心想寬慰玉米幾句，但是玉米顯然沒有心思領她的這分情。有慶家的一個人側在那兒，瞅著玉米的背影，她的背影像一個晃動的黑窟窿。有慶家的慢慢失神了，對自己說，你還想安慰人家，再怎麼說，人家有飛行員做女婿——離別的傷心再咬人，說到底也是女人的一分成績、一分運氣，是女人別樣的福。妳有什麼？妳就省下這分心吧。

玉米離開之後，有慶家的跑到豬圈的後面，彎下身子一頓狂嘔。湯湯水水的，竟比早上吃下去的還要多。有慶家的貼在豬圈的牆上，睜開眼，眼睫掛了細碎的淚。有慶家的想，看來還是病了，不該這麼噁心。這麼一想有慶家的反而想起來了，這兩天這麼不舒服，其實正是想吐。有慶家的彎下腰，又嘔出一嘴的苦。有慶家的閉上眼，兀自笑了笑，心裡說，個破爛貨，妳還弄得像懷上小支書似的。這句作踐自己的話卻把有慶家的說醒了，兩個多月了，她的親戚還真是沒有來過，只不過沒敢往那上頭想罷了。轉一想，有慶家的卻又笑了，挖苦自己說，拉倒吧妳，妳還真是一個外勤內懶的貨不成。

醫生說，是。有慶家的說，這怎麼可能。醫生笑了，說妳這個女的少有，這要問妳們家男人。有慶家的又推算了一次日子，那個月有慶在水利工地上呢。有慶家的眼睛直了，有慶再木咕，但終究不是二憨子，這件事瞞得過天、瞞得過地，最終瞞不過有慶。要還是不要，有慶家的必須給自己拿主張。

有慶家的炒了一碗蛋炒飯，看著有慶吃下去。掩好門，順手從門後拿起了搗衣棒。有慶家的把搗衣棒放在桌面上。有慶家的說，「有慶，我能懷的。」有慶還在扒飯，沒有聽明白。有慶家的說：「有慶，我懷上了。」有慶家的說：「是王連方的。」有慶聽明白了。有慶家的說：「我不敢再墮胎了，再墮胎我恐怕真的生不出你的骨肉了。」有慶家的說，「有慶，我想生下來。」有慶家的說，「有慶，你要是不答應，我死無怨言。」有慶家的看著桌面上的搗衣棒，說，「你要是嚥不下去，你打死我。」有慶最後一口飯還含在嘴裡，他把筷子拍在了桌子上，脖子和目光一起梗了。有慶站起身，拿起搗衣棒。有慶把搗衣棒握在掌心，胳膊比搗衣棒還要粗，還要硬。有慶家的閉上了眼睛。再睜開的時候，有慶已經不在了。有慶家的慌了，出了門四處找。最後卻在婆婆的茅棚裡找到了。有慶家的追到茅棚的門口，看見有慶跪在婆婆的面前，有慶說：「我對不起祖宗，我比不上人家有種。」有慶嘴裡的那口蛋炒飯還含在嘴裡，這刻兒黃燦燦的噴得一地。有慶家的身子骨都涼了，和婆婆對視了一眼，退了回來。回到家，從笆斗裡翻出一條舊麻繩，打好活釦，扔到屋梁上去。有慶家的拽了拽，手裡的麻繩很有筋骨，放心了。有慶家的把活釦套上脖上，一腳蹬開腳下的長凳。

婆婆卻衝開門進來了。婆婆多亮堂的女人，一看見兒媳的眼神立即知道要出大事了。婆婆一把抱住有慶家的雙腿，往上頂。婆婆喊道：「有慶哪，快，快！」有慶已經被眼前的景象弄呆了，不知道前後的幾分鐘裡他都經歷了什麼。木頭木腦的，四處看。有慶把媳婦從屋梁上割下來，婆婆立即關上了屋門。老母親興奮異常，彎著腿，張開胳膊，兩隻胳膊像飛動的喜鵲不停地拍打屁股。她壓低了嗓子，對兒媳說：「懷上就好，妳先孵著這個，能懷上就好了哇！」

春風到底是春風，野得很。老話說「春風裂石頭，不戴帽子裂額頭」，說的正是春風的厲害。一年四季要是說起冷，其實倒不在三九和四九，而在深秋和春後。三九、四九裡頭，雖說天凍地凍，但總歸有老棉襖、老棉褲裹在身上，又不怎麼下地，反而不覺得什麼。深秋和春後不一樣，手腳都有手腳的事，老棉襖、老棉褲綁在身上到底不麻利，忙起來又是一身汗，穿戴上難免要薄。深秋倒是沒什麼風，但是起早貪黑的時候，大地上會帶上露水的寒氣，秋寒不動聲色，卻是別樣的凜冽。春後又不一樣了，主要是風。春風並不特別地刺骨，然而有勢頭，主要是有耐心，把每一個光禿禿的枝頭都弄出哨聲，像嚎喪，從早嚎到晚，好端端的一棵樹像一大堆的新寡婦。春寒的那股子料峭，全是春風搗的亂。

麥子們都返青了。它們一望無際，顯得生機勃勃。不過細看起來，每一片葉子都瑟瑟抖抖地，透出來的還是寒氣。春天裡最怕的還是霜。只要有了春霜，最多三天，必然會有一場春雨。所以老人們說：「春霜不隔三朝雨」。雖說春雨貴如油，那是說莊稼，人可是要遭罪。雨一下就是幾天，還不好好下，霧那樣，沒有瓢潑的勁頭，細細密密地纏著你，躲都躲不掉。天上地下都是濕漉漉的，連枕頭上都帶著一股水氣，把你的日子弄得又髒又寒。

王家莊瀰漫著水氣，相當濡。風一直在吹。人們睡得早、起得遲，會過日子的人家趕上這樣的光景，一天只吃兩頓。這也是先輩的老傳統了。青黃不接的時候，多睡覺，橫著比豎著扛餓。吃得少，人當然要懈怠了，這就苦了豬圈裡的豬。牠們要是餓了不可能躺下來好好睡覺的，牠們會不停地喊。豬喊得很難聽，不像雞，叫起來喜喜慶慶的；也不像狗，狗的叫聲多少有那麼一點安詳，遠遠地聽上去讓人很心安。豬讓人煩，天下所有的豬都是餓死鬼投的胎，一天到晚就知道喊冤。

天上沒有太陽、沒有月亮。天黑了，王家莊寧靜下來了。天又黑了，王家莊又寧靜下來了。出大事了。王連方被堵在秦紅霞的床上事先沒有一點預兆。王家莊靜悄悄的，只有公豬、母豬的餓叫聲。燒晚飯的光景，家家戶戶的屋頂上都冒著炊煙，炊煙纏繞在傍晚的霧氣裡頭，樹巔的枝杈上都像冒著熱氣。其實滿祥和的。突然來了動靜，王連方和秦紅霞一起被堵在了床上。怪只怪秦紅霞的婆婆不懂事，事後人們都說，秦紅霞的婆婆二百五，真是少一竅！妳喊什麼？喊就喊了，妳喊「殺人」做什麼？王連方要是碰上一個聰明的女人，肯定過去了，偏偏碰上了這樣一個二百五。一切都好好的，秦紅霞的婆婆突然喊：「殺人啦，殺人啦！」村子裡的水氣重，叫喊的聲音傳得格外遠，分外地清晰。左鄰右舍們操起了傢伙，一起衝進了秦紅霞的天井。秦紅霞的男將張常軍在河南當炮兵，去年秋天在部隊上解決了組織問題，到了今年秋天差不多該退伍了。

張常軍不在，鄰居們平時對紅霞一家還是相當照顧的，她的婆婆喊「殺人」，這樣重大的事，不能不出面。秦紅霞的婆婆站在天井的中央，上氣不接下氣，光會用手指頭指窗戶。窗戶已經被秦紅霞的婆婆拉開了，半開著，門卻捂得極死。天井裡站的全是人。拿扁擔的小心翼翼地來到了窗戶跟前，而扛著釘耙的急不可耐，一腳把門踹開了。王連方和秦紅霞正在穿戴，手上忙得很，卻是徒勞，沒有一個鈕釦扣得是地方。王連方雖說還能故作鎮靜，到底斷了箍、散了板了。他掏出飛馬香菸：說，「抽菸，大家抽。」

這怎麼抽。

形勢很嚴峻。平時人家給王連方敬菸，王連方還要看看牌子。現在王連方給別人敬的是飛馬，他們都不抽。形勢很嚴峻了。

當天晚上，王家莊像亂葬崗一樣寂靜，真的像殺了人了，殺光了那樣。而王連方已經來到了鎮上，站在公社書記的辦公桌前。公社的王書記很生氣。王書記平時和王連方的關係相當不一般，但是現在，他對著王連方拍起了桌子：「怎麼搞的！弄成這樣嘛！幼稚嘛！」王連方很軟了，雙眼皮耷拉下來，從頭到腳都不景氣。王連方很小心地說：「要不，就察看吧。」王書記正在氣頭上，又拍桌子：「你嘔屎！軍婚，現役嘛！高壓線嘛！要法辦的！」形勢更嚴峻了。王連方不是不知道，這件事弄不好就「要法辦的」，但是第一次沒有事，第二次也沒有事，最終到底出事了。現在王書記親自說出「要法辦的」，性質已經變了。王書記解開了中山裝，雙手叉腰，兩隻胳膊彎把中山裝的後襟撐得老高。這是當領導的到了危急關頭極其嚴峻的模樣，連電影上都是這樣。王連方望著王書記的背影，王書記一推窗戶，對著窗外攤開了胳膊：「都被人看見了，你說說，怎麼辦？怎麼辦嘛！」

事情來得快，處理得也快。王連方雙開除，張衛軍擔任新支書。這個決定相當英明，姓王的沒有說什麼，姓張的也不好再說什麼。

日子並不是按部就班地過，它該慢的時候才慢，該快的時候卻飛快。這才幾天，王連方的家就這麼倒了。表面上當然看不出什麼，一磚一瓦都在房上，一針一線都在床上，但是玉米知道，她的家倒了。好在施桂芳從頭到尾對王連方的事都沒有說過什麼。施桂芳什麼都沒有說，只是不停地打嗝。作為一個女人，施桂芳這一回丟了兩層的臉面。她睡了好幾天，起床之後人都散了。這一回的散和剛剛出了月子的那種散到底不同，那種散畢竟有炫耀的成分，是自己把自己弄散的，順水而去的，現在則有了逆水行舟的味道，反而需要強打起精神頭，只不過吃力得很、勉強得很，像她開口說話嘴裡多出來的那股子餿味。

玉米現在最怕的就是和母親說話。她說出來的話像打出來的嗝，一定是漚得太久了。讓玉米心寒的還有玉穗，小婊子太賤，都這個歲數了，還有臉和張衛軍的女兒在一起踢毽子，每一回都輸給人家。張衛軍的女兒小小的一個人、小小的一張臉，小鼻子小眼的，小嘴脣又薄又囂。姓張的的確沒一個好貨。她踢的毽子哪還能算毽子？草雞毛罷了。玉穗肯輸給她，看來天生就是吃裡扒外的胚子，玉米算是看透她了。

玉米把一切都看在眼裡，反而比往常更沉得住氣。就算彭國梁沒有在天上開著解放軍的飛機，她玉米也長不出玉穗那樣的賤骨頭。被人瞧不起都是自找的。玉米走得正、行得正，連彭國梁的面前她都能守得住那道關，還怕別人不成？玉米照樣抱著王紅兵，整天在村子裡轉。王連方當支書的時候別人怎麼過，她玉米就能怎麼過。王玉米的「王」擺到哪兒都是三橫加一豎，過去不出頭，現在也不掉尾巴。

最讓玉米瞧不起的還是那幾個臭婆娘，過去父親睡她們的時候，她們全像臭豆腐，筷子一戳一個洞。現在倒好，一個個格格正正的，都拿了自己當紅燒肉了。秦紅霞回來了，小騷貨出事之後帶著孩子回娘家去了，一去就是十來天。返村的時候，秦紅霞的臉上要紅有紅、要白有白，弄得跟回娘家坐月子似的。她還有臉回來！河面上又沒有蓋子，她硬是沒那個血性往下跳，做做樣子都不敢。秦紅霞走在橋上，還弄出不好意思的樣子，好像全村的男人一起娶她了。秦紅霞快下橋口的時候，不少婦女都在暗地裡看玉米，玉米知道，她們在看她。她們想看看玉米怎麼面對這件事，怎麼面對那個人。秦紅霞過來了，玉米抱著王紅兵，站起來，換了一下手，主動迎了上去。玉米笑著，大聲說：「紅霞姨，回來啊！」所有的人都聽到了。過去玉米一直喊秦紅霞「紅霞姐」，現在喊她「姨」，意味格外地深長了，有了難以啟齒的暗示性。婦女們開始還不明白，但是，只看了一眼秦紅霞的臉色，領略了玉米的促狹和老到，又是滴水不漏的。秦紅霞對著玉米笑得十分彆扭，相當地難堪。一個不缺心眼的女人，永遠不會那樣笑的。

王連方打算學一門手藝。一家子老老少少，十來張嘴呢。從今年的秋後開始，不會再有往年那樣的分紅了。和社員們一起做農活，王連方沒有那個身板了，主要還是丟不下那個臉面。王連方對自己有一個基本的認識，雖說支書不當了，但他這一輩子睡過那麼多的女人，夠本了，值得。回過頭來再和自己的老部下一起挑大糞、挖鴫溝、插秧割麥，很不成體統。妥當的辦法是趕緊學一門手藝。王連方做過很周密的思考，他時常一手執菸，一手叉腰，站到《世界地圖》和《中華人民共和國地圖》的面前，把箍桶匠、殺豬匠、鞋匠、篾匠、鐵匠、銅匠、錫匠、木匠、瓦匠放在一起，進行綜合、比較、分析、研究，經過去粗取精、去偽存真、由裡而外、由現象到本質，再聯繫上自己的身體、年紀、精力、威望等實際，決定做漆匠。漆匠有這樣幾個好處：一、不太費力氣，自己還吃得消；二、技術上不算太難，只要大紅大綠地塗抹上去，別露出木頭，終究難不到哪裡；三、成本低，就一把刷子，不像木匠，鋸、刨、斧、鑿、錘，一套一套的，辦齊全了有幾十件；四、學會了手藝，整天在外面討生活，不用待在王家莊，眼不見為淨，心情上好對付一些；五、漆匠總歸還算體面，像他這樣的身分，做殺豬那樣的髒事，老百姓看了也會寒心，漆匠到底不同，一刷子紅、一刷子綠，遠遠地看上去很像從事宣傳工作。主意定下來，王連方覺得自己的方針還是比較接近唯物主義的。

有慶家的這邊，王連方有些日子不來了。時間雖說不長，畢竟是風雲變幻了。王連方中午喝了一頓悶酒，一直喝到下午兩、三點鐘。王連方站起來，決定在離家之前再到有慶家的身上疏通一回。別的女人現在還肯不肯，王連方心裡沒底。不過，有慶家的是王連方的自留地，他至少還可以享一享有慶的呆福。王連方推開有慶家的門，有慶家的正在偷嘴，嚼蘿蔔乾。有慶家的背過身，已經聞到了王連方一身的酒氣。王連方大聲說：「粉香啊，我現在只有妳啦！」話說得雖然淒涼，但在有慶家的這邊還是有幾分的感動人心的，反而有了幾分溫暖了。王連方說：「粉香啊，下次回來的時候妳就喊我王漆匠吧。」有慶家的轉過臉，王連方的臉上有了七分醉了，特別地頹唐，有慶家的想安慰他幾句，卻不知從哪裡說起。雖說秦紅霞的事傷了她的心，到底還是不忍看見王連方這副落魄的樣子。有慶家的當然知道他來做什麼。如果不是有了身孕，有慶家的肯定會陪他上床散心的。但現在不行。絕對不行。有慶家的正色說：「連方，我們不要那樣了——你還是出去吧。」王連方卻沒有聽見，直接走進西廂房，一個人解、一個人脫，一個人鑽進了被窩。等了半天，王連方說：「喂！」又等了半天，王連方說：「——喂！」王連方一直聽不到動靜，只好提著褲子，到堂屋裡找。有慶家的早已經不在了。王連方再也沒有料到這樣的結果，兩隻手拎著褲帶，酒也消了，心裡滾過的卻是世態炎涼。王連方想，好，妳還在我這裡立牌坊，早不立、晚不立，偏偏在這個時候立，妳行。王連方一陣冷笑，自語說：「媽個巴子的！」回到西廂房，再一次扒光了，王連方重新爬進被窩，突然扯開了嗓子。王連方吼起了樣板戲。是《沙家濱》。王連方睡在床上，一個人扮演起阿慶嫂、胡傳魁和刁德一。他的嗓門那麼大、那麼粗，而他在扮演阿慶嫂的時候，嗓子居然捏得那麼尖、那麼細，直到很高的高音，實在爬不上去了，又恢復到胡傳魁的嗓音。王連方的演唱響遍了全村，所有的人都聽到了，但是沒有一個人過來，好像誰都沒有聽見。王連方把《智鬥》這場戲原封不動地搬到了有慶的床上，一字不差、一句不漏。唱完了，王連方用嘴巴敲了一陣鑼鼓，穿好衣裳，走人。

其實有慶家的哪裡也沒有去。她進了廚房，站在廚房的門後面。有慶家的再也想不到王連方會來這一手，嚇得魂都掉了。稍稍鎮定下來，有慶家的湧上了一股徹骨的悲傷，只覺得自己這半年的好光景還是讓狗過了。有慶家的手腳一起涼了。她摸著自己的腹部，恨不得用指頭把肚子裡的東西挖出來。可又不忍。有慶家的顫抖了，她低下頭，看著自己的肚子，對自己的肚子說：

「狗雜種，狗雜種，狗雜種，個狗雜種啊！」

王連方四十二歲出門遠行，出去學手藝去了。一個家其實就交到了玉米的手上。家長不好做。不做當家人，不知柴米貴，玉米現在算是知道這句話的厲害了。當家難在大處，說起來卻也是難在小處。小處瑣碎、纏人，零打碎敲、雞毛蒜皮，可是你沒有一樣能逃得過去，你必須面對面，屁大的事你都不能拍拍屁股掉過臉去走人。就說玉葉，虛歲才十一歲的小東西，前幾天剛剛在學校裡頭砸爛了一塊玻璃，老師要喊家長；現在又把同學們的墨水瓶給打散了，潑得人家一臉的黑，老師又要喊家長了。玉葉看上去沒什麼動靜，嘴巴慢，手腳卻凌厲，有些嘎小子的特徵。這樣的事要是換了過去，老師們會本著一分為二的精神來看待玉葉的。現在有點不好辦，老師畢竟也有老師的難處。玉米是作為「家長」被請到學校裡去的，第一次玉米沒說什麼，只是不停地點頭，回家抓了十個雞蛋放在了老師的辦公桌上。第二次玉米又被老師們請來了，玉米聽完了，把玉葉的耳朵一直拎到辦公室，當著所有老師的面給了玉葉一嘴巴。玉米的出手很重，玉葉對稱的小臉即刻不對稱了。玉米這一次沒有把雞蛋拖到學校，卻把豬圈裡的約克夏白豬趕過來了。事情弄大了，校長只好出面。校長是王連方多年的朋友，看了看老師，又看了看玉米，手心、手背都不好說什麼。校長只好看著豬，笑起來，說：「玉米呀，這是做什麼，給豬上體育課哪？」噘著嘴讓工友把約克夏豬趕回去了。玉米看著校長和藹可親的樣子，也客氣起來，說：「等殺了豬，我請叔叔吃豬肝。」校長慢騰騰地說：「那怎麼行呢？」玉米說：「怎麼不行？老師能吃雞蛋，校長怎麼不能吃豬肝？」話剛剛出口，玉葉老師的眼睛頓時變成了雞蛋，而一張臉卻早已變成豬肝了。

玉米一到家就攤開了四十克信箋，她要把滿腔的委屈向彭國梁訴說。玉米現在所有的指望都在彭國梁那兒了。玉米沒有把家裡的變故告訴彭國梁，那件事玉米不會向彭國梁吐露半個字的。玉米不能讓彭國梁看扁了這個家，這上頭不能有半點閃失。只要國梁在部隊上出息了，她的家一定能夠從頭再來，玉米對著信箋說：「國梁，你要提幹。」玉米看了看覺得太露骨，不妥當。玉米把信撕了，千叮嚀萬囑咐，最後變成了這樣一句：「國梁，好好聽首長話，要求進步！」

公社的放映隊又來了。這些天施桂芳老是喊心窩子疼，玉米不打算看電影去了。玉米其實是愛看電影的，母親倒是從來不看。那時候玉米還在心裡頭嘀咕，怎麼人到了歲數連電影都不想看了呢？現在玉米算是明白了，母親不願意往人多的地方去。再說了，電影也實在是假得很，那麼多的人擠在一塊白布裡頭過日子，就一塊白布，它知道什麼是暖、什麼是冷？這麼一想，玉米也覺得自己到了歲數了，只是覺得自己的心也冷了。心冷一次，歲數自然要長一次。人就是以這種方式一次又一次地長大，心同樣也是這樣一次又一次地死掉。這和年月反而沒有什麼關係了。

剛吃過晚飯，玉秀偷了一把葵花子想早點出去，玉米把她攔住了。玉米不讓玉秀這麼早出去有玉米的道理。以往放電影，玉秀都要去搶位子。大白布還沒有扯上去，玉秀扛著板凳已經把放映機前最好的位子搶下來了。玉秀每次能搶到地盤，當然不是玉秀的能耐，說到底還是人家讓著她。現在玉秀再指望有人讓她顯然就太不知趣了，弄不好又是一番口舌。玉米不怕口舌，可是以現在的光景，多一事當然不如少一事，玉米得攔著，不要找不自在。玉秀沒有聽玉米的，卻撂過來一句話，說：「妳煩不煩，妳看看我有沒有帶板凳？」玉秀是個聰明人，這丫頭還是知道深淺的。玉米說：「那妳也得把玉葉帶上。」玉秀說：「我不帶，她自己又不是沒長腿。」玉米說：「妳帶不帶？要不哪裡也別想去。」玉米現在絕對是家長了，聲音一大，肯定是說一不二。玉秀這一回沒有頂嘴，順手又多抓了兩把葵花子。老三玉秀帶著老五玉葉，老二玉穗帶著老六玉苗，老四玉英自顧自，老七玉秧留在家裡睡覺。這樣安頓完了，玉米點上煤油燈，抱著王紅兵來到了母親的床前。母親瘦了，然而，這種瘦倒沒有體現在臉盤的大小上，而是反映在面部的皺紋上。施桂芳臉上的皺紋一條一條地都掛了下來，呈現出水往低處流的格局。一句話——一副哭喪相。玉米把新炒的葵花子端到母親的面前，施桂芳說：「玉米，往後別炒了。」玉米說：「為什麼？」施桂芳說：「別丟那個人了。」玉米看著自己的母親，厲聲說：「媽，妳不能不吃。」母親說：「這是怎麼說的？」玉米說：「吃給別人看。」施桂芳笑笑，想說什麼，但終於沒有開口，只是把手放在了玉米的手背上，拍了兩下。玉米感覺出來了，母親的拍打有勸解的意思，更多的卻還是認命的意思。玉米站起來了，說：「媽，為了我們，妳就當藥吃。」施桂芳拍了拍床沿，示意玉米坐下來。雖說天天在一個屋子裡頭，但是這樣安心地和玉米說說話，還真是少有的光景。再怎麼說，有這樣一個女兒和自己說說話，打通打通心裡的關節，多少能夠去痰化淤。夜很靜了，是那種清心寡欲的靜，施桂芳聽了一會兒，卻聽出了孤兒寡母的那種靜。王紅兵已經睡著了，在玉米的懷裡乖巧得很。施桂芳接過來，端詳了好大的工夫，他倒是睡得安穩，沒心沒肺的憨樣。施桂芳抬起頭來再看玉米。燈芯照亮了玉米的半張臉，玉米的半個側面被油燈出落得格外標致，只不過另外的半張臉卻陷入了暗處，使玉米的神情失去了完整性，有了見首不見尾的深不可測。這時候外面吹過了一陣風，把電影裡槍炮的聲音吹到這邊來了。玉米伸長了脖子，側著耳朵，十分仔細地從槍炮聲中分辨飛機俯衝的聲音。施桂芳猜得出玉米這一刻的心思，說：「去看看吧。」玉米沒有動，只是望著燈芯，目光專注而又恍惚。施桂芳長長地嘆了一口氣，燈芯順著施桂芳的嘆息扭了一下腰肢，好像也躲著她了，心思早已經坐飛機了。房間裡暗淡了一下，玉米半張明亮的臉即刻也黯淡下去了。施桂芳突然直起了上身，打了一連串的餿嗝，同時用力拍打著床面，說：「還是這樣好，還是這樣好哇！」母親的突發性舉動沒有一點由頭、沒有一點過渡，嚇了玉米一跳。玉米看了看母親，「呼」地一下吹滅了煤油燈，說：「早點睡吧。」

玉穗帶著玉苗回家的時候，玉米已經偎在枕邊睡了一小覺了。接下來回家的是玉英。玉米坐在床沿，關照她們幾個用水。玉米要等的其實是玉葉，玉葉這丫頭真是個假小子，懶得很，你要是不逼著她，她就是不肯用水，鑽進被窩一焐，一雙腳臭得要了命，身上還臊烘烘的。玉葉由玉米帶著睡，除了玉米，誰還肯和玉葉的那雙臭腳裹一個被窩？電影已經散了，玉葉還不回來，一定是玉秀拉著玉葉在外頭瘋。玉米知道玉秀的心思，有玉葉陪著，回家之後她才好把屎盆子往別人的頭上扣。等了一會兒，外面已經沒什麼動靜了，玉秀和玉葉還沒有回來。玉米生氣了。玉米披上棉襖，拔上兩隻鞋後跟，怒沖沖地出門去了。

玉米最後在打穀場的大草垛旁邊找到玉秀和玉葉，電影早就散場了，大草垛的旁邊圍了一些人，還亮著一盞馬燈。玉米大聲喊：「玉秀！玉葉！」沒有聲音回應。草垛旁邊的腦袋卻一起轉了過來。四周黑漆漆的，只有轉過來的臉被馬燈的光芒自下而上照亮了，懸浮在半空，呈現出古怪的明暗關係。他們不說話，幾張臉就那麼毫無表情地嵌在夜色之中，鬼氣森森的。玉米怔了一下，一股不祥的預感在胸口迅速地飛竄。玉米走上去，人們讓開了，玉秀和玉葉的下身一絲不掛，傻乎乎地坐在稻草上。玉秀、玉葉的身上到處都是草屑，草屑綴滿了亂髮、牙縫和嘴角。玉秀一動不動，眼睛在眨巴，但目光卻已經死了。玉米已經明白發生什麼了，張大了嘴巴，望著她的兩個妹妹。圍在旁邊的人看了看玉米，丟下馬燈，一個又一個離開了。他們的背影融入了夜色。夜色裡空無一人，但更像站滿了人。

玉米跪在地上，給她們穿上褲子。玉秀和玉葉的襠部全是血，外加許多黏稠的液汁。她們的褲子上洋溢著一股陌生而又古怪的氣味。玉米用稻草幫她們擦乾淨，拉緊她們的手，左手一個，右手一個。玉米拽著自己的兩個妹妹，在黑色的夜裡往回走。馬燈還放在原來的地方。漆黑的夜色中，巨大的草垛被馬燈照出了一輪金色的光輪。一陣夜風吹了過來，吹亂了玉米的頭髮，幾乎蓋在了臉上。玉秀和玉葉都哆嗦了一下，她們在夜風的吹拂下像兩個搖擺的稻草人。玉米突然立住，蹲在玉秀的面前，一把揪緊了玉秀的雙肩。

玉米問：「告訴我，誰？」玉米扳著玉秀的肩頭，拚命搖晃，大聲問：「是誰？」玉米搖晃玉秀的時候，自己的頭髮卻洶湧澎湃，玉米吼道：「——誰？」

玉葉接過了問話，玉葉說：「不知道。好多。」

玉米一屁股坐在了地上。

彭國梁遠在千里之外，然而，村子裡的事顯然沒有瞞得過彭國梁。彭國梁來信了，他的來信只有一句話，「告訴我，妳是不是被人睡了？」雖然遠隔千里，玉米還是感受到了彭國梁失控的體氣，空氣在晃動。玉米差不多被這句話擊倒了，全身透涼，沒有了力氣。玉米無端地恐懼了。玉米看到了一隻手，這隻手繞過了玉秀還有玉葉，慢慢伸向她玉米了。陽光普照，但那隻手卻伸手不見五指。玉米知道了，村子裡的人不僅替玉米看彭國梁的信，還在替玉米給彭國梁寫信。玉米怎麼回答彭國梁呢？這樣的問題玉米如何說得出口呢？玉米實在不知道怎樣回答這個問題。人都想呆了。彭國梁現在是玉米和玉米家最後的一根支柱，他這架飛機要是飛遠了，玉米的天空真是塌下來了。玉米把四十克信箋攤在桌面上，團了好幾張，又撕了好幾張。玉米發現這一刻自己只是一張紙，飄飛在空中，無論風把她拋到哪兒，結果都是一樣的，不是被撕毀，就是被踩滿了腳印。哪一隻腳能放過地上的一張紙呢？腳的好奇心決定了紙的命運。夜深人靜了，玉米把紅管英雄牌鋱金筆捏在手上，她其實並不想寫信，只是以這種空洞的方式和彭國梁說說話。玉米憋了很久，卻發現信箋上已經寫著一行話了，這句話把玉米自己都嚇了一跳。玉米自己也不知道是什麼時候寫的，特別地大膽、特別地放縱。信箋上寫道：「國梁哥，我的心上人，你是我最親最愛的人。」玉米只覺得自己的臉皮也已經厚了，這樣的話也有膽子說了。玉米想了想，壯起膽子，又寫下了一行：「國梁哥，我的心上人，我的親人，你是我最親最愛的人。」寫到第二遍，玉米的胸脯拚命地向外鼓了。她望著燈芯，拿燈芯當彭國梁，好讓彭國梁亮亮地、暖暖地在她的面前立正。玉米又寫了一行：「國梁哥，我的心上人，我的親人，你是我最親最愛的人。」玉米說不出別的什麼來了，前前後後就是這一句。這是玉米心中藏得最深的一句，需要加倍地吃力才敢說得出。玉米從來沒敢說過，玉米終於把它說出來了。別的還有什麼呢？就是從頭再說，玉米還是這一句，只有這一句，就是這一句。玉米一口氣寫了五頁紙，因為信箋只有最後的五頁了。五頁紙上寫的全是同樣的一句話。第二天的上午，玉米把這五頁紙，橫著、豎著又看了幾遍，看到最後玉米自己都不敢再看了，一頁一頁的淚。玉米告訴自己，要是心底的話國梁哥還是聽不見，那只能是山太高、水太長，說什麼也是白說了。玉米把信寄了出去。信件寄出去之後，玉米還想找點什麼事情做做，但是沒有找到。那就坐下來歇歇吧。玉米坐在那兒，後來睡著了。玉米睡著了，坐在那兒。

等信的那幾天，玉米把王紅兵交給了玉穗，她要親自到橋頭慢慢地等候。她現在對彭國梁的回信沒有一點把握。要是彭國梁不要她了，說什麼也不能讓這封信丟到別人的手上。玉米丟不起那個人，誰要是有膽子把玉米的這封信拆開來，玉米會讓他吃刀子。玉米守在橋頭，等，沒有等到彭國梁的來信，卻等來了一個包裹。那是玉米的相片，還有玉米寫給彭國梁的所有信件。全是玉米的筆跡，很難看。玉米望著自己的相片、自己的筆跡，不知道怎麼弄的，並沒有預想的那樣難過，卻特別地難為情。太難為情了，就想一頭撞死。

有慶家的偏偏在這個時候出現了。玉米想把手裡的東西掖緊一些，一不小心卻弄掉了一樣東西，是玉米的相片。相片躺在地上，一副不知好歹的下作相，居然還有臉面笑。玉米想用腳踩住，還是遲了，有慶家的已經看在了眼裡，她的臉上已經明白了。玉米羞愧得連有慶家的都不敢看了。有慶家的撿起相片，一抬頭，便從玉米的眼裡看到了危險。玉米的眼睛特別地堅決，是那種隨時都可以面對生死才有的沉著和堅定。有慶家的一把抓住了玉米的胳膊，拽起來就往自己的家裡跑。有慶家的把玉米一直帶進自己的臥房，臥房的光線很不好，但是玉米的目光卻出奇地亮、出奇地硬。然而，配著一臉的痴，那種亮和硬分外地嚇人了。有慶家的拉過玉米的手，央求說：「玉米，妳要是還拿我當人，妳就哭！」

這句話把玉米的目光說鬆動了，玉米的目光一點一點地移過來，望著有慶家的，嘴角撇了兩下，輕聲說：「粉香姐。」玉米的聲音並不大，聽上去卻像是噴湧出來的，帶著血又連著肉，給人以血光如注的錯覺。有慶家的呆住了，她再也沒有料到玉米會喊她「粉香姐」。嫁到王家莊這麼長時間了，她有慶家的算什麼？一條母豬、母狗。誰拿她當過人？有慶家的被玉米的「粉香姐」打翻了五味瓶，竟比玉米還要揪心了。有慶家的沒有能夠憋住，一口放開了嗓子。有慶家的一把摟在了玉米的肩頭，順便把嘴巴捂在了玉米的胸前。這時候她的肚子裡面卻是一陣動，有慶家的感覺到了，那是小王連方在踢她的肚子了。有慶家的一想起自己的肚子，氣又短了，不敢再出聲了——要是沒有王連方，她和玉米不知道會成為多好的姐妹。可她偏偏就是王連方的大女兒。這個想法把有慶家的塞住了，說都沒法說。有慶家的調息了半天，總算把自己收攏回來了。

有慶家的抬起頭，抹去了眼淚，卻發現玉米已經在看著她，沒事的樣子，又嚇了有慶家的一跳。玉米的臉上雖然沒有一點血色，可神情已經恢復得近乎平常了。有慶家的有些不相信，可玉米的樣子在那兒呢，這是裝不出來的。有慶家的到底不放心，小心地說：「玉米。」玉米的頭讓開了，說：「我不會去死。我倒要好好看看——妳別給我說出去，就算幫過我了。」玉米說這句話的時候居然還笑了一下，雖說不太像，但是嘲諷的意思全有了。有慶家的想，玉米這是怨我多事了。玉米脫下自己的上衣，把相片與信件包裹起來，什麼也沒有說，開門出去了。有慶家的一個人被丟在臥房裡，僵在那兒。有慶家的想，這下好了，多事有事，這件事要是傳出去，玉米又要恨自己一個洞。

玉米睡了一個下午，夜深人靜時分，玉米來到了廚房，一個人躺在了灶台後面。她把自己解開來了，輕輕地撫摸自己的乳房。手雖然是玉米自己的，但是，那種感受和國梁給她的並無差異。就是手是自己的，這一點太遺憾了。玉米的手慢慢滑向了下身，當初國梁的手正是到了這兒被玉米擋住的，現在，玉米要替國梁哥做他最想做的事。玉米無力地癱在了稻草上，身子慢慢地燙了，越來越燙，難以按捺，只好吃力地扭動。但是不管怎樣扭，總覺得哪兒不對，特別地心願難遂，更需要加倍地扭動了。玉米的手指再怎麼努力都是無功而返，就渴望有個男人來填充自己，同時也了斷自己。不管他是誰，是個男人就可以了。夜深人靜，後悔再一次塞滿了玉米。玉米在悔恨交加之中，突然把手指頭摳進了自己。玉米感到一陣疼，疼得卻特別地安慰。大腿的內側熱了，在很緩慢地流淌。玉米想，沒人要的×，妳還想留給洞房呢！

不幸的女人都有一個標誌，她們的婚姻都是突如其來的。正是三夏大忙的時候，農民們都在和土地爭搶光陰。誰也沒有料到玉米會把她的喜事辦在這個節骨眼上。麥子們大片大片地黃在田裡，金光燦爛的，每一顆麥粒上都立著一根麥芒，這一來每一只麥穗都光芒四射，呈現出靜態的噴湧之勢。這個時節的陽光都是香的，它們帶著麥子的氣味，照耀在大地上，籠罩在村莊上。但是農民們在這個時候顧不上喜悅，因為這個時候的大地豐乳肥臀，洋溢著排卵期的孕育熱情。它們按捺不住，它們在陽光下面鬆軟開來了，一陣又一陣地發出厚實而又圓潤的體氣，它們渴望著借助於鐵犁翻個身，換個體位，讓初夏的水瀰漫自己、覆蓋自己。它們在得到灌溉的剎那，發出歡娛的呻吟，慢慢失去了筋骨，滿足了、安寧了，在百般的疲憊中露出了回味的酣眠。土地換了一副面孔，它們是水做的新媳婦，它們閉著眼睛，臉上的紅潤潮起潮落，這是無聲的命令，這還是無聲的祈求：「來，還要，還要。」農民不敢懈怠，他們的頭髮、衣襟和口腔裡全是新麥的氣味。他們把新麥的氣味放在一邊，歡欣鼓舞，強打精神，手忙腳亂，他們捏住了秧苗，一棵一棵地，按照土地的意願把秧苗插到土地最稱心如意的地方。農民們弓著身子，這裡面沒有偷工減料，每一棵秧苗的插入都要落實到農民的每一個動作上。十畝、百畝、千畝、秧苗一大片、一大片的，起先是蔫蔫的、軟軟的、羞答答的，在水中顧影自憐，而用不了幾天，大地就感受到身體的祕密了。大地這一回澈底安靜了、懶散了，不聲不響地打起了它的小呼嚕。

就在這個手忙腳亂的時候，玉米辦起了喜事。回過頭來看看，玉米把自己嫁出去實在是太過匆忙了，就像柳粉香當初的那樣。不過，玉米婚禮的排場柳粉香就不能比了，玉米是被公社幹部專用的小快艇接走的，駕駛艙的玻璃上貼著兩個鮮紅的紙剪雙喜。

說起來給玉米做媒的，還是她的老子王連方。清明節剛剛過去，天氣慢慢返暖了，正是莊稼人浸種的時刻，王連方從外面回到王家莊，他要拿幾件換身的衣裳。王連方吃過晚飯，一時想不起去處，坐在那兒點香菸。玉米站在廚房的門口，把王連方叫出來了。玉米沒有喊「爸爸」，而是直呼其名，喊了一聲「王連方」。

王連方聽見了玉米的叫喊聲，他聽到了「王連方」，心裡頭怪怪的。掐掉菸，王連方慢悠悠地走進了廚房。玉米低了眼皮，只是看地，兩隻手背在背後，貼住牆。王連方找了一張小凳子，坐下來，重新點上一根菸，說：「妳說說，什麼形勢？」玉米靜了好半天，說：「給我說個男人。」王連方悶下頭。知道了玉米那邊所有的變故，不說話了，一連吸了七、八口香菸；每吸一口，香菸上的紅色火頭都要狠狠地後退一大步，菸灰翹在那兒，越拉越長。玉米仰起臉，說：「不管什麼樣的，只有一條，手裡要有權。要不然我寧可不嫁！」

玉米的相親進行得十分保密，款式也相當新鮮，選擇在縣城的電影院，一上來便有了非同一般的一面。傍晚時分，玉米被公社的小汽艇給接走了，王家莊的許多人都在石碼頭上看到了這個壯麗景象。小汽艇推過來的波浪十分地瘋狂，一副敢惹是、敢生非的模樣，沒頭沒腦地拍打王家莊的河岸，把那些可憐的小農船推搡得東倒西歪的。因為這條小汽艇，玉米走得相當招搖，但是她出去做什麼，誰也弄不清。王家莊的人只是知道，玉米「到縣裡去了」。

玉米到縣城裡相親來了。她要見的人其實不在縣裡工作，而是在公社。姓郭，名家興，是分管人武的革委會副主任，職務相當地高了。玉米在小汽艇上想，幸虧她在父親的面前發了那樣的毒誓，要是按照一般的常規，她玉米絕不會有這樣的機會的。玉米肯定是補房，郭家興的年紀肯定也不會小了，這一點玉米有準備。刀子沒有兩面光，甘蔗沒有兩頭甜，玉米無所謂。為了自己，玉米捨得。過日子不能沒有權，只要男人有了權，她玉米的一家還可以從頭再來，到了那個時候，王家莊的人誰也別想把屁往玉米的臉上放。在這一點上，玉米表現得比王連方更為堅決。王連方肯定是過分考慮了年齡方面的問題了，他在玉米的面前顯得吞吞吐吐的，有些欲言又止的樣子。玉米把王連方想說的話攔在了嘴裡。他要說什麼，玉米肚子裡亮堂，說什麼都是放屁。

玉米第一次踏進縣城，已經天黑了，馬路的兩側全是路燈，儘管是晚上，還是欣欣向榮的好景象。玉米走在路上，心裡相當地雜，有點像無頭的蒼蠅。玉米對自己沒有一點信心，但是無論如何，玉米要拚打一回、爭取一回、努力一回。說到底，現在的玉米不是那時的玉米了，心氣已經大不如過去，但是，卻比以往更堅決、更犟。路過一家水果店的時候，玉米站住了，水果們一個個半懸在空中，卻沒有滾下來。玉米愣了半天總算弄明白了，是鏡子斜放在上面，懸掛在上面的都是水果的影子。但是，玉米馬上從鏡子中間看到了自己，玉米的穿戴土得很，在營業員的面前一比較全出來了。玉米真是後悔，說什麼也應該把柳粉香的那一身演出服穿出來的。司機看了一眼玉米，以為玉米想吃水果，搶了要買。玉米一把把他拉回來。司機笑著說：「妳這位小社員，力氣大得很嘛。」

關鍵時刻再一次來到了。玉米來到了新華電影院的門口，電影院的高牆上掛著一幅紅色的橫幅，「熱烈祝賀全縣人武工作會議勝利召開！」玉米知道了，原來郭家興是在縣裡頭開會呢。司機把電影票交到玉米的手上，說：「我在外面等妳。」玉米想，你真是會拍領導的馬屁，要你等什麼?我還沒嫁過來呢。不過，玉米轉又想，你想等那就等，有機會我會給你說幾句好話的。電影已經放映了，玉米掀開布簾，放映大廳裡黑咕隆咚的，彩色寬銀幕卻大得嚇人，一個公安員正在銀幕上吸菸，他的鼻孔比井口還要大。電影真是不可相信，一個人想大就大、想小就小，哪裡有這樣便宜的事。玉米捏著票，四處看了幾眼，有點緊張了，不知道下一步要做什麼。好在過來了一個女的，她拿著一把手電，把玉米送到座位上去了。

玉米的心口瘋狂地跳躍了。好在玉米有過相親的經驗，很快把自己穩住，坐了下來。左邊是一個男的，五十多歲；右邊也是一個男的，六十多歲。兩個人都在看電影。玉米不敢動，弄不清一左一右到底是哪一個，又不好亂看。玉米想，到底是公社的領導，在女人的面前就是沉得住氣。王連方要是有這樣的定力，何至於落到這般田地。玉米告訴自己，郭家興不願在這樣的地方和自己說話，肯定有他的道理。還是不要東張西望的好。

玉米的這場電影看得真是活受罪，有一搭沒一搭的。好在光線很暗，她可以不停地用餘光察看左右。總的說來，玉米對五十多歲的那一個印象要稍好一些。如果玉米能夠選擇，玉米還是希望郭家興是年輕的這一個。但是，他的那一頭一直沒有動靜。他哪怕用腳碰一碰玉米也好哇，那樣玉米也好有個數。玉米望著彩色寬銀幕，心裡頭沒有一點底，又慌又急。玉米想，你就碰一碰我又怎麼樣？不能算什麼作風問題。但是不管怎麼說，要是郭家興是六十多歲的那個，玉米也還是會答應的。過了這個村，就沒這個店了。做官的男人打光棍的可不多。不過呢，總還是五十多歲的好一些。玉米就像摸彩的時候等手氣那樣看完了整場電影，累得想喘。電影上說了什麼，玉米一點都不知道。反正結尾也不複雜，就是那個最像壞人的人終究不是好人，被公安局拉走了。

燈亮了，電影結束了。五十多歲的向左走，六十多歲的向右走，玉米被丟在了座位上。這樣的結果玉米始料未及。怎麼連一聲招呼都沒有？玉米突然明白過來了，人家第一眼就沒有看上自己，自己還在這兒挑，還在這兒東一榔頭西一棒呢。玉米羞愧萬分。難怪司機都要說在外面等著她，人家司機早都看出來了。

玉米一個人走出電影院，自尊心又扒光了一回。司機一直守候在柱子旁邊。玉米再也不好意思看司機了。司機說：「都給妳安排好了。」玉米相當疲憊，只想早一點躺下來，玉米厚著臉對司機說：「你還是送我回家吧。」司機沒有表情，說：「郭主任怎麼說，我怎麼做。」

玉米躺在人民旅社的三一五房間。玉米恍恍惚惚的，早就睡下了。好像睡著了，又好像一直沒有睡，要不就是在作夢。大約十點鐘的光景，房門響了，外面說：「在嗎？我姓郭。」玉米被嚇得不輕，有些疑神疑鬼的。門又響了。玉米不敢遲疑，打開燈，小心翼翼地拉開一道門縫。一個陌生的男人已經推著門進來了，一臉的寒氣，沒有任何表情。好在玉米已經看見他胸前的會議出入證了，上面有他的名字：郭家興。玉米一陣狂喜，既像絕處逢生，又像劫後餘生，原來郭家興沒有去看電影哪。玉米低下頭，這才想起來還沒有穿外衣呢。玉米瞥了一眼郭家興，剛想穿衣服，但是郭家興的臉色立即讓玉米不踏實了，郭家興從頭到腳看不出「相親」的風吹草動，像一個路過客人。玉米的心提上來了，在嗓子那兒跳。郭家興坐到椅子上，說：「倒杯水。」玉米一時沒有了主張，因為沒有了主張，所以格外地聽從指揮。郭家興接過水，玉米傻站在郭家興對面，忘了穿了。郭家興端著杯子，目光既不看玉米，也不迴避玉米。玉米注意到他的眼珠子是褐色的，對著正前方，看，十分地專注，卻又十分地漠然。郭家興一口一口地喝，喝完了，玉米說：「還要不要？」郭家興沒有接玉米的話，而是把杯子放在了桌面上，這就是不要了。因為找不到合適的話，玉米只好繼續站在郭家興的跟前，反而拿不定是穿還是不穿。他怎麼這麼冷靜？他怎麼就這麼鎮定？什麼也不說，什麼也不做，臉上布置得像一個會場。玉米禁不住緊張了。玉米想，完了，人家沒看上。可是也不對。郭家興的臉上沒有滿意，說到底也沒有不滿意。或許他覺得這門親事已經妥當了呢？這應該是領導的作風，不管什麼事，只要他覺得行，事情就定下來了，沒有必要再咋咋呼呼。這就更不像了，玉米好歹還是個姑娘，哪裡是木頭？這裡又沒有人，他不該一點動靜都沒有的。玉米傻站了半天，居然也冷靜下來了。玉米自己也覺得奇怪，怎麼自己也這麼冷靜，像是參加人武會議了。但是冷靜歸冷靜，玉米實實在在已經害怕了郭家興了。

郭家興說：「休息吧。」

郭家興站起身，開始解自己的衣裳。郭家興好像是在自己的家裡面，面對的只是自己的家人。郭家興說：「休息吧。」玉米明白過來了，他已經坐到床上了。玉米這一下子更慌神了，腦子卻轉得飛快，但是不管什麼樣的決定都是不妥當的。郭家興雖說解得很慢，畢竟就是幾件衣服，已經解完了。郭家興上了床，是玉米剛才睡的那張床，是玉米剛才睡的那個地方。玉米還是站在那兒。郭家興說：「休息吧。」口氣是一樣的，但是玉米聽得出，有了催促的意思。玉米不知道該怎麼弄。玉米這一刻只盼望著郭家興撲過來把她撕了，就是被強姦了也比這樣好哇。玉米還是個姑娘，為了嫁給這個人總不能自己把自己扒光了，再自己爬上床，這怎麼做得出來呀？

郭家興看著玉米，最後還是玉米自己扒光了，自己爬進了被窩。玉米覺得自己扒開的不是衣裳，而是自己的皮。只能這樣。柳粉香說過，女人可以心高，但女人不可以氣傲。玉米赤條條的，郭家興也赤條條的。他的身上散發出淡淡的酒精味，像是醫院裡的那種。玉米側臥在郭家興的身邊，郭家興用下巴示意她躺開。玉米躺開了，他們開始了。玉米緊張得厲害，不敢動，隨他弄。起初玉米有一點疼，不過一會兒又好了，順暢了。看來郭家興對玉米還是滿意了。他在半路上說了一句話，他說：「好。」到了最後，他又重複了一遍：「好。」玉米這下放心了。不過，事情有了一些周折，郭家興檢查床單的時候沒有發現什麼顏色。郭家興說：「不是了嘛。」這句話太傷人了，玉米必須有所表示。但是，表示輕了不行，表示重了也不行，弄得不好收不了場。玉米想了想，坐起來穿衣服。其實這樣的舉動等於沒做，也只能安慰一下自己。玉米自己都知道自己的心裡虛了一大塊。玉米直想哭，不太敢。郭家興閉上眼睛，說：「不是那個意思。」

玉米重新躺下了，臥在郭家興的身邊。玉米眨巴著眼睛，想，這一回真的落實了。玉米應該知足了。不過，玉米突然又想起彭國梁來了。要是給了國梁了，玉米好歹也甘心了，一直留到現在，這樣打發了，一股說不出的自憐湧上了心房。好在玉米忍住了，到底有所收成，還是值得。郭家興抽了兩根菸，再一次翻到玉米的身上，因為是第二次，所以舒緩多了。郭家興的身體像辦公室的抽屜那樣一拉一推，一邊動一邊說：「在城裡多住兩天。」玉米聽懂了他的意思，心裡頭更踏實了。她的腦袋深陷在枕頭裡，側在一邊，門牙把下嘴唇咬得緊緊的。玉米點了幾下頭，郭家興說，「醫院裡我還有病人呢。」玉米難得聽見郭家興說這麼多話，怕他斷了，隨口問：「誰？」郭家興說：「我老婆。」玉米一下子正過臉，看著郭家興，突然睜大了眼睛。郭家興說：「不礙妳的事。晚期了，沒幾個月。她一走，妳就過來。」玉米的身上立即瀰漫了酒精的氣味，就覺得自己正是墊在郭家興身下的「晚期」老婆。玉米一陣透心的恐懼，想叫，郭家興捂住了。玉米的身子在被窩裡瘋狂地顛簸。郭家興說：「好。」

第二部　玉秀

玉秀清楚地知道自己又在作怪了，
又在做狐狸精了，
一直命令自己停下來了，
但是，欲罷不能。

「五月不娶，六月不嫁」，莊稼人忌諱。其實也不是什麼忌諱，想來還是太忙了。王連方的大女兒玉米恰恰就是在五月二十八號把自己嫁出去的。五月二十八號，小滿剛過去六天，七天之後又是芒種，這個時候的莊稼人最頭等的大事就數「戰雙搶」了。先是「搶收」，割麥、脫粒、揚場、進倉；接下來還得「搶種」，耕田、灌溉、平池、插秧。忙吶。一個人總共只有兩隻手，玉米不選早、不選晚，偏偏在這個時候把自己的兩隻手嫁出去，顯然是不識時務了。村子裡的人平時對玉米都是不錯的，人們都說，玉米是個懂事的姑娘，可是，懂事的莊稼人哪有在五月裡做親的？難怪巷口的二嬸子都在背地裡說玉米了。二嬸子說：「這丫頭急了，夾不住了。」

其實玉米冤枉了。玉米什麼時候出嫁，完全取決於郭家興什麼時候想娶，則又取決於郭家興的原配什麼時候斷氣。郭家興的老婆三月底走的人，到五月二十八號，已經過了七七四十九天了。郭家興傳過話來，他要做親。郭家興並沒有蒞臨王家莊，而是派來了公社的文書。文書把小快艇一直開到王家莊的石碼頭。小快艇過橋的時候放了一陣鞭炮，鞭炮聲在五月的空中顯得怪怪的，聽起來相當地不著調，不過還是喜慶。人們看見小快艇的擋風玻璃上貼了兩個大紅的剪紙雙喜。司機猛摁了一陣喇叭，小快艇已經靠泊在石碼頭了。小快艇在夾河裡衝起了駭浪，波浪是「人」字形的，對稱地朝兩岸嘩啦啦地洶湧。它們像一群狗，狗仗人勢，朝著碼頭上女人們的小腿猛撲過去。女人們一陣尖叫，端著木桶退上了河岸。船停了，浪止了，文書鑽出了駕駛艙。

婚禮極為倉促，都近乎寒磣了。但是，因為石碼頭上靠著公社的小快艇，這一來反倒不顯得倉促和寒磣，有了別樣的排場，還隱含了一股子霸氣。玉米的花轎畢竟是公社裡開來的小快艇哪。玉米的臉上並沒有新娘子特有的慌亂和害羞，那種六神無主的樣子，而是鎮定的、凜然的，當然更是目中無人的，傲岸而又炫耀，是那種有依有靠的模樣。玉米新剪的運動頭，很短，稱得上英姿颯爽，而她的上衣是紅色的確良面料，熨過了，又薄又豔又挺括。總之，在離開家門走向小快艇的過程中，玉米給人以既愛紅妝又兼愛武裝的特殊印象。玉米走在文書的身邊，誰也不看。但是，從玉米的神情來看，卻是知道所有的人都在看自己的。文書是一個體面的男人，卻點頭哈腰的，一看就知道不是新郎。村子裡的人都看出來了，玉米要嫁的男人不是一般的來頭。玉米走上小快艇，沒有到艙裡去，而是坐在了小快艇尾部的露天長椅上。夾河的兩岸全是人，玉米大大方方的，越看越不像是王家莊的人了。這時候玉米的父親王連方過來了，嘰嘰喳喳的人群即刻靜了下來。王連方做了二十年的村支書，幾個月之前剛剛被開除了職務和黨籍——他「上錯床」了。說起「上錯床」，王連方在二十年裡頭的確睡了不少女人，用王連方自己的話說，橫穿了「老中青三代」。不過，幾個月之前的這一次卻嚴重了，「千不該，萬不該」，王連方在一次大醉之後這樣唱道，「不該將軍婚來破壞」。王連方來到石碼頭，對著小快艇巡視了幾眼，派頭還在、威嚴還在，一舉一動還是文書的模樣，臉上的表情也還在黨內。他抬起了胳膊，向外擇了擇手，說：「出發吧。」馬達發動了。馬達的發動聲像一塊骨頭，扔了出去，一群狗又開始洶湧了，推推搡搡的、你追我趕的。小快艇向相反的方向開出去幾十丈，轉了一大圈，馬上又返折回來了。小快艇再一次駛過石碼頭的時候速度已經上來了，速度變成了風，風把玉米的短髮托起來，把玉米的上衣扯動起來，玉米迎著風，像宣傳畫上大義凜然的女英雄，既嫵媚動人，又視死如歸。司機又是一陣喇叭，小快艇遠去了，只有玉米的紅色上衣在速度中飄揚，宛如風中的旗。

玉米的爺爺、奶奶，玉米的妹妹玉穗、玉英、玉葉、玉苗、玉秧都站在送親的隊伍裡，甚至連不到半歲的小弟弟都被玉穗抱過來了。沒來的反而是母親。母親施桂芳只是把玉米送出了天井的大門，轉身回到了西廂房。屋子裡空了，靜得有些異樣。施桂芳坐在馬桶的蓋子上，卻想起了玉米兒時的光景，她吃奶的樣子、她吮手指頭的樣子。那時的玉米一吃手指頭就要流口水，賊一樣四處張望。玉米的口水亮晶晶的，還充滿了彈力，一拉多長，又一拉多長。只要施桂芳在她的身後拍一下巴掌，玉米立即就會轉過腦，由於腦袋太大，脖子太細，用力又過猛，玉米碩大的腦袋總得晃幾下，這才穩住了，玉米笑得一嘴的牙花，而兩隻藕段一樣的胳膊也架到施桂芳的這邊來了——這一切彷彿就在昨天，一轉眼，玉米都出嫁了，替人做婦、為人做母了，都成了人家的人了。施桂芳的胸口湧起了一股無邊的酸楚。施桂芳想哭，卻不想在女兒大喜的日子裡哭哭啼啼的。施桂芳的酸楚不光是這裡，還有更深的一層。玉米前幾天才把出嫁的消息告訴母親的，這就是說，關於出嫁，玉米瞞住了所有的人，甚至她的母親。施桂芳一直以為玉米和飛行員彭國梁的戀愛還在談著，幾個月之前彭國梁還從部隊上回來相過一次親，兩個人好得要了命，整天把自己關在廚房裡頭，一步都不曾離開。現在看起來，那只不過是玉米的一場夢。那一天晚上玉米突然對母親說：「媽，我要結婚了。」施桂芳愣了一下，有了很不好的預感，脫口就問：「和誰？」玉米說：「公社革委會的副主任，郭家興。」原來是做補房了。施桂芳吃驚不小，想問個究竟，但是不能問，也不敢再問了。玉米的臉色已經在那兒了。但是，施桂芳終究是做母親的，哪裡能不知道女兒的心。玉米的心裡栽的是什麼果、開的是什麼花，施桂芳知道。要不是王連方雙開除，家裡發生了這樣大的變故，玉米和飛行員的戀愛肯定還在談著。就算飛行員的那一頭吹了燈，憑玉米模樣，哪裡要走這一步？玉米一定會利用嫁人的機會把家裡臉面掙回來。施桂芳突然就是一陣揪心，捏起一張草紙，捂在了鼻子上。做兒女太懂事了，反而會成為母親別樣的疼。

沒有到石碼頭送玉米的還有三女兒玉秀。玉米走上小快艇之前特地在人群裡張羅了兩眼，沒有找到玉秀。玉米心裡頭有數，在這種人多嘴雜的地方，玉秀不會來了。要是細說起來，玉米最放心不下的就數老三玉秀了。玉米和玉秀一直不對，用母親施桂芳的話說，是「前世的冤家」。玉米不喜歡玉秀，玉秀不喜歡玉米，姐妹兩個一直繃著力氣，暗地裡較足了勁。因為長時間的敵視，七姐妹之間不可避免地出現了兩大陣營，一方是玉米，領導著玉穗、玉英、玉葉、玉苗、玉秧；另一方則勢單力薄，只有玉秀這麼一個光桿司令。玉米是老大，長女為母，自然要當家做主。她說什麼姐妹們只能聽什麼。玉秀偏不。玉秀不買玉米的帳。玉秀膽敢這樣有她的本錢——玉秀漂亮。玉秀有一雙漂亮的眼睛，一隻漂亮的鼻子，兩片漂亮的嘴唇，一嘴漂亮的牙。作為一個姑娘家，玉秀什麼都不缺，要什麼就有什麼，所以嬌氣得很、傲氣得很。玉秀不只是漂亮，還一天到晚在漂亮上頭動心思，滿腦子花花朵朵的。就說頭髮吧，玉秀也是兩條辮子，和別人並沒有什麼兩樣。可是玉秀有玉秀的別別竅，動不動就要在鬢角那兒分出來一縷，纏在指頭上，手一放，那一縷頭髮已經像瓜藤了，一圈一圈地繚繞在耳邊。雖說只是小小的一俏，卻特別地招眼、特別地出格，騷得很，有了電影上軍統女特務的意思了。玉秀成天做張做勢的、喬模喬樣的，態度上便有了幾分的浮浪。總的來說，王家莊的人們對王支書的幾個女兒有一個基本的看法，玉米懂事，是老大的樣子，玉穗憨，玉英乖，玉葉犟，玉苗嘎，玉秧甜；而玉秀呢，毫無疑問是一個狐狸精。狐狸精自然是和其他的姐妹弄不到一起去的。玉秀敢和所有的姐妹作對，當然不只是漂亮，還有一個最要緊的本錢，玉秀有靠山。父親王連方就是她的靠山。王連方只喜歡兒子，不喜歡女兒，然而，卻喜歡玉秀。關鍵是玉秀招人喜歡，所以做支書的老子總是偏著她。有這樣一個老子護著，就算玉秀是軍統的女特務，你也不能把她拉出去斃了。人們常說，手心手背都是肉，說的是做父母的不偏不倚。這句話其實是一句瞎話，你要是不信你伸出自己的手看看，手心是肉，手背卻不是。手背只是骨頭，或者說，是皮包骨頭。玉秀才是王連方手掌心裡的肉。仗著自己的模樣，又會作態，越發有恃無恐了。欺負了小的，還要再欺負大的，欺負完了則要歪到父親的胸前，把自己弄得很委屈的樣子、很孤立的樣子，嬌滴滴的，很可憐了，同時也就很可愛了。玉秀惡人先告狀，每次都有理，姐妹們最嚥不下氣去的其實正是這個地方。這一來姐妹幾個反而齊心了，更加緊密地團結在玉米這個核心的周圍，一心對付這個騷狐狸。不過，玉米到底是做老大的，並不莽撞，在對待玉秀的問題上還是多了一分策略。需要一致對外了，玉米當然要團結一切可以團結的力量，對玉秀是籠絡的、爭取的；外面的事情一旦擺平了，關起門來了，那還是要一分為二，該打擊的則堅決打擊。不管是拉攏還是打擊，一正一反其實都樹立了玉米「家長」的身分，這也正是玉米所盼望的。所以，說起來是兩大陣營，骨子裡卻不是，只是玉米和玉秀的雙雙作對。在這一點上，玉秀其實是瞧不起玉米的，玉米最擅長的也只是發動群眾罷了，要是單挑，玉米不一定是對手。玉米有一群狗腿子，玉秀當然是寡不敵眾了。好在玉秀在這個方面並沒有花太多的心思，一心一意要做她的狐狸精，不僅如此，玉秀還想當美女蛇呢。美女蛇多迷人哪，脖子一歪一歪的，蛇信子一吐一吐的，走到哪裡，腰肢就不聲不響地扭到哪裡。美女蛇的腰肢只扭到了一九七一年的春天。春天的那個寒夜一過，玉秀自己都知道，她這條美女蛇其實什麼都不是了。

事發的當天村子裡歡天喜地的，公社裡的電影放映船又靠泊在王家莊的石碼頭了。這是王連方雙開除之後村裡的第一場電影，村子裡蕩漾著一股按捺不住的喜慶。有電影看，玉秀滿開心的。王連方被雙開除了，在這個問題上玉秀和玉米反倒不一樣。玉米看起來也是無所謂的樣子，但是，那是做出來的，放在臉上，給人家看的。真正不往心裡去的反而是玉秀。玉秀漂亮，一個人的漂亮那可是誰也開除不了的。所以，電影開映之後，玉秀去看了，玉米卻沒有。當然，玉秀到底是一個聰明的姑娘，該收斂的地方還是收斂一些了，這一次看電影玉秀就沒有去搶中間的座位。以往村子裡放電影，最好的座位都是玉秀她們家的，誰也不好意思和她們家搶。如果打狗都不看主人，那就不是一個會過日子的人了。

玉秀帶著玉葉，沒有鑽到人群裡去，而是站在了外圍，人群的最後一排。玉葉個子小，看不見，王財廣的媳婦倒不是勢利眼，還是滿客氣的，招手叫她們過去，客客氣氣地讓出了座位，把玉葉拉上了板凳。財廣家的幾年之前做過王連方的姘頭，事發之後財廣家的還喝了一回農藥，跳了一回河，披頭散髮的，影響很不好。好在這件事也過去好幾年了。玉秀站在財廣家的身邊，一心一意看電影了。天有些冷，夜裡的風直往脖子裡灌。玉秀抄著手，脖子都縮到衣領子裡面去了。電影過半的時候玉秀本想去解一回小便，但是風太大了，銀幕都弓起來了，電影裡的人物統統彎起了背脊，一個個都像羅鍋子。玉秀想了想，還是憋住了，回家再說吧。「風寒脖子短，天冷小便長」，這句話真是不假呢。

美國的轟炸機飛過來了，它們在鴨綠江的上空投放炸彈，炸彈帶著哨聲，聽上去像哄孩子們小便。鴨綠江的江水被炸成了一根一根的水柱子。總攻就要開始了，電影越來越好看了。玉秀突然被人在身後用手蒙住了眼睛。這是鄉下人最常見的玩笑了。電影這樣好看，要是換了以往，玉秀早把他的祖宗八代罵出來了。這一次玉秀反而沒有。玉秀笑著說：「死人，鬼爪子冷不冷。」但是玉秀很快發現那雙手過於用力，不像是玩笑了。玉秀有點不高興，剛想大聲說話，嘴巴卻讓稻草堵上了。玉秀被拽了出去，一下子伸過來許多手，那些手把玉秀架了起來，雙腳都騰空了。腳步聲很急、很亂。玉秀開始掙扎。玉秀的掙扎是全力以赴的，卻又是默無聲息的。電影裡的槍炮聲越來越遠了，玉秀被摁在了稻草垛上，眼睛也裹緊了，褲子被扒了開來。玉秀的下身一下子祖露在夜風中，突然一個激靈。玉秀再也沒有料到，自己在扒光了之後居然會撒尿。稻草垛的四周寂靜下來，只有混亂而又粗重的喘息，玉秀能聽得見。玉秀的腦袋已經空了，可還是知道愛臉，想憋，沒憋住。玉秀甚至都聽見自己撒尿的哨聲了。玉秀尿完了，四周突然又混亂了，一個女人壓低了聲音，厲聲說：「不要亂，一個一個的，一個一個的！」玉秀聽出來了，有點像財廣家的，只是不能確定。雖說還是個姑娘家，玉秀已經透徹地覺察到下身的危險性了，緊緊夾住了雙腿。四隻大手卻把玉秀的大腿分開了，摁在那兒。一根硬邦邦的東西頂在了玉秀的大腿上，一古腦兒塞進了玉秀。

爛稻草一樣的玉秀最後是被玉米攙回家的。同時被玉米攙回家的還有玉葉。玉葉到底還小，哭了幾聲，說了幾聲疼，擦洗乾淨了也就睡了。玉秀卻不同，十七歲的人了，懂了。玉秀被玉米摟在懷裡，一夜都沒有閤眼。玉秀不停地流淚。到了下半夜，玉秀的眼睛全都哭腫了，幾乎睜不開。玉米一直陪著玉秀，替玉秀擦淚，陪玉秀流淚，十幾年從沒有這樣親過，都相依為命了。第二天玉秀躺了一整天，不吃、不喝，一個又一個的噩夢。玉米拿著碗，端過來又撤下去，撤下去又端上來。玉秀一口都沒有沾邊。第四天的上午，玉秀終於把她的嘴唇張開了，嘴唇上起了一圈白色的痂。玉米一手碗、一手勺，一口一口的，慢慢地餵。吃完了一小碗糯米粥，玉秀望著她的大姐，突然伸出雙臂，一把箍住了玉米的腰，不動。玉秀的雙臂是那樣的無力，反而箍得特別地死，像屍體的拳頭，掰都掰不開。玉米沒有掰，而是用指頭一點一點捋玉秀的頭髮，捋完了，又梳好了，開始替玉秀編她的兩條長辮子了。玉米命令玉秧端過一盆洗臉水，給玉秀洗了，拉起玉秀的手，說：「起來，跟我出去。」聲音不算大，但是，充滿著做姐姐的威嚴。玉秀散光的雙眼籠罩著她的大姐，只是搖頭。玉米說：「就這麼躲著，妳要躲到哪一天？我們家的人怕過誰？」

玉米從抽屜裡掏出剪刀，塞到玉秀的手上去，說：「把辮子鉸了，跟我出去！」玉秀還是搖頭。不過，這一次搖頭的意思卻和上一次不一樣了，第一次是膽怯，而第二次卻是捨不得那兩根辮子。玉米說：「留著做什麼？要不是妳妖裡妖氣的，怎麼會有那樣的事？」玉米一把奪過剪刀，「咔嚓」一聲，玉秀的一根辮子落地了，「咔嚓」一聲，玉秀又一根辮子落地了。玉米撿起玉秀的辮子，扔進馬桶，把剪刀塞到懷裡，拉起玉秀就往天井的外面走。玉米說：「跟我走。誰敢嚼蛆，我鉸爛他的舌頭！」玉米領著玉秀在村子裡轉悠，玉秀的腳板底下飄飄的，缺筋少骨，一點斤兩都沒有，樣子也分外地難看。因為剪去了辮子，玉秀一頭的亂髮像一大堆的草雞毛。玉米揣著剪刀，護著玉秀，眼裡的目光卻更像剪刀，颼颼的，一掃一掃的，透出一股不動聲色的凜冽。村裡的人看著這一對姐妹，知道玉米的意思。他們不敢看玉米的眼睛，不是轉過身子，就是抬腿走人。玉秀跟在玉米的身後，玉米不停地命令她，抬起頭來。玉秀抬起了頭來。雖說是狐假虎威，好歹總算是出了門了，見了人了。玉秀對玉米生出一股說不出的感激，卻又夾雜了一股難言的恨。這股子恨是沒有來頭的、不合情理的，然而，夾在玉秀的骨頭縫裡。鬥過來鬥過去，最終還是要靠玉米，仰仗她的威嚴，仰仗她的可憐了。玉秀想，玉米為什麼是個女的呢？她要是個男的，變成自己的大哥哥該有多好哇。

玉米終究不是大哥，還是大姐。一轉眼玉米都出嫁了。玉米的喜船就在石碼頭上。玉秀沒有去送她，說到底還是害怕。恨歸恨，玉秀還是希望玉米不要離開王家莊。離開了玉米這隻虎，玉秀這一條小狐狸什麼也不是了。現如今，玉秀再也沒有膽量站在人縫裡看熱鬧了。玉秀一個人悄悄來到了村東的水泥橋上，遠遠地，扶著欄杆，在那裡等。玉秀好看的雙眼十分憂戚地望著遠處的石碼頭，心中布滿了擔憂。石碼頭喜氣洋洋的，不過那裡的喜氣和玉秀沒有半點關係了，隔著長長的一道水面呢。水面上十分混亂地閃爍著太陽光，又瑣碎，又刺眼。小汽艇開過來了。臨近水泥橋的時候，玉米已經看見橋上的玉秀了。姐妹倆一個在船上，一個在橋上，就那麼遠遠地打量。她們越來越近，越來越清晰。小快艇很快從水泥橋的橋底下穿過去了。姐妹倆轉過身，依然在打量，只不過這一次越來越遠、越來越模糊了。玉秀後來看見玉米在小快艇上站起身來，對著她，大聲吆喝什麼。風把玉米的聲音吹過來，玉秀聽清楚了，玉米喊：出門時別忘了刀子！

馬達的轟鳴聲遠去了，小快艇在遠處拐了一個彎，消失了。水面上的波濤平息下來，只留下一道白亮的水疤。玉秀依然站在橋面上，還在看，彷彿全神貫注，其實很恍惚了。太陽已經偏西了，水面被傍晚的太陽照得紅紅的，而玉秀的身影拉得也格外的長，漂浮在水面上，既服服貼貼，又顫動不已。玉秀盯著自己的影子，看了好半天，都看出錯覺來了，就好像自己的影子隨著波浪向前游動了。不過一凝神，影子還是在原來的地方，並沒有挪窩。玉秀想，要是自己的影子能變成一條小快艇就好了，那樣就能離開王家莊了，想開到哪裡，立即就能開到哪裡。

玉秀回到巷口，意外地發現家門口聚集了十幾個女孩子，圍成了一個圈。玉秀走上去，發現老二玉穗正站在中間，身上穿著玉米留下的那件春秋衫，正在顯擺。這件春秋衫有來頭了，還是當年柳粉香在宣傳隊上報幕時穿的小翻領，收了腰，看上去相當地洋氣。春節過後，飛行員彭國梁回鄉，到王家莊來和玉米相親，玉米沒有一件像樣的衣裳，柳粉香便把這件衣裳送給玉米了。

柳粉香是王連方的姘頭，方圓十幾里最爛的浪蕩貨，村子裡的人都知道，這個爛貨和王連方正黏乎著呢，兩個人「三天兩頭都要進行一次不正之風」。她穿過的衣裳，玉米怎麼肯上身。不過，玉米倒也沒有捨得扔掉，想來還是太漂亮了。玉秀不一樣，好幾次動過這件春秋衫的心思，俗話說：「男不和酒作對，女不和衣作對」，管它是誰的，好衣裳總歸是好衣裳，玉秀不忌諱。玉秀所以沒敢碰，說到底還是怕玉米。沒想到玉米前腳走，後腳卻被玉穗搶了先。這樣好看的衣裳，玉穗可是餓狗叼住了屎橛子，咬住了絕不會鬆口的。

玉秀站在巷口，遠遠地覷著玉穗，收住腳，瞇著眼睛。玉秀就弄不明白，好好的一件衣裳，到了玉穗的身上怎麼就那麼缺斤少兩的呢！玉秀的臉上難看了。玉米剛走，玉穗居然想把自己打扮成當家人的樣子了。她這個次貨，也不看看自己是個什麼東西。玉秀越看越覺得玉穗二五兮兮的，少一竅，把好端端的一件衣裳都給糟蹋了。玉秀撥開人，走到玉穗的身邊，說：「脫下來。」玉穗正在興頭上，反問說：「憑什麼？」玉秀的口氣裡沒有半點討價的餘地，說：「脫下來。」玉穗有些軟了，嘴上還在犟，說：「憑什麼？」玉秀霸道慣了，跨上去一步，凌人的氣勢上來了。玉秀正色說：「脫不脫？」玉穗知道搶不過玉秀，左右看了幾眼，人太多，一時下不了台，卻還是脫了。玉穗提著衣領，一把摜在地上，踩上去就踩，一邊踩一邊大聲說：「給妳！神氣個屁！多少男人上過了！——尿壺！茅缸！」

八點鐘之前，斷橋鎮的街道其實是一個菜市場，從頭到尾都是氣味。八點一過，街道的另一面立即顯現出來了，變得乾淨了、規整了。沒有命令，但日常的生活自己形成了命令，幾乎是鐵律，雷打不動。中學裡的高音喇叭開始報時了，「嘀」的一聲，那是一個無比莊嚴的時刻，「北京時間八點整。」北京時間，它遙遠、親切、神聖，蘊含了統一意志，蘊含了全國人民有計劃、有紀律的生活。它不僅是北京人民的，同樣是全國人民的。毛主席他老人家已經在天安門城樓上日理萬機了。小鎮上婆婆媽媽、雞零狗碎、討價還價的時間到此結束。陽光斜斜地照射在街上，青石路面洋溢出初生太陽的反光，紅彤彤的。這時的街道籠罩了一小段片刻的安寧，甚至是闃寂，似乎是必備的醞釀。然後，雜貨鋪的大門打開了，供銷社的大門打開了，郵局、信用社、公社機關、醫院、農具廠、鐵木社、糧管所、糧食收購站、搬運站、文化站、生豬收購站，總之，一切與「國家」有關的單位緩緩敞開了它們的大鐵門。這時的街道不再是菜市場，而成了「國家」的一個部分，開始行使「國家」的職能與權力。在所有的大門一起打開的過程中，街道上有一種靜悄悄的儀式感；當然，那也是鎮裡的人難以察覺的，帶上了懶散隨意卻又有一點肅穆莊嚴的氣氛。到了這個時候，新的一天才算正式開始了。

每天上午八點，八點整，郭家興準時來到辦公室。坐下來，泡好茶，蹺上二郎腿，開始閱讀「兩報一刊」，一個字一個字地看，差不多是研究了。郭家興整天坐在自己的辦公室裡，而從實際情況來看，每一天都是在北京。他關注著北京的一舉一動。比方說，領導同志誰的名字挪前了，誰的名字靠後了，這個絕對是不能忽視的。比方說，去年陪同諾羅敦•西哈努克親王的一共有七位領導，今年卻換了，換了三個——從前幾天的報紙上看，一個去了坦桑尼亞；一個在內蒙古

「與牧民們親切交談」；另一個呢，不知道了。郭家興總要把這個不知去向的名字默默地放在心裡，一放就是好幾十天。如果時間太長了，郭家興就要和公社的幾位領導提起這件事，口氣相當地鄭重，「某某某」好長時間「沒有出來」了。直到下一次的報紙上出現了「某某某」的名字或相片，郭家興才能夠放心，並把這個消息通知其他的同志。郭家興習慣於把「兩報一刊」上的姓名看成「國家」。關心他們，其實就是關心「國家」了。郭家興這樣關心，並不是有野心，想往上爬。不是的，郭家興不是這樣。當領導當到這個分上，只要不犯方向性的錯誤，能在公社機關裡待上一輩子，郭家興對自己很知足、很滿意了。郭家興只是習慣，多年養成了的，成了自然，所以天天一個樣。

郭家興不關心別人、不關心自己，只習慣胸懷祖國，同時放眼世界。郭家興瞧不起生老病死，油鹽醬醋就更不用說了。那些都是瑣事，相當地低級趣味，沒有意義。可是郭家興近些日子卻被「瑣事」拴住了，都有點不能自拔了。事情還是由革委會的另一位副主任引發的，那位副主任見了玉米一面，拿郭家興開玩笑，說：「中年男人三把火，升官、發財、死老婆。郭主任趕上了。」這是一句老話了，舊社會流傳下來的，格調相當地不健康。話傳到郭家興的耳朵裡，郭家興很不高興。但是，郭家興玩味再三，私下裡覺得大致的意思還是確切的。郭家興沒有升官、沒有發財，卻死了老婆，照理說郭家興應當灰頭土臉的才是。出乎郭家興自己的意料，沒有，反而年輕了、精神了、利索了、「火」了。因為什麼？就因為死了老婆。舊的去了，新的卻又來了。不僅如此，新娘子的年紀居然能做自己的女兒，還漂亮，皮膚和緞子一樣滑。郭家興嘴上不說，心裡頭還是曉得的，他的快樂其實還是來自床上，來自玉米的身上。要是回過頭去想想，這些年郭家興對待房事可是相當地懈怠了，老夫老妻了，熟門熟路的，每一次都像開會，先是布置會場，然後開幕，然後做一做報告，然後閉幕。好像意義重大，其實寡味得很。老婆得了絕症，會議其實也就不開了。要是細說起來，郭家興已經一兩年不行房事了。好在郭家興在這上頭並不貪、不上癮，戒了也就戒了。誰能料得到枯木又逢春、鐵樹再開花呢。郭家興自己也不敢相信，到了這個歲數，反而來勁了。說到底，還是玉米這丫頭好，在床上又心細又巴結。玉米不只是細心和巴結，還特別地體貼，郭家興要是太貪了，玉米會把郭家興的腦袋摟在自己的乳房上面，開導郭家興，說：「可要小心身子呢，可要知道細水長流呢，這樣醜的老婆還怕別人搶了去？——要是虧了身子骨，我怎麼辦？我可什麼都沒有了。」話說到這兒玉米免不了流上一回淚，有了幾分的傷感，卻並不是傷心，很纏綿了。郭家興就覺得怪，自己本來都不想的，玉米這麼一來，反而又想了。郭家興一「想」，玉米當然擋不住，只有全力配合、傾力奉承，全身都是汗。被窩裡頭溼乎乎的。玉米自己也弄不明白，怎麼一到房事自己就大汗如注的呢。玉米吃力得很，後來又這樣說了：「你到外面再找女人吧，我一個人真的伺候不了你了。」玉米的話和前面的意思自相矛盾了。但是，枕頭邊上的話是不能用常理去衡量的。郭家興愛聽。年過半百的郭家興特別地喜愛這句話。這句話表明了這樣一個意思，郭家興並不老，正當年呢。為了煥發床上的青春，郭家興已經悄悄練習起俯臥撐了。開始勉強只有一個，現在已經有四、五個了。照這樣下去，堅持到年底，二十幾個絕對不成問題。

依照郭家興的意思，結了婚，玉米還是待在家裡，縫縫補補、洗洗刷刷的比較好。郭家興把這個意思和玉米說了，玉米低著頭，沒有說是，也沒有說不是，一副老夫少妻、夫唱婦隨的樣子。郭家興很滿意。玉米一直待在家裡，床上床下都料理得風調雨順。沒想到那一天的晚上玉米突然調皮了。郭家興和其他領導們喝了一些酒，回到家，仗著酒力，特別地想和玉米做一回。玉米一反常態，卻彈了，說：「不。」郭家興什麼都不說，只是替玉米解。玉米沒有抗爭，讓他扒。等郭家興扒完了，玉米一把捂住自己，一把卻把郭家興握在手上，說：「偏不。」玉米的樣子相當好玩，是那種很端莊的浪蕩。這孩子這個晚上真是調皮了。郭家興沒有生氣，原本是星星之火，現在卻星火燎原，心旌不要命地搖蕩，恨不得連頭帶腦一起鑽進去，嘴裡說：「急死我了。」玉米不聽，一把扭過了腦袋，不理他。郭家興說：「急死我了。」玉米放下郭家興，雙乳貼在郭家興的胸前，說：「安排我到供銷社去。」郭家興急得舌頭都硬了，話也說不好。玉米說：「明天就給我安排去。」郭家興答應了。玉米這才捋一捋頭髮，很乖地躺下了，四肢張在那兒。郭家興的浪興一下子上來了，卻事與願違，沒做好，三下兩下完了。玉米摯著郭家興，摟住郭家興的脖子，輕聲說：「對不起，真是對不起。」玉米一連說了好幾遍，越說越傷心，都流下眼淚了。其實玉米是用不著說對不起的。事情是沒有做好，郭家興的興致卻絲毫沒受影響，反而比做好了還令人陶醉。郭家興喘著大氣，突然都有點捨不得這孩子了。還真是喜歡這孩子了。

玉米原先的選擇並不是供銷社，而是糧食收購站。玉米選擇收購站有玉米的理由。收購站在河邊上，那裡有斷橋鎮最大的水泥碼頭，全公社往來的船隻都要在那裡靠泊，在那裡經過。玉米都想好了，如果到收購站去做上司磅員，很威風、很神氣了。王家莊的人只要到鎮上來，任何人都能看得見。玉米什麼都不用說，一切都擺在那兒了。但是司磅員終究在碼頭上工作，樣子也粗，到底不像城裡人。比較起來，司磅員還是不如營業員了。收購站體面，而供銷社更安逸。玉米想過來想過去，琢磨妥當了，自己還是到供銷社去。雖說都是臨時工，工資還多出兩塊八毛錢呢。說到收購站，那當然要有自己家的人。玉米最初考慮的是玉穗。可玉穗這丫頭蠢，不靈光。比較下來，還是玉秀利索，又聰明又漂亮，在鎮上應該比玉穗吃得開。就是玉秀了。主意定了下來，玉米又有些不甘心，想，我墊在床上賣×，卻讓玉秀這個小婊子討了便宜，還是虧了。不過再一想，玉米又想通了。自己如此這般的，還不就是為給自己的家裡掙回一分臉面？值得。現在最要緊的，是讓郭家興在床上加把勁——他快活他的，玉米得儘快懷上孩子。趁著他新鮮，只要懷上了，男人的事就好辦了。要不然，新鮮勁過去了，男人可是吃不準的。男人就那樣，貪的就是那一口。情分算什麼？做女人的，心裡的情分千斤，抵不上胸脯上的四斤。

玉米剛剛到供銷社上班，還沒有來得及把玉秀的事向郭家興提出來，玉秀自己卻來了。一大早，九點鐘不到，玉秀來到了郭家興的辦公室門口，一頭的露水，一臉的汗。郭家興正坐在辦公室裡，捧著報紙，遮住臉，其實什麼也沒有看，美滋滋的，回味著玉米在床上的百般花樣，滿腦子都是性。郭家興撫摸著禿腦門，嘆了一口氣，流露出對自己極度失望的樣子，心裡說：「老房子失火了，沒得救！」其實並不是懊惱，是上了歲數的男人特有的喜上心頭。郭家興這麼很幸福地自我檢討，辦公室的門口突然站了一個丫頭。面生得很，十六、七歲的樣子。郭家興收斂了表情，放下報紙，乾咳了一聲。郭家興乾咳過了，盯著門口，門口的丫頭卻不怕，也不走。郭家興把報紙攤在玻璃台板上，挪開茶杯，上身靠到椅背上去，嚴肅地指出：「誰放妳進來的？」門口的丫頭眨巴了幾下眼睛，很好看地笑了，十分突兀地說：「同志，你是姐夫吧？」這句話滿好玩的，連郭家興都忍不住想笑了。郭家興沒有笑，站起來，把雙手背在腰後，閉了一下眼睛，問：「妳是誰？」門口的丫頭說：「我是王玉米的三妹子，王玉秀。我從王家莊來的，今天上午剛剛到。——你是姐夫。門口的人說的，你是我姐夫。」這丫頭的舌頭脆得很，一口一個姐夫，很親熱了，都一家子了。分管人武的革委會副主任看出來了，是玉米的妹子，仔細看看，眉眼裡頭還是看得出來的。不過，玉米的眉眼要本分一些，性格上也不像。這丫頭像歪把子機槍，有理沒理就是嗒嗒嗒嗒一梭子。郭家興走到門口，用手指頭向外指了指，然後，手指頭又拐了一個彎，說：「在供銷社的鞋帽櫃。」

玉秀七點多鐘便趕到了斷橋鎮，已經在鎮子的菜市場上轉了一大圈了。玉秀這一次可不是來串門的，有著十分堅定的主張。她鐵下心了，一心來投靠她的大姐。王家莊玉秀是待不下去了、說起來還是因為玉穗。玉穗送給了玉秀兩頂帽子，尿壺，還有茅缸，都傳開來了，玉秀在王家莊一點臉面都沒有了。這不是別人說的，可是嫡親的姐妹當著大夥兒的面親口說的，怨不得人家。尿壺，還有茅缸，現在已經成了玉秀的兩個綽號了。綽號不是妳的名字，但是，在很多時候，綽號反而比妳的姓名更像妳，集中了妳最致命的短處、疼處，一出口就能剝妳的皮。就算妳穿上一萬條褲子也遮不住妳的羞。綽號當然是當事人的忌諱。問題是，這種忌諱並不是僵死的，它具有深不可測的延伸能力，玉秀最吃不消的正是這個。比方說，尿壺，它可以牽扯進瓶、缸、罎、罐、瓢、盆、缽、碗、瓷器、瓦。這些東西本來和玉秀扯不上邊，現在不同了，一起帶上了十分歹毒的暗示性，無情地揭露出玉秀體內不可告人的可恥隱祕。問題是，這些東西遍地都是，這就是說，玉秀的羞恥無處不在。倒不是玉秀多心，而是說話的人一旦涉及到這些東西，會突然停下來，迅速瞥一眼玉秀，做出說錯了的樣子，臉上浮上意味深長的神色。這樣的意味深長具有極強的確認能力，把那些扯不上邊的東西毫無緣由地捆在了玉秀的身上，靜悄悄的，躲都躲不掉。一旦扯上來了，立即就能扒掉妳的衣裳，讓妳光著身子站在眾人的面前，妳捂得住上身就捂不住下身，捂得住下身就捂不住上身。周圍的人當然是可憐妳的。出於同情，他們一起沉默了，約好了一樣，一起做出沒有聽見的樣子。因為護著妳，所以沒有笑出來。但是，她們的目光在笑。目光笑起來是那樣地無聲無息，而無聲無息比大聲叫罵更凶險，像隨時都可以夾擊的牙齒，體現出上腭骨和下腭骨相互聯動的爆發力，一口就能將你咬碎，太要命了。玉秀扛不住。就算妳有再犟的腦袋，妳也得把它低下去。這樣的場合是防不勝防的。這樣的防不勝防並不局限於外部，有時候，它甚至來自於玉秀自身。比方說，茅缸，這同樣是玉秀所忌諱的。玉秀現在連解手、大便、小便、倒馬桶都一起忌諱了。忌諱越多，容得下妳的地方就越少。玉秀怕上茅缸，大便怕，小便也怕。每一次小便都帶著自作自賤的哨聲，聽上去特別地不要臉，太不知羞恥了。玉秀只能不上茅缸，但是做不到。玉秀只有偷偷摸摸的，上一回茅缸就等於做一回賊。玉秀白天憋著，夜裡也憋著，好幾次都是被解小便這樣的噩夢驚醒。玉秀在夢中到處尋找小便的地方，好不容易找到一塊無人的高粱地，剛剛蹲下來，卻又有人來了，她們小聲說：「玉秀，茅缸。」玉秀一個激靈，醒了。到處是人哪。哪一個人的臉上沒有一張嘴巴？哪一張嘴巴上方沒有兩隻笑瞇瞇的眼睛？

最讓玉秀難以面對的還是那幾個男人。他們從玉秀身邊走過的過程中，會盯著玉秀，咧開嘴，很淫褻地笑，像回味一種很忘我的快樂，特別地會心，你知我知的樣子，和玉秀千絲萬縷的樣子。一旦來人了，他們立即收起笑容，一本正經，跟沒事一樣。真是太噁心了。玉秀心裡頭其實也有了幾分的數了，知道他們和自己有過什麼樣的聯繫。因為恐懼，卻更不敢說破了。他們當然也是不會說破了的。這一來，玉秀和他們反而是一夥的了，共同嚴守著一分祕密，都成了他們中的一個了。

好在玉秀現在還算自覺，沒有很特殊的情況一般是不會往人群裡鑽的。這樣心緒是安穩一些了，人卻寂寥了，相當地難忍。玉秀到底風光慣了，終究耐不住，只能和村子裡最蹩腳的丫頭們交往了。那些丫頭平時沒有什麼人搭理，要不家裡的成分不好，要不腦子裡缺根筋，要不就是瘋瘋癲癲的。總之，換了過去，玉秀看也不會看她們一眼的。玉秀和她們混在一起，相當地不甘，甚至有點心酸。可是，既然耐不住，也只好這樣了。玉秀和這幾個丫頭處得倒也不錯，關鍵是，她們依然抬舉玉秀，以玉秀為榮，拿玉秀當模子、做榜樣，玉秀還是很稱心了。她們跟在玉秀的身後，一腔一調都學著玉秀，好像找到了隊伍，臉上的表情因為自豪而變得更加愚昧。在和別人發生爭執的時候，她們動不動就要引用玉秀的話，拿玉秀的話做武器，向別人宣戰。「人家玉秀說的」、「人家玉秀也是這樣的」，口氣是激烈的、有恃無恐的，當然更是不容置疑的。玉秀很有成就感了。玉秀就這個脾氣，很在乎自己的影響力的，寧做雞頭，不做鳳尾。做得好好的，沒有料到的事情還是發生了，玉秀出了天大的醜，都鬧到在王家莊待不下去的田地了。事情出在張懷珍的身上。張懷珍的家離玉秀的家並不遠，只隔了一條巷子。以前倒沒有怎麼交往過。張懷珍倒也不屬於少一竅的那一路，人還是滿聰明的，關鍵是出身不好——相當不好。怎麼一個不好法，又複雜了，不是一兩句話能說清楚的。說起來，張懷珍其實也到了談婚論嫁的歲數了，可是，說一個，壞一個；再說一個，再壞一個。媒婆想，還是門當戶對吧，給張懷珍說了一個漢奸的孫子。漢奸的孫子倒是同意了，送來了一斤紅糖，一斤白糖、兩斤糧票、六尺布證、兩斤五花肉，很厚的一份見面禮了。張懷珍斷然拒絕，怎麼勸都不行，母親勸都不中用。退還了彩禮，張懷珍幾乎成了啞巴，一天到晚不說一句話。村子裡的人說，主要還是媒婆的話傷透了張懷珍的心。媒婆丟了臉面，指著路邊的一條小母狗，大聲說：「就妳那大腿根，還想岔開來拉攏群眾，作夢呢。」張懷珍鐵了心了，不嫁了，整天拉了一張寡婦臉，誰來提親都閉門不理。不過，張懷珍倒是和玉秀做起了朋友，一來一去的，談得來了。張懷珍有玉秀這樣一個朋友滿自豪的，話也多了起來，人前人後說玉秀的好。這一天的傍晚，張懷珍收工回來，扛著釘耙，在橋頭剛好碰到玉秀。可能是周圍的人多，張懷珍這一天特別地反常了，有了炫耀的意思。為了顯示她和玉秀不同一般的關係，居然把胳膊架到玉秀的肩膀上來了。剛好對面走過來幾個小伙子，玉秀忙著弄姿，甩了甩頭髮，頭髮卻被張懷珍的胳膊壓住了。玉秀說：「懷珍，胳膊拿下來。」張懷珍沒有。反而和玉秀挨得更緊了。玉秀的上衣也被張懷珍的胳膊擠歪了，扯拽得一點衣相都沒有了。這是玉秀很不高興的。玉秀擰緊了眉頭，說：「懷珍，妳胳肢窩裡的氣味怎麼這麼重？」這句話許多人都聽見了。張懷珍萬萬沒有料到玉秀居然會說出這樣的話來，一聲不響的，拿下胳膊，一個人回家去了。吃晚飯的時候，玉秀的災難其實已經降臨了，只不過玉秀自己不知道罷了。玉秀捧著碗，正站在巷口喝粥，突然走過來一支小小的隊伍，都是五六歲、七八歲的孩子，十來個。他們每個人捏著一把蠶豆，來到玉秀的家門口，一邊吃，一邊喊：「哐哐哐，王尿壺！哐哐哐，王茅缸！」玉秀開始沒有注意，不知道「王尿壺」和「王茅缸」的意思。但是，立即懂了。意思是很明確的。毒就毒在「王」尿壺，還「王」茅缸。玉秀端著碗，捏著筷子，只有裝傻，她沒法阻止人家的。孩子們的動靜相當大，很快便有幾個孩子自願地站到隊伍裡去了，跟著起鬨。隊伍就是這麼一個東西，只要有動靜，不愁沒有人跟進去。隊伍越來越長，聲勢也越來越浩大，差不多是遊行了。孩子們興高采烈的、臉紅脖子粗的：「哐哐哐，王尿壺！哐哐哐，王茅缸！哐哐哐，王尿壺！哐哐哐，王茅缸！」他們並不知道自己在幹什麼，只是好玩。說的人當然是不明白的，然而，聽的人都明白。這就有意思了。巷子裡一下子站滿了人。都是成年的人了，看戲一樣，說說笑笑的，熱鬧非凡了。尿壺，還有茅缸，原來只是一個暗語，一種口頭的遊戲，現在不同了，它們終於浮出了水面，公開了、落實了，成了口號與激情。所有的人都是心照不宣的。玉秀站在巷口，還不好說什麼了，臉上的顏色慢慢地變了。比光著屁股還不知羞恥，就覺得自己是一條狗。這時候太陽已經快落山了，王家莊的天空殘陽似血。玉秀站在巷頭，想咬人，卻沒了力氣，嘴裡的粥早已經從嘴角流淌出來了。「啀啀啀，王尿壺！啀啀啀，王茅缸！啀啀啀，王尿壺！啀啀啀，王茅缸！」滿上口的，滿好聽的，都像唱了。

離家之前玉秀發過毒誓，前腳跨出去，後腳就再也不回王家莊了。再也沒有臉面在這個地方活下去了。玉秀不打算和村子裡的人算帳了。個個有仇，等於沒仇，真是虱子多了不癢。不說它了，玉秀認了。玉秀不能放過的倒是玉穗這個壞丫頭。玉秀在王家莊這樣沒臉沒皮，全是玉穗這個小婊子害的。要不是小婊子在玉秀的臉上放了那兩個最陰損、最毒辣的屁，玉秀何至於這樣？不能放過她，越是親姐妹越是不能放過，這個仇不能不報。拿定了主意，玉秀說動就動。天還沒有亮，玉秀便起床了，一手端著煤油燈，悄悄來到玉穗的床前。玉穗這個小婊子實在是憨，連睡相都比別人蠢，胳膊腿在床上撂得東一榔頭西一棒的，睡得特別地死，像一個死豬。玉秀擱下煤油燈，掏出剪刀，玉穗的半個腦袋轉眼就禿了，卻又沒有禿乾淨，狗啃過了一樣，古怪極了，看上去都不像玉穗了。玉秀把玉穗的頭髮放到她自己的手上，順手又給了玉穗兩個嘴巴，打完了撒腿便跑。玉秀跨出門檻的時候，終於聽到玉穗出格的動靜了，小婊子一定是被手上的頭髮嚇傻了，又找不出緣由，只能拚了命地叫。玉秀的腳底下跑得更快了。跑出去十幾丈，玉秀想起玉穗緊握頭髮的古怪模樣，忍不住笑了，越想越好笑，身子都輕了，卻差一點笑岔了氣。玉穗這個小婊子真是蠢得少有，這麼老半天才曉得喊疼，足見這個小婊子腦袋裡裝的是豬大腸，提起來是一根，倒出來是一堆。

玉秀在公社大院裡住下了，勤快得很、低三下四得很，都不像玉秀了。玉米看出來了，玉秀到斷橋鎮來，並不是玉秀聰明，猜準了自己的小九九。不是。這個斷了尾巴的狐狸精一定是在王家莊待不下去了。這個是肯定的了。玉秀這個丫頭，屁股一抬玉米就能知道她要放什麼樣的屁。玉米望著低三下四的玉秀，想：這樣也好，那就先不忙把收購站的想法告訴她，再緊一緊她的懶骨頭也是好的，再殺一殺她的傲氣也是該派的。不管以前怎麼樣，說到底玉米現在對玉秀寄予了厚望，她是該好好學著怎樣做人了。就憑玉秀過去的浮浪相，玉米真是不放心。現在反而好了。被男人糟蹋了原本是壞事，反而讓這丫頭洗心革面，都知道好好改造了。壞事還是變成了好事。

玉秀其實是驚魂未定，心裡頭並沒有玉米那樣穩當。日子一天天過去了，玉秀的心思卻一天天沉重了。出門的時候，玉秀一心光想著離開王家莊，卻沒有思量一下，玉米到底肯不肯留自己。萬一玉米不鬆這個口，真是連落腳的地方都沒有了。這麼一想，玉秀相當害怕。形勢很嚴峻了。問題是，玉秀要面對的不只是玉米，還有郭家興、郭家興的女兒郭巧巧。這一來，形勢就更嚴峻了。不過，玉秀很快就發現了，決定自己命運的並不是玉米，而是郭家興，甚至可能是郭家興的女兒郭巧巧。別看玉米在王家莊的時候人五人六的，到了這個家裡，玉米其實什麼都不是，屁都不是。這一點可以從飯桌上面看得出來的。吃飯的時候郭家興總是坐在他的藤椅裡頭，那是他固定不變的位置，朝南。吃飯之前總要先抽一根菸，陰著臉，好像永遠生著誰的氣。郭巧巧又不同了，這個高中二年級的女學生在外頭瘋瘋傻傻的，說話的嗓門比糞桶還要粗，一回到家，立即變了，臉拉得有扁擔那麼長，同樣永遠生著誰的氣。那肯定是衝著玉米去的了。飯碗盛上來了，玉米的左手是郭家興，右手是郭巧巧，玉米總有些怯，生怕弄出什麼出格的動靜。尤其在伸筷子夾菜的時候，總要悄悄睃一眼郭家興，順帶睃一眼郭巧巧，看一看他們的臉色。這一點已經被玉秀看在眼裡了，逃不出玉秀的眼睛。玉米怕郭家興。不過，怕得卻又有點蹊蹺，七拐八拐地變成怕他的女兒了。玉米總是巴結郭巧巧，就是巴結不上，玉米為此相當地傷神。所以說，玉秀一定先要把郭家父女伺候好。只要他們能容得下，玉米想趕也趕不走的。對付郭家興，玉秀相信自己有幾分心得。男人到了這個歲數，沒有一個不吃漂亮女孩子的馬屁，沒有一個不吃漂亮女孩子的嗲。父親王連方就是一個最顯著的例子。而應付郭巧巧，玉秀的把握更要大些。只要下得了狠心作踐自己，再配上一臉的下作相，不會有問題的。雖說在郭巧巧的面前作踐自己玉秀多少有些不甘，不過轉一想，玉秀對自己說，又有什麼不甘心的？妳本來就是一個下作的爛貨。

玉秀在郭家興和郭巧巧的面前加倍地勤快，加倍地低三下四了。玉秀的第一個舉動就令郭巧巧大為感動——一大早，靜悄悄地替郭巧巧把馬桶給倒了。這個呆丫頭真是邋遢得很。越是邋遢的丫頭越是能吃，越是能喝，越是能拉，越是能尿。馬桶幾乎都滿了，都不知道是哪一天倒過的了。晃一下就溢出來了，弄得玉秀一手。這個舉動的功效是立竿見影的，郭巧巧都已經和玉秀說話了。玉秀真是很幸福了。而到了吃飯的時候，玉秀的機靈發揮了作用，眼裡的餘光一直盯著別人的碗，眼見得碗裡空了，玉秀總是說：「我來，姐夫。」要不就是說：「巧巧，我來。」玉秀不只是機靈，每一頓飯還能吃出一點動靜。玉秀採取了和玉米截然相反的方法，差不多是一次賭博了。一到吃飯的時候，玉秀便把自己弄得特別地高興，興高采烈的，不停地說話，問一些又滑稽又愚蠢的問題。比方說，她把腦袋歪到了郭家興的面前，眨巴著眼睛，問：「姐夫，當領導是不是一定要雙眼皮？」問：「姐夫，公社是公的嗎？有沒有母的？」問：「姐夫，黨在哪兒？在北京還是在南京？」諸如此類，頓頓如此。玉秀問蠢話的時候人卻特別地漂亮，有些爛漫，純得很，又有點說不出的邪。一些是真的不知道，一些卻又是故意的了，是玉秀想出來的，可以說挖空心思了，累得很。好在玉秀的父親做過二十年的支書，這才想得起來，這才說得出。玉秀的愚蠢讓玉米難堪，好幾次想擋住她。出人意料的是，郭家父女卻饒有興致，聽得很開心，臉上都有微笑了。而郭巧巧居然噴過好幾次飯，這樣的情形真是玉米始料不及的。玉米也偷偷地高興了。郭家興在一次大笑之後甚至用筷子指著玉秀，對玉米說：「這個小同志很有意思的嘛。」

玉秀住在天井對面的廚房裡頭，而骨子裡，玉秀時刻都在觀察郭家父女。一旦有機會，玉秀會提出留在斷橋鎮這個問題的。關鍵是火候，關鍵是把握，關鍵是方式，關鍵是一錘子定音。一旦堵死了，就再也沒有打通的餘地了，玉秀要掌握好。

這是一個星期天，郭巧巧沒有上學。午飯之前，玉秀決定給郭巧巧做頭。這正是玉秀的長項。玉秀在這上頭可以說是無師自通的，有想像力、有創造性。玉秀先替郭巧巧洗了，洗下一臉盆的油。玉秀望著臉盆，直犯噁心。頭還沒有洗完，玉秀已經在骨子裡頭瞧不起這個小呆×了，恨不得一把摁下郭巧巧的腦袋，用油汪汪的豬頭湯淹死她。但是這丫頭關係到玉秀的命運，所以玉秀輕手輕腳的，每一根指頭都孝順得要命。洗完了，晾乾了，玉秀開始給郭巧巧做頭，重新設計了辮子。郭巧巧原先是一根獨辮，很肥，侉樣子，有一股霸道的蠻悍相。玉秀替郭巧巧削去了一些，把頭髮分開來，在頭頂的兩側編出兩個小辮子，然後，盤下去，卡牢了。兩條辮子的尾巴卻對稱地翹在了耳朵的斜上方，一跳一跳的，又頑皮，又波俏，很像電影上大漢奸家的千金小姐了。郭巧巧有很顯著的男相，要不是那條辮子，看上去幾乎就是一個男人。現在，經過玉秀這麼一拾掇，有點女孩子的意思了。郭巧巧滿意得很。玉秀站在旁邊，做出極其羨慕的樣子，還添油加醋地說：「巧巧，我要是有妳這樣的頭髮就好了。」很傷感了。馬屁一旦拍到傷感的程度，那一定是深入人心的。郭巧巧果然高興了，合不攏嘴，腮幫子笑得比額頭還要寬，像一個河蚌，整個腦袋只是一張嘴。玉秀看在眼裡，知道時機到了，「哎」了一聲，說：「巧巧，我要是能給妳做丫鬟就好了。沒這個福。」郭巧巧正對著鏡子，上身一側一側的，美得不輕。郭巧巧脫口說：「這個沒問題的。」

午飯的時候，玉秀一直和郭巧巧說說笑笑的，郭家興也覺得奇怪，女兒的性格這樣嘎古、這樣方，和玉米彆扭，反而和玉秀投得來。說起來巧巧這丫頭也可憐了，才這個歲數，就死了母親，也難怪她要和玉米做對頭。郭家興難得看見女兒有這樣的興致，一高興，多吃了半碗飯。玉秀把飯碗遞到郭家興的面前，知道最關鍵的時刻終於來到了。連忙說：「姐夫，我和巧巧說好了，我給她當丫鬟——不回去了，你要管我三頓飯！」話說得相當俏皮、相當撒嬌，其實玉秀自己是知道的，很緊張了。玉秀在那裡等。郭家興端起碗，盯著郭巧巧的腦袋看了兩眼，心裡有了七八分的數了。郭家興扒下一口飯，含含糊糊地說：「為人民服務吧。」玉秀聽出來了，心裡頭都揪住了，手都抖了，卻還是放心了。玉米聽著，一直以為玉秀開開玩笑的，並沒有往心裡去。

玉秀卻轉過臉來和玉米說話了。玉秀說：「姐，那我就住下啦。」居然是真的了。這個小騷貨真是一張狗皮膏藥，居然就這麼貼上來了。玉米一時反而不知道說什麼好。這時候郭巧巧剛好丟碗，離開了飯桌。玉秀望著郭巧巧的背影，伸出胳膊，一把握住玉米的手腕，手上特別地用勁，輕聲說：「我就知道大姐捨不得我。」這句話在姐妹兩個的中間含意很深，骨子裡是哀求了。玉米是懂得的，可玉米就是看不慣玉秀這樣賣乖。然而，玉秀這麼一說，玉米越發不好再說什麼了。玉米抿著嘴，瞥了玉秀一眼，很慢地咀嚼了兩三下，心裡說：「個小婊子，王家待不下去，在這個家裡反倒比我滑溜。」玉秀低著頭。沒有人知道玉秀的心口這一刻跳得有多快。玉秀慌裡慌張地直往嘴裡塞，心往上面跳，飯往下面嚥，差點都噎著了，眼淚都快出來了。玉秀想，總算住下來了。這時候玉米的飯碗見底了，玉秀慌忙站起身，搶著去給玉米添飯。玉米擱下碗，擱下筷子，說：「飽了。」

住下就住下吧。雖然玉秀在這件事上沒有把大姐放在眼裡，說到底玉米還是對玉秀抱有厚望，先不管她。關鍵玉秀和郭巧巧熱乎上了，這一點玉米不能接受。郭巧巧這個呆丫頭不好辦。玉米心裡頭有數，自己是怕她的。玉米誰都沒有怕過，現在看起來還是栽在她的手上了。郭巧巧偏偏不是工於心計的那一路、暗地裡使壞的那類。郭巧巧不是。這丫頭的身上帶有凶蠻暴戾的嘎小子氣，一切都敢說在明處，一切都敢做在明處，這是玉米相當吃不消的。比方說，玉米剛過門的時候，郭巧巧放學了，當著機關大院裡那麼多的人，玉米為了顯示她這個繼母的厚道，立即迎了上去，接她的書包，笑吟吟地說：「巧巧，放學啦？」郭巧巧憨頭憨腦地說：「呆×！」當著那麼多的公社幹部，太沒頭沒腦了。玉米的臉都丟盡了。玉米在枕頭上面曾經對郭家興說過這個事，玉米說：「巧巧怎麼弄的？怎麼一見到我就跟見到鬼似的？」郭家興對這個問題沒興致，隨口說：「還是孩子。」玉米說：「孩子？我才比她大幾歲？」但是這句話玉米沒敢說出口，只是在自己的肚子裡對自己說了。這麼一想玉米心酸得很，自己大不了郭巧巧幾歲，她成天沒心沒肺的，自己死乞白賴做她的「後媽」，賠光了臉面，還落不到好。玉米看出來了，做父母的都這樣，一旦死了原配，轉過臉去會覺得對不起孩子，越發地嬌寵、越發地放縱。玉米躺在郭家興的身邊，心裡頭涼了，全是怨。想來想去男人還是不可信的。趴在你的身上，趁著快活，兩斤肉能說出四斤油來，下來了，四斤油卻能兌出三斤八兩的水。完全不是那麼一回事。對誰親、對誰疏，男人一肚子的數。男人哪，拔出來之前是一個人，拔出來之後又是一個人，這是很讓人寒心的。玉米一直想和郭巧巧好好聊一回，給她把話挑明了——玉米可不指望巧巧喊她一聲「媽」，玉米有這樣的自知，擔不起。喊「姨」總行了吧？實在不願意，叫「姐姐」也可以，退一萬步，喊一聲「玉米」總是應該的。郭巧巧屁都不響一個。天天在一個屋子裡頭，撞破了嘴脣都不說一句話，擔著「母女」的名分，還烏雞眼，這算什麼？郭巧巧偏偏不給玉米機會，除非玉米討罵。郭巧巧的那張嘴是標準的有娘生沒娘教的嘴，什麼都出得來，七葷八素的，都是在哪兒學來的？玉米算是怕了。玉米有時候想，自己對「女兒」的這分孝心，就是餵一把掃帚，掃帚也該哼唧一聲了。玉米深深地嘆了一口氣，想，後妻好做，後媽難當哪。

郭巧巧和玉米有仇，是天生的，不要問為什麼，就像老鼠見到了貓、黃鼠狼遇到了狗，一見面就有。玉秀暗地裡很高興。只要有人對玉米出手，玉秀總有一股說不出的快慰，想按都按捺不住，心裡頭開花了，笑得一瓣一瓣的。雖說玉秀在玉米的面前還是那樣謙卑，但是，終究是裝出來的了，骨子裡頭又有了翻身鬧解放的意味。郭巧巧要是喊玉秀了，玉秀並不急於答應，而是先瞥一眼玉米，很無奈地走到郭巧巧的跟前，故意弄得鬼鬼祟祟的，好像是顧忌玉米、害怕玉米，其實是通知玉米，有意識地告訴玉米，故意在玉米的眼前挖一個無底洞，讓玉米猜，讓玉米摸不著頭緒，探不到底。這一來她和郭巧巧之間就越發深不可測了，有著隱蔽的、結實的同盟關係，是心往一處想、勁往一處使的。玉米要是盤問起來了，玉秀則特別地無知，做出一副努力回憶的樣子，「沒有啊」、「我不知道啊」、「人家能對我說什麼呢」、「忘了」。玉秀又有了後台了。玉米暗地裡打量玉秀的時候，目光裡又多了一分警惕。這正是玉秀所希望的。只要玉米還恨自己，還拿自己當一個對手，對自己心存一分警惕，說明她們還是平起平坐的。玉秀不要她可憐。這當然需要依仗郭巧巧了。玉秀想，寧可在外人的面前露出賤相，反而不能在玉米的面前服這個軟。誰讓她們是親姐妹呢。也真是怪了。

玉秀現在的工作是伺候郭巧巧，主要是為郭巧巧梳妝打扮。郭巧巧被玉秀一撩撥，似乎突然犯過想來了：我不是男人，我也是一個女兒家呢。郭巧巧做女孩子的願望高漲起來了。可是手拙，不會弄。玉秀當然是行家了。迫於玉米的威懾，玉秀自己不敢打扮了，卻把所有的花花腸子一古腦兒放在了郭巧巧的頭髮上、髮夾上、鈕釦上、編織的飾物上。玉秀做這些事情的時候心情特別地舒暢，特別地有才華，又積極，很有成就感了。暗地裡卻又格外地感傷。越感傷手裡的手藝卻越是精細。郭巧巧的模樣很快就別具一格了。要不是她的父親是副主任，早被人罵成妖精了。至於指甲，玉秀可是花了大力氣，不知道從哪裡弄來了鳳仙花，搗爛了，加進了一些明礬，十分仔細地敷到郭巧巧的手指甲上去，一層一層的，連腳趾甲都敷上去了。玉秀用扁豆的葉子把郭巧巧所有的指甲都裹了起來，幾天過後，效果出來了。郭巧巧的手指和腳趾悄悄改變了顏色。紅紅的，豔麗得很、剔透得很、招眼得很，舉手投足都華光四射的。郭巧巧一天一個樣，這變化是顯著的，根本性的，可以用「女大十八變」做高度的概括。機關大院有目共睹。最顯著、最根本的變化還在郭巧巧的眼神和動作上，也就是姿態上了。郭巧巧過去一直有一個毛病，特別地莽撞，像衝鋒陷陣的勇士，每一個動作都是有去無回的。現在好了，眼神和手腳裡頭多了一分回環與婉轉的餘地。雖說有些做作，究竟是個女孩子了。郭巧巧經常和玉秀在機關大院裡進進出出的，走路的時候兩個人都偎在一起，很知心的樣子，很甜蜜的樣子、像一對親姐妹了。這是玉秀所渴望的。機關大院裡所有的人都認識玉秀了——那就是玉秀——那就是郭主任的小姨子——美人胚子呢。但玉秀有幾分的冷、幾分的傲，並不搭訕別人。尤其在一個人走路的時候，腳步輕輕的，腦袋歪在一側，頭髮蓋在臉上，時常只露出半張臉、一隻眼睛，有點沒有來頭的怨，那種恍惚的美。要是面對面碰上什麼人了，玉秀會突然驚醒過來，把半面的頭髮捋到耳後，慢慢地衝著你笑。玉秀的笑容在機關大院裡是相當出名的，很有特點，不是一步到位的那種樣子，而是有步驟的、分階段的、由淺入深的，嘴角一步一步地向後退讓，還沒有聲音，很有風情了。是一種很內斂的風騷——浪、卻雅致。

玉米都看在眼裡。雖說玉秀不敢放開手腳再做狐狸精了，而從實際情況來看，吃屎的本性沒變，骨子裡反而變本加厲，很危險了。玉米早晚總要敲敲她的警鐘。但是，以她現在和郭巧巧的關係，玉米很難開口。然而，正是她與郭巧巧的關係，玉米必須開口。從結果上看，效果很不理想，姐妹重又回去了，還是「前世的冤家」。

這一天的下午學校裡頭勞動，郭巧巧沒有參加，提前回來了。郭巧巧喊過玉秀，把家裡的影集全搬了出來，坐在天井裡，一頁一頁和玉秀翻著看。玉秀很自豪，覺得自己已經走進這個家的深處，走進隱私和祕密了。即使是玉米，她也不能享受這樣高級的待遇的。玉秀看到了郭家興年輕的時候、郭巧巧母親年輕的時候，還有郭巧巧兒時的模樣。郭巧巧既不像她的爸，也不像她的媽，集中了兩個人最難以組合的部分，所以扭在臉上。玉秀看一張，誇一張，好話說了一天井。玉秀很快從影集裡發現一個小伙子了，和郭家興有點像，又不太像，比郭家興帥，目光也柔和，像一匹小母馬的眼睛，有一點溼潤，卻又有幾分斯文，很有文化、很有理想的樣子，穿著很挺的中山裝。玉秀知道不是郭家興，精氣神不是那麼一回事。玉秀故意說：「是郭主任年輕的時候吧？」郭巧巧說：「哪兒，是我哥，郭左，在省城的汽車廠呢。」玉秀知道了，郭巧巧還有個哥哥，在省城的汽車廠呢。正說到投機的地方，玉米卻回來了。玉米看見玉秀和郭巧巧頭靠著頭，捧著什麼很祕密的東西，比和自己還要親，很入神的樣子。她們在看什麼呢？玉米的好奇心上來了，不由自主地伸長了脖子。郭巧巧的屁股上像長了一雙眼睛，玉米剛走到玉秀的身後，郭巧巧「啪」地一下，把影集合上了，站起身，屁股一扭，一個人回到了東廂房。玉米討了個沒趣，尤其當著玉秀的面，腳底下快了，立即回到了自己的廂房。心裡卻不甘，立在窗口的內側無聲地打量起玉秀來了。玉秀隔著窗櫺，看見玉米的臉色了，是惱羞成怒與無可奈何兼而有之的樣子。玉秀沒有低下眼皮，而是把眼珠子撇到了一邊，再也不接玉米的目光了，心裡想，這又不關我的事。玉秀的舉動在玉米的眼裡，無疑具有了挑釁的意味。郭巧巧卻又在東廂房裡喊了：「玉秀，過來！」玉秀過去了，過去以前故意搖了搖頭，做出一副不情願的樣子，顯然是做給玉米看的了。玉米一個人被丟在窗前，想，不能再這樣了，不能允許玉秀再這樣吃裡扒外了。玉米忍了好久，做晚飯的時候到底去了一趟廚房，回頭看一眼天井，沒人。玉米用搌布假裝著抹了幾下，轉過臉說：「玉秀，妳可是我的親妹子。」這句話過於突兀了，聽上去沒有一點來頭。玉秀拿著勺子，望著鍋裡的稀飯，心裡知道玉米說的是什麼，聽出意思來了。玉米的話雖說突兀，意思卻是十分明確的，彷彿很有力量，是一次告誡，其實軟得很。廚房裡的空氣開始古怪了，需要姐妹兩個有格外的定力。玉秀沒有抬頭，只是不停地攪稀飯，想了想，說：「姐，我聽妳的話，妳讓我做什麼我就做什麼。」話說得很乖巧，其實綿中帶著剛，是得了便宜還賣乖的口吻，一口把玉米頂回去了。玉米無話了。面對郭巧巧，玉米能讓玉秀做什麼？玉米又敢讓玉秀做什麼？玉米捏著搌布，反而愣住了。兀自站立了好大一會兒，對自己說，好，玉秀，妳可以，妳能。這一次的衝突並沒有太大的動靜，然而，意義卻是重大的，尤其在玉秀的這一頭，有了鹹魚翻身的意思。玉米原本是給玉秀敲一敲警鐘的，沒想到這一記警鐘卻敲到了自己的頭上，玉米看出來了，這個人一旦得到機會還是要和自己作對的。

每天早上玉秀都要到菜市場買菜，買完了，並不急著回去，而是要利用這一段空閒逛一逛。主要是逛一逛供銷社。說起來，供銷社可能是玉秀最喜歡的地方了。以往進鎮，玉秀每一次都要在供銷社逗留好半天，並不買什麼。事實上，供銷社是一個很不錯的歇腳處，供銷社可能還是一個很不錯的觀光場所。那些好看的貨架就不用再說了，僅僅是付款的方式就很有意思了。女會計坐在很高的地方，和每一個營業員之間都連著一條鐵絲，一條一條的。鐵絲上掛了許多鐵夾子，營業員開了票，收了現金，把它們夾到鐵夾子裡去，用力一甩，「颼」的一聲，鐵夾子像一列小小的火車頭，沿著懸浮鐵軌開到會計的那邊去了，稍後，小小的火車頭又「颼」地一聲，開了回來，帶著零找和收訖的票據。神祕、深邃，妙不可言。

玉秀的心裡一直有一個小祕密，那就是喜歡看坐在高處的女會計。從小就喜歡看，羨慕得很。那個女會計坐在那裡已經很多年了，她一手的小算盤讓玉秀著迷，噼里啪啦的。手指頭跟蝴蝶似的、跟妖蛾子似的，點水而過，撲棱撲棱的。一旦停下來了，卻又成了蜻蜓，輕輕地棲息在荷葉上面。那裡頭有一種難言的美。女會計的手成了玉秀少女時代的夢，在夢中柔若無骨。只是很可惜，那個女人不漂亮。玉秀總是想，要是自己長大了能坐在那裡就好了。玉秀一定會把自己打扮得像過河而來的小花蛇，在全公社老老少少的眼裡吱吱歪歪地扭動。玉秀從小其實就是一個有理想的姑娘了，有自己很隱祕的志向。玉秀相信，自己反正不會在王家莊待上一輩子的，絕對不可能在這樣的一棵樹上吊死。玉秀對自己的未來一直滿有信心的。當然，玉秀的這分心思現在反而死了，那絕對是不可能的。由此看來，供銷社其實是玉秀的傷心地了。然而，人這個東西就是怪，有時候恰恰喜歡自己的傷心地，特別地迷戀，願意在那裡流連忘返。

玉米不喜歡玉秀遊手好閒的浪蕩樣子，尤其是在供銷社裡頭，發話了，不許玉秀再過來。玉秀不明白，問玉米為什麼。玉米回得倒也乾脆。玉米說：「不是妳待的地方。」

玉米在床上的努力沒有白費。房事也是這樣，一分耕耘，一分收穫。玉米有了。玉米沒有說，但是，感覺到自己的體內發生了變化，是史無前例的。這種變化不只是多了一些什麼，而是全面的、深刻的，具有了脫胎換骨的性質。玉米很安心了，在郭巧巧的面前突然多了一分氣勢。當然，這股子氣勢玉米並沒有表現出來，尤其沒有放在臉上，反而放到肚子裡去了，變成了大度、沉著，和自如。等孩子生下來了，玉米是不會再在郭巧巧的面前委屈自己的了，就算郭家興給她撐腰也是這樣。同樣是郭家興的種，他郭家興沒有理由近一個、遠一個，香一個、臭一個。沒這個說法。孩子抱在手上，那就由不得他們了。怎麼說母以子貴的呢。現在的問題反而是玉秀。對玉秀、玉米倒是要好好考察一番的。她到底擁護哪一邊、站在哪一邊、這是一個立場的問題，關係到她自己的前程和命運。玉米還是要做到仁至義盡。玉米的考察卻很意外，玉秀似乎有了新動向了。這丫頭現在不怎麼在家裡頭待，動不動就要往外面跑，主要是下午。玉米知道這個小婊子耐不住的。觀察了一些日子，看出眉目來了。玉秀一閒下來就要串到機關的會計室裡，和唐會計又熱乎上了。唐會計是一個四十開外的女同志，不過機關裡的老少還是叫她「小唐」。小唐的皮膚很白，長了一張胖臉。這樣的臉天生就四季如春，像風中盛開的向日葵，隨時都可以笑臉相迎的樣子，很討喜的。玉秀對小唐的稱呼很有意思，也喊她小唐，卻叫她「小唐阿姨」，既懂事，又不拿自己見外。玉秀和小唐熱乎什麼呢？玉米特地追究過一次，故意拐到會計室的窗前，有了新發現了。玉秀和唐會計的面前各自放了半個西瓜，正用回形針挑著吃。西瓜籽也沒有捨得扔掉，歸攏在玻璃台板上。她們邊吃邊說、邊說邊笑，動靜很小。雖說沒有人，還是保持著一種耳語的狀態。看得出，關係私密，不一般了。玉秀背對著窗戶，一點都沒有發現玉米的眼神有多警惕。還是唐會計先看見窗外的玉米了，立即站起身，笑著對玉米說：「郭師娘，吃西瓜！」西瓜都已經吃得差不多了，唐會計這樣說，顯然是一句客套話了。不過，玉米並沒有覺得唐會計虛情假意，相反，心情陡然好了，原來機關大院裡的人背地裡都喊玉米「郭師娘」呢。玉米原先是不知道的，這樣的稱呼很見涵養了。水漲船高，玉米自然就有了搖身一變的感覺。玉米也笑起來，關照玉秀說：「玉秀，什麼時候帶小唐到家裡頭坐坐。」玉米對自己的這句話相當地滿意，覺得這句話說出了身分，只有「郭師娘」才能夠說得出。小唐對這句話顯然是受寵若驚了，一邊笑，一邊用舌頭處理嘴裡的西瓜籽，臉上笑得相當亂。

玉米在回頭的路上想，怪不得這幾天廚房裡有炒瓜子的氣味，原來是這兒來的。炒完了，玉秀好再一次跑到唐會計那邊去，邊嗑邊聊。是這麼一回事了。看起來玉秀這丫頭真是一隻四爪白的貓，不請自到，家家熟呢。玉秀這丫頭活絡得很、有頭緒得很，這才幾天，已經在機關大院裡四處生根了。照這樣下去，她這個做姐姐的還有什麼用？哪裡還能壓得住她？這麼一想，玉米不免有了幾分的擔憂，得小心了。玉米的分析可以說抓住了要害了。玉秀在小唐那裡實在不是嗑瓜子、拉家常，而是有著深遠的謀劃。玉秀想學手藝，想把小唐阿姨的那一手算盤學到手。學好了做什麼，玉秀還是很盲目的，到時候再說。畢竟一樣手藝一樣路，玉秀得為自己打算了。依靠玉米絕對是靠不住的。玉秀也不想靠玉米了。玉秀原計劃不想和小唐把自己的想法挑明了的，怕傳到玉米的耳朵裡。玉米是不會成全她的。玉秀只想偷偷地看、偷偷地學。玉秀有這樣的自信。以往玉秀織毛線也是這樣的，平針、上下針、元寶針、螺紋針、阿爾巴尼亞針，玉秀也沒有專門學過，只是靜下心來，偷偷地看幾眼，也會了，手藝出來了還能勝出別人的一籌。玉秀的心頭有這分靈，手頭也有這分巧。然而，算盤到底不一樣，玉秀看了一些日子了，光聽見響聲，看不出名堂。沒想到小唐卻主動對玉秀開口了。這一天小唐突然說：「玉秀，我教妳打算盤玩吧。」玉秀吃了一驚，沒想到小唐說出這樣的話，脫口說：「我這麼笨，哪裡學得上？——學了也沒用。」小唐笑笑，說：「就當替我解解悶吧？」玉秀這才學了。玉秀並不貪，打算先學好加減，乘除放一放再說——玉秀算術上的乘除還沒有過關呢。不過小唐阿姨都說了，加減法足夠了，除法連她自己都不會，用不著的。小唐阿姨說，加上一些，減掉一些，會計就是那麼一回事。玉秀聽出來了，小唐這樣說，說明她對玉秀的想法心裡頭是有數的。她不說破，玉秀自己就更沒有必要說破了。玉秀學得相當好，進度特別地快。說起來玉秀讀三年級的時候算術老師還教過幾天算盤，老師在黑板上掛了一只很大的毛算盤，玉秀聽了一節課，沒興趣，交頭接耳了。玉秀想，看來學東西還是要有目的性，有了目的，興趣就有了。小唐發現玉秀這丫頭的確聰明，記性好，膠水一樣黏得住東西。就說口訣，滿複雜的，幾天的工夫玉秀都記牢了，比小唐當初快多了。小唐直誇玉秀，玉秀說：「還不是師父教得好。」碰上好徒弟，師父的積極性有時候恐怕比徒弟還要高些。小唐讓玉秀每天來，一天不來，小唐還故意弄出很失落的樣子。

小唐和玉秀的師徒關係到底是附帶的，主要還是朋友。小唐已經開始把玉秀往自己的家裡帶了。小唐的家在國營米廠的附近，走到國營米廠的院後，玉秀終於看到了機房上面的那個鐵皮煙囪了，原來每天夜裡蒸汽機的響聲就是從這個煙囪裡傳出來的。煙囪裡噴出一口煙，蒸汽機就「嗵」地一聲。進了家，小唐格外熱情了，領著玉秀四處看。小唐特地把玉秀帶進了臥室，著重介紹了「紅燈」牌晶體管收音機、「蝴蝶」牌縫紉機和「三五」牌鬧鐘，都是緊俏的上海名牌。這幾樣東西是殷實人家的標誌，也許還是地位的象徵。玉秀不識貨，不懂這些。小唐又不好挑明了什麼，有了對牛彈琴的感覺。不過，這絲毫沒有影響小唐的熱情，小唐一般是不和玉秀在堂屋裡坐著說話的，而是在臥室，兩個人坐在床沿上，小聲地扯一些鹹淡。玉秀也感覺出來了，她們兩個人的關係發展得相當快，已經不像一般的朋友了，有了忘年交的意思。小唐連自己男人的壞話和自家兒子的壞話都在玉秀的面前說了。玉秀當然是懂事的，這樣的時候並沒有順著小唐，反而替小唐的男人和小唐的兒子辯解，說了幾句好話。小唐很高興了，極其懊惱地嘆息：「嗨，妳可不知道他們。」其實都是扯不上邊的，玉秀都沒有見過他們的面。這一天下午玉秀終於在小唐的家裡見到小唐的兒子了。玉秀吃了一驚。小唐的兒子居然是一個大小伙子了，高出玉秀一個頭，很碩健，卻有一種與體魄不相稱的靦腆。小唐老是在玉秀的面前「小偉」「小偉」的，玉秀還以為「小偉」是個中學生呢。人家已經是國營米廠的工人了，還是基幹民兵呢。小唐把「高偉」

叫到玉秀的面前，很上規矩地說：「這就是玉秀。」玉秀注意到，小唐說這句話的時候完全不再是機關裡的「小唐」，而是很講家道、很有威嚴的。小唐隨即換回原來的口氣，對玉秀說：「這就是我那呆兒子。」小唐這種口吻上的變化讓玉秀有點彆扭，就好像玉秀真的和她一個輩分，成了高偉的長輩了。玉秀一陣慌，總算是處驚不亂，說：「阿姨妳瞎說什麼，人家哪裡呆。」小唐接過玉秀的話，對高偉說：「小偉，人家玉秀替你說過不少好話呢。」不說還好，小唐這麼一說玉秀真的是無地自容了。高偉顯然很害怕女孩子，侷促得很，臉都憋紅了，又不敢走。而玉秀的臉也紅了。玉秀低下頭，心裡想，小唐在家裡肯定不是機關裡的樣子，肯定是大事小事都不鬆手，說一不二的，兒子都被她管教成這種樣子了。小唐的這一點，給了玉秀完全嶄新的印象。

小唐雖說行事機敏，不落痕跡，不過玉秀還是看出來了，小唐有撮合自己和高偉的意思。玉秀還在那裡自作聰明，想偷偷地學小唐的算盤手藝，其實小唐的網張得更大，已經把玉秀一古腦兒都兜進去了。從一開始便鑽進套子的就不是小唐，而是玉秀自己。玉秀想，到底是鎮上的人哪。高偉的模樣還是說得過去的，關鍵是，人家是工人，能和高偉那樣的小伙子撮合，玉秀其實是求之不得的。當然了，自己也是配得上的。然而，玉秀自己知道，自己畢竟被男人睡過了，有最致命的短處。小唐阿姨現在什麼都不知道，萬一將來知道了，退了親，那個臉就丟大了。這麼一想，玉秀突然便是一陣心寒。玉秀想，自己也這個歲數了，難免會有人替妳張羅婚姻方面的事。還麻煩了。玉秀不免有些恐慌，一下子恍惚了。

玉秀一夜都沒有睡好。夜深人靜了，斷橋鎮的夜間靜得像一口很深的井，真的是深不見底。

這一來國營米廠蒸汽機的聲音突出出來了。蒸汽機不像柴油機，響聲並不連貫，而是像錘子，中間有短暫的間隙，「嗵」地一下，又「嗵」地一下。玉秀平時滿喜歡這個聲音的，因為隔得比較遠，並不鬧人，睡得迷迷糊糊的時候，反而是個伴，有了催眠的功效，讓人睡得更安穩、更踏實。可是這一夜不一樣了，蒸汽機的聲音一直在她的耳邊，錘她的耳朵。玉秀想，還是把自己的實情全都告訴小唐吧，要不然，掖掖藏藏的，哪一天才是盡頭？轉一想，玉秀便罵自己二百五了，一旦說出去，她什麼都完了。事情黃了不說，還白白地送給別人一個把柄。不能夠那樣。這方面的苦頭玉秀在王家莊算是領教了。再說了，小唐阿姨只是這個意思，人家並沒有把話挑白了，妳吼巴巴的發什麼騷？

一起床玉秀就倦怠得很，拿定了主意，以後不打算再到會計室去了。玉秀想了想，這樣也不妥當，還是要去。人家小唐只是流露了這個意思，並沒有正式給自己提出來，自己先忸怩起來，反而說明自己都知道了，不等於不打自招了？那樣不好。一旦把事情推到明處，反而進也不是，退也不是，更加難辦了。還是裝糊塗吧。玉秀想，就憑自己現在的狀況，哪裡還敢有這樣的心。配不上的。被人嚼過的甘蔗誰還願意再嚼第二遍？直到這個時候，玉秀才算是對自己有了最為清醒的認識，作為一個女孩子，自己已經很不值錢了。這個無情的事實比自作自賤還讓玉秀難過。玉秀對自己絕望了。這分淒楚可以說欲哭無淚。玉秀一側腦袋，對自己說，不要想它了吧。

玉秀還是到會計室去了。想來想去玉秀還是願意賭一把，押上去了。再怎麼說這也是自己的一個機遇，要把握好的。前往會計室之前玉秀精心打扮了一回，還鬼使神差地拿了郭巧巧的兩只紅髮卡，對稱地別在了頭頂的兩側。玉秀花枝招展卻又默然無聲地來到小唐阿姨的面前，想做出一副若無其事的樣子，卻有了弄巧成拙的感覺。很彆扭。臉上的笑容來得快，去得也快。所以玉秀幾乎沒有說上幾句話，悶著頭只是撥弄算盤。總是錯。唐會計望著玉秀頭上的紅髮卡，心裡頭有底了，說明玉秀這丫頭什麼都知道了。這丫頭不笨，響鼓到底是不用重槌的。小唐的心裡發出一絲冷笑，對自己說：「呆丫頭，妳打扮給我看又有什麼用！」小偉的事這一回看起來是八九不離十了。遺憾當然也是有的，那就是這丫頭的農村戶口。再怎麼說，農村戶口到底還是低人一等的。不過轉一想，小偉要是能娶上郭主任的小姨子，她小唐好歹和郭主任沾親帶故了。這是很好的。小唐突然犯過想來了，自己還高出郭主任一個輩分呢。這麼一想，小唐來了幾分精神，都有點緊張了。——這可怎麼說的呢？——這可怎麼好呢。

事態安靜了一些日子。玉秀除了算盤上有所進益，各方面都沒有什麼實質性的進展。不過，小唐不想拖了，得找個機會給小偉和玉秀挑開了。只要挑開了，小唐就可以抽身了。兒孫自有兒孫福，他們自己的事，他們自己去消受。重要的是讓他們自己點破了，男男女女的，總是捉迷藏也不是事，要趁熱打鐵。「趁熱打鐵才能成功」，《國際歌》正是這樣唱的，可見國際上都是提倡趁熱打鐵的。小唐又把玉秀喊到家裡去了。玉秀面有難色的樣子，知道這一回是什麼意思了，一下子有點吃不準。小唐卻不由分說，拉過來就走。小唐是過來的人了，懂得這個，女孩子哪裡能不忸怩一下子？所以要強迫。女孩子的這種事就這樣，你越是強迫，她越是稱心如意。小唐這一次選擇的路線沒有從外面繞，而是直接從國營米廠的裡頭穿了過去。國營米廠一半的地盤都是寬敞的磚瓦房，其實就是大米的倉庫了。玉秀望著這些青磚青瓦、紅磚紅瓦的房子，感受到國營米廠遼闊的氣派。小唐自言自語地說：「老高就在這裡頭。」玉秀知道，「老高」正是高偉的父親、小唐的男將了。「老高不是一把手」，小唐放慢了腳步，輕聲說，「不過呢，老高在廠裡說出的話，不亞於一把手的分量。」玉秀一聽到這句話心裡頭突然便是一陣緊。以小唐說話辦事的風格，玉秀猜得出，這句話已經有了很明確的暗示性了，其實已經把自己牽扯進去了，卻又是很直接的，關係到自己的前程了。小唐表面上說的是老高說話的分量，而在玉秀聽來，小唐的話才更有分量，具有掌握命運的能力。玉秀想，機關到底是一個不一般的地方，每一個人都有能力決定別人的一生。

玉秀的呼吸都有一點急促了，腦子轉得飛快，都是自己和國營米廠之間的可能性。玉秀稀里糊塗的，走進了小唐的家門。高偉在家，顯然在等待了。這是玉秀預料之中的。因為預料到了，玉秀並沒有過分地慌張。高偉可能等的時間長了，按捺著一股焦慮，反而窘迫得很，有些受罪的樣子。比較下來還是玉秀大方，具有駕馭自己的能力。高偉面南，玉秀朝北，在堂屋裡坐下了，小唐臉對著東，陪著，說了幾句不著邊際的閒話。氣氛相當地輕鬆，卻又出奇地緊張。就這麼枯坐了片刻，小唐似乎想起什麼了，站起身，說：「怎麼忘了，我去買個西瓜回來。」玉秀看見小唐站了起來，也跟著起身了。小唐一把摁住玉秀，說：「妳坐！妳坐妳的！」小唐拿了一只尼龍網兜，窩在手心裡頭，轉身便往門口跑。小唐都已經出門了，卻又回過身來，把兩扇大門掩上了。玉秀回過頭，正好和小唐對視上了。小唐讓開目光，對著高偉笑得相當地特別，是做母親的特有的自豪，那種替兒子高興的樣子。小唐說：「你們聊，你們聊你們的。」屋子裡只剩下玉秀和高偉了，除了蒸汽機，四處靜悄悄的。這陣安靜很突兀、很特別，有了脅迫的勁道。玉秀和高偉對這樣突如其來的安靜顯然缺少準備，想擺脫這種安靜，卻無從下手。空氣驟然嚴峻了。高偉的臉上漲得厲害，玉秀也好不到哪裡，想說話，一時不知道嘴巴在哪兒。高偉都有些嚇壞了，很莽撞地站起來，說：「我，我……」卻又說不出什麼，只有越來越粗重的喘息了。玉秀不知道怎麼弄的，突然想起大草垛旁邊混亂的喘息聲，想起自己被強姦的那個夜晚了。高偉邁開了腳步，可能是想去打開門，卻像是朝玉秀的這邊來了。恐懼一下子籠罩了玉秀。玉秀猛地跳起來，伸出胳膊，擋在那兒，脫口說：「別過來！別過來！」玉秀的叫喊太過突然，反過來又嚇著高偉了。高偉不知所措，臉上的神情全變了，只想著出去。玉秀搶先一步，撒腿衝到了門口，拉開門，拚了命地逃跑。慌亂之中，玉秀卻沒有找到天井的大門，扶在牆上，往牆上撞，不要命地喊：「放我出去！」小唐走出去並不遠，聽到了玉秀的尖叫聲，立即返回來了。小唐一進天井就看見玉秀扶在那裡拍牆，卻不知道發生了什麼。小唐把玉秀拉到門口，玉秀奪門而逃，只留下高偉和他的母親。高偉怔怔地望著他的母親，好半天才說：「我沒有。」是那種強烈的申辯。高偉極其慚愧地說：「我沒有碰她。」小唐把她的兒子拉進堂屋，左右看了幾眼，家裡沒有發現什麼異樣。小唐想了想，膽小如鼠的兒子說什麼也沒那個膽子碰她的。他要有那分膽，倒好了。可怎麼會這樣呢？小唐坐下來，蹺上腿，一巴掌把手裡的尼龍網兜拍在桌面上，說：「別理她！我早看出來了，這丫頭有癲症！——農村戶口，還到我家裡來假正經！」

玉秀恨死了自己，弄不懂自己怎麼會那樣的。好好的一條路硬是讓自己走死了，連算盤也學不成了。玉秀傷心得很。小唐阿姨對自己這樣好，鬧出了這樣的動靜，往後在小唐阿姨的面前還怎麼做人，再也沒有臉面見人家了。玉秀越想越怕見小唐阿姨了。出乎玉秀的意料，第二天買菜的時候居然就遇上了。看起來是小唐阿姨故意守著自己的了，要不然怎麼就那麼巧。玉秀想躲，沒有躲掉，反而讓小唐叫住了。玉秀怕提昨天的事，想把話岔開來，小唐卻先說話了，臉上的笑容也預備好了，說：「玉秀，中午吃什麼呢？」玉秀還沒有來得及回話，小唐順便拉過玉秀的菜籃子，玉秀的籃子裡還是空的。小唐關照說：「天熱了，韭菜也老了，別再讓郭主任吃韭菜了，郭主任的牙可不好。」玉秀想起來了，姐夫每天刷牙的時候都要從嘴裡摳出一些東西來，看起來是假牙了。玉秀「噯」了一聲，直點頭，笑。小唐阿姨的臉上很自然，就好像根本沒有昨天的事，從來都沒有發生過。看起來小唐阿姨不會再提昨天的事了，永遠都不會再提了，這多少讓玉秀有些釋懷。不過，玉秀很快發現小唐的嗓子比平時亮了一些，笑容的幅度比以往也要大，就連平時不太顯眼的魚尾紋也都出來了。玉秀知道了，小唐對自己這樣笑，顯然是故意的了，分明是見外了，和她的關係算是到頭了、完了。玉秀也只好努力地笑，笑得卻格外吃力，都難過了。玉秀匆匆告別了小唐，站在韭菜攤子的面前，卻發起了傻。玉秀很意外地從菜場的混亂之中聽到了國營米廠蒸汽機的聲音。這刻兒聽起來是那樣的遠，那樣的不真實。難言的酸楚和悔恨湧上來了。玉秀憋住淚，弄不懂自己昨天到底吃錯什麼藥了！搭錯什麼筋了！少了哪一竅了！發的哪一路的神經病！好好的一條路硬是讓自己走死了，連算盤也學不成了。玉秀恍恍惚惚的，丟下韭菜，一個人走到了小街的最南端。斷橋鎮的南面是一片闊大的湖，湖面上煙波浩渺，一路看不到頭的混沌模樣。玉秀想，這樣也好，還是這樣乾淨，本來也不是妳的，無所謂了。就算是做了高偉對象，萬一被人家知道了那件事，到時候還是麻煩。玉秀對自己說，別費勁了，就這樣了。只是有一點，玉秀怎麼弄也弄不明白，什麼都想開了，怎麼反而更難受了呢？這個世上還有什麼能夠換回玉秀的女兒身呢？要是能換回來，玉秀就是斷了條胳膊都願意，就是摳了隻眼睛也行啊。

玉米懷上孩子，原計劃再過些日子告訴郭家興的，家裡頭卻不太平了。郭巧巧和郭家興鬧了起來。天天吵，卻沒有結果。依照郭家興的意思，郭巧巧高二畢業之後還是下鄉插隊的好。帶頭送女兒下鄉，他這個做父親的臉面上好看，在機關裡頭也好說話了。到鄉下去鍛鍊一兩年，有個好基礎，履歷上過得硬，將來到了哪裡都方便，年輕人還是要有遠大理想的。郭家興反反覆覆講這個道理，可以說苦口婆心了。郭家興拿郭左做例子，郭左當初就是先插隊，先做知青，利用做農民的機會入了黨，後來招工了嘛，到大城市的國營廠去了嘛。郭巧巧不聽。郭巧巧前些日子看了一部關於紡織女工的電影，被電影上花枝招展的紡紗女工迷住了，中了邪了，一門心思要到安豐公社的紡紗廠去做紡紗女工。一個小集體的社辦廠，又是紡紗，弄不好就是一身的關節炎。有什麼去頭？還有一點是郭家興說不出口的，安豐公社到底不是斷橋鎮，不歸郭家興領導，將來終究是有諸多不方便的。玉米反而猜出這一層意思來了。但是玉米沒插嘴。郭巧巧的事，玉米多一事不如少一事。郭家興坐在堂屋的藤椅上，不說話了；郭巧巧站在東廂房的房門口，也不說話了。就這麼沉默了好半天，郭家興接上一根飛馬菸，說：「先去插隊，哈，思想上通了沒有？」郭巧巧倚著門框，憨頭憨腦地說：「沒有！我下了鄉，萬一你手裡沒權了，誰還來管我？我還不在鄉下待上一輩子！」這句話玉米聽見了，心口咯噔了一下。玉米想，看起來郭巧巧這丫頭還是有幾分長遠眼光的，並不像看上去那麼傻。郭家興沒有料到自己的女兒會說這樣的話。這是什麼話嘛！郭家興對著桌面「嘣」地一把掌，動了大怒。玉米愣了一下，又想，郭巧巧還是個傻丫頭，做官的人最忌諱人家說他「萬一」「沒權」了。怎麼能這麼說呢。玉米聽見郭家興把藤椅推開了，用指頭點著桌面，「篤篤篤」的。郭家興憋了好大一會兒，大聲說：「紅旗是不會倒的！」話題一旦扯到「紅旗」上頭，態勢當然很嚴峻了，玉米都有點怕了。郭家興從來沒有這樣大聲地說過話，看來生的不是一般的氣。堂屋裡又是很長的寂靜。郭巧巧突然關上東廂房的兩扇房門，「咚」地一聲，「咚」地又一聲。東廂房裡接著傳出了郭巧巧的大嗓子：「我看出來了，媽死了，你娶了小老婆，變得封資修！為了討好小老婆，想把我送下鄉！」玉米聽得清清楚楚的，心裡說，這丫頭蠻不講理了，好好地把我扯進去！郭家興臉色鐵青，叉起了腰，一個人來到了天井，突然看見玉秀正在廚房裡悄悄地打量自己。郭家興看了玉秀一眼，伸出手指頭，隔著窗櫺給玉秀頒布了命令：「不許再為她搞後勤！大小姐派頭嘛！剝削階級作風嘛！」玉秀的脖子一下子嚇短了。小快艇的司機恰恰在這個時候推開天井的大門，看見郭主任生氣，站在一邊等。郭巧巧卻從東廂房裡衝了出來，對司機說：「走，送我到外婆家！」司機還在那裡等。郭家興似乎想起什麼了，大聲對郭巧巧說：「還有畢業考試呢！」口氣卻已經軟了。郭巧巧沒有搭理，拉起司機便走。司機不停地回頭，郭家興無力地對他揮了揮手，司機這才放心地去了。

郭巧巧走了，司機走了，院子裡頓時安靜下來了。很突然的樣子。郭家興站在天井，大口大口地吸菸。玉米悄悄跟出來，站在郭家興的身邊。郭家興又嘆氣，心情很沉重了。郭家興對玉米說：「我一直強調，思想問題不能放鬆。妳看看，出問題了嘛。」玉米陪著郭家興嘆了一口氣，勸解說：「還是孩子。」郭家興還在氣頭上，高聲說：「什麼孩子？我這個歲數已經參加新民主主義革命了嘛！」玉秀隔著窗戶，知道玉米這刻兒一定是心花怒放了。可玉米就是裝得像，玉米就是斂得住。玉秀想，這個女人像水一樣善於把握，哪裡低，她就往哪裡流，嚴絲合縫，一點空隙都不留。玉秀還是佩服的，學不上的。玉米仰著頭，望著郭家興，一直望著郭家興，眼眶裡頭貯滿淚光了，一閃一閃的。玉米一把拽住郭家興的手，捂到自己的肚子上去，說：「但願我們不要惹你生氣。」

方向在任何時候都是重要的，不能出半點錯。比方說，馬屁的方向。玉秀現在已經深切地感受到這一點了。自從來到斷橋鎮，她小心翼翼地在郭巧巧的身上為人民服務，可以說全心全意了，現在看起來寶押得不是地方，還是得不償失了。玉米懷上了，在家裡的地位穩中有升，看起來往後的日子還是要指望玉米了。郭巧巧再霸道，在這個家裡終究不能長久，玉秀真是昏頭了，怎麼就沒有想到的呢。拍馬屁真是太不容易，光靠不要臉皮顯然不夠。政策和策略是馬屁的生命，這個策略就是方向。玉秀不能再迷失了。既然郭巧巧都離開這個家了，路只有一條，迷途知返，回頭才有岸。玉秀要回過頭來再巴結玉米。

但是，隔夜飯不香，回頭草不鮮，玉米對玉秀的馬屁顯然不領情了。最明顯的例子就是盛飯，郭巧巧離家之後，玉米拒絕了玉秀的伺候，什麼事都自己動手，平時也不怎麼搭理玉秀。這對玉秀的威懾力相當巨大了。玉秀的感覺非常壞，好像是被清除出隊伍了。不過，這一回玉秀倒沒有怪玉米，說到底還是自己錯了，站錯了隊伍、認錯了方向，傷了大姐的心。玉米對自己這樣失望，也是報應，不能夠怪她。玉秀想，自己還是要好好表現，少說、多做，努力改造，爭取在大姐的面前重新做人。只要重新做人了，大姐一定會消氣的，一定會原諒的，一定會讓自己伺候她的。怎麼說都是嫡親的姐妹，玉秀有這個信心。

玉秀的想法當然是很好的，策略上卻還是不對路子。玉米這樣給她臉色，是希望玉秀能夠自我檢討，當面給她認個錯。說到底，是要讓玉秀當面服了這個軟，主要是態度。所謂態度，就是不要考慮自己的臉面。只要玉秀的態度端正了，玉米不會為難她，還是她的大姐姐，還能夠在這個家裡頭住下去。玉秀偏偏就沒有留意到這一層，主觀上想做出痛改前非的樣子，而實際上卻成天拉了一張寡婦臉。這在玉米的眼裡是很不好的，有了抗拒的意思，有了替郭巧巧抱不平的意思，顯然是頑固到底了。玉米對自己說，那好，到了這個分上妳還死心塌地，那就別怪我給妳顏色。玉米的臉上不是一般的凌厲了。反正郭巧巧不在，玉米放碗擱筷都帶上了動靜，每一巴掌都帶上了鎮壓的力度。家裡的氣氛一天比一天凝重了。玉秀就是找不到出路。一天，又一天。玉秀慢慢地吃不消了，不敢多說話，心情越沉重，看上去越發像抗拒。認錯實在是不容易的，妳首先要搞清楚妳的當家人喜歡什麼樣的方式。方式對了，妳的「態度」才算得上「端正」。

攤牌的日子終於來臨了，玉秀還蒙在鼓裡。這一天郭家興到縣城去開會，家裡頭一下子空了，只留下了玉米和玉秀。家裡沒有一點動靜，有了短兵相接的壓迫性。吃完了早飯，玉米突然喊玉秀的名字。玉秀在廚房裡答應過，匆匆趕到堂屋，十個手指頭都還是湯湯水水的。一進門架勢就很不好。玉米坐在藤椅上，姐夫固定不變的那個座位。玉米蹺上腿，不說話，玉秀的心裡很沉重了。玉秀站到玉米的面前，玉米卻不看她，只是望著自己的腳。玉米從口袋裡掏出錢包，拿出兩塊錢，放在桌面上，說：「玉秀，這是給妳的。」玉秀望著錢，鬆了一口氣，有了峰迴路轉的好感覺，說：「大姐，我不要。我伺候大姐怎麼能要錢。」話說得很得體了，玉米卻沒有理她的話茬兒，又拿出一張十塊的，捻過了，壓在兩塊錢的邊上。說：「妳把這十塊錢帶給媽媽。」玉米丟下這句話，一個人朝臥室裡去了。玉秀一個人站在堂屋，突然明白過來了，「把錢帶給媽媽」，這不是命令玉秀回王家莊是什麼？玉秀一陣慌，跟在玉米的身後，跟進了臥室。玉秀脫口說：「姐。」玉米不聽。玉秀又喊了一遍：「姐！」玉米背對著她，抱起了胳膊，眼睛望著窗戶的外頭。玉秀到底冷靜下來了，說：「姐，我不能回王家莊了，妳要是硬逼我回去，我只有去死。」玉秀究竟聰明，這句話說得也極有講究。一方面是實情，一方面又是柔中有剛的，話說得雖然軟，甚至帶有哀求的意思，可是對自己的親姐姐來說，卻又暗藏了一股要挾的力量。玉米回過頭來，面帶微笑了，客客氣氣地說：「玉秀，妳去死。我送妳一套毛料做壽衣。」這樣的回答玉秀始料不及，傻了，雖然憤怒，更多的卻是無地自容，羞煞人了。玉秀愣愣地望著她的大姐。

姐妹兩個就這麼望著，這一次的對視是漫長的、嚴酷的，四隻眼睛一眨都不眨，帶上了總結歷史和開創未來的雙重意義。玉秀的眼睛終於眨巴了，目光開始軟了，澈底軟了，一直軟到心，軟到了膝蓋。玉秀「咕咚」一下，給玉米跪下了。玉秀是知道的，跪這個東西是永久性的，下去了，就上不來了。妳永遠比別人矮了一截子了。玉米還是不說話。玉秀跪在玉米的跟前，眼淚早已經汪開來了，對著玉米的腳背胡亂便是一頓磕。時間過去很久了。玉米放下胳膊，蹲下來，一隻手撫在了玉秀的頭上，慢慢地摸，一圈又一圈地摸，玉米的眼眶裡頭一點一點地溼潤了，湧上了厚厚的淚。玉米托起玉秀的下巴，說：「玉秀，妳怎麼能忘了，我們才是嫡親的姐妹。我才是妳嫡親的姐姐。」分外地語重心長了。慢慢把玉秀摟進了懷抱。話已經說到這個分上了，玉米決定打開天窗說亮話了。玉米斷斷續續的、有句無章的，從自己相親的那一天說起，一直說到如何盤算著把玉秀接過來，如何才能讓玉秀在鎮上混出一副模樣。玉米越說越傷心，眼淚一行一行的。玉米說：「玉秀，弟弟還小，她們幾個一個都指望不上，姐妹幾個就數妳了。妳怎麼能不知道大姐的心哪?啊?還這樣妖里妖氣的?啊?還和大姐作對，啊?」玉米的話裡有了幾分的淒涼了。玉米說：「玉秀，妳要出息。一定要出息!給王家莊的人看看!妳可不能再讓大姐失望了。」玉秀仰著頭，望著她的大姐，從心窩子裡頭發現自己真的不如大姐，辜負了大姐、對不起大姐了。玉秀「哇」地一聲，哭出了聲來，說：「姐，我是個吃屎的東西。我對不起妳。」玉米說：「妳的心裡怎麼能沒有家?啊?——不是這個家，是我們的那個家。」玉秀放開大姐的腿，靜靜地聽，早已是泣不成聲了，心中充滿了慚愧和悔恨，感到自己這一次真的長大了，是個大人了。玉秀暗地裡下定了決心，這一次說什麼也不能再讓大姐失望了。玉秀一頭撲在玉米的懷裡，發誓了：「姐，都是我錯了。我再也不會讓大姐失望了。我要是再對不起大姐，就不得好死。」

星期天的正午太陽特別地火爆，玉米決定把家裡的棉衣曝一曝。棉衣在衣櫃裡畢竟經歷了梅雨季節，為了防霉，講究的人家還是要在夏天的大太陽裡出出潮。玉秀又是翻箱又是倒櫃，衣裳掛了一天井，花花綠綠的，滿天井都是樟腦丸子的味道。玉米以往倒是很喜歡樟腦的氣味的，今年卻有些特別，聞不來了。玉米想，看來還是害喜的緣故，所有的氣味都不大對路，怪怪的。玉米坐在堂屋，把手放在自己的肚子上，心裡頭對自己產生了一絲憐惜，很滿意了，有一種取得最後的勝利才有的感覺。看起來玉米還是笑到了最後了。底下的事情就是如何開動郭家興，如何安置玉秀了。玉米整個下午都坐在郭家興的藤椅子上，似睡非睡，一邊搖著芭蕉扇，一邊瞇著眼，含含糊糊地打量一天井的衣裳。玉米後來閉上了眼睛，扇子也掉在了地磚上。玉秀連忙走上來，替玉米扇了一會兒風。玉米小睡了幾分鐘，又醒了，想：日子不算好，也算是眉清目秀了。那就安安靜靜地懷孕吧，閒著也是閒著。

玉秀不停地來到烈日底下，陽光晃晃的，又猛烈又刺眼。玉秀瞇起眼睛，這裡翻一下，那裡翻一下，動作相當地輕快。人站在衣服堆裡，是那種很厚實的熱。玉秀能感覺到樟腦的氣味蓬勃的勁頭，在太陽下面熱烘烘的，一個勁地瀰漫。玉秀用力地嗅著樟腦的氣味，有一種說不出的好心情。玉秀的好心情，其實也不完全因為樟腦的氣味，說到底還是因為別的。這麼些年來玉秀一直和玉米較著勁，可是，給玉米跪下去之後，玉秀真的服貼了、踏實了，成了別樣的快樂、別樣的幸福。服貼其實也是有癮的，服貼慣了，會很甘心、很情願，滋味越來越好。當然，郭巧巧不在家也是一個很重要的原因，郭巧巧不回來，家裡頭終歸是要簡單一些。玉秀想，郭巧巧一時半會兒怕是回不來了，就她那脾氣，不等到下鄉插隊的事情鬧過去，怕是不會回來的。就算是回來了，離她到紡織廠的日子也不遠了。這麼一想，玉秀感覺到往後的日子又有了盼頭，嘴裡都哼起曲子來了，是電影裡的插曲，還有淮劇好聽的唱腔。

下午三點多鐘，天井的大門突然響了。大門原來是開著的，玉米關照玉秀，這麼多的衣裳，這麼高級的料子，又是府綢又是咔嘰又是平絨，還有那麼多的毛線，讓機關裡的人看見了不妥當。還是關上門，閂起來，悶聲大發財的好。天井裡的衣裳雖說都是郭家興的前妻留下來的，現在自然是玉米的了。這個是該派的。就算玉米不穿它們，但是，帶到王家莊，尺寸改一改，姐妹幾個一人一身新，終究是個去處。穿在姐妹們的身上，露臉面的當然還是玉米。她們享的畢竟還是玉米的福。天井的門響了，玉秀走上去，拉開門閂，門口卻站著一個陌生的小伙子。台階上還放了一只人造革皮包，上面印有花體的「上海」字樣。小伙子很帥，有一種很有文化的氣派，襯衫束在褲帶的裡頭，口袋裡頭還有一支筆，衣冠齊整的，在炎熱的太陽底下有一種難得的抖擻。玉秀仔細看了半天，小伙子也對著玉秀仔細看了半天。玉秀突然叫道：「大姐，是郭左回來了！」玉秀幫郭左拎回皮包，一個高高大大的小伙子已經來到屋簷底下，站在玉米的對面了。玉米望著郭家興的大兒子，一時不知道如何開口，「唉呀」了一聲，跨下來一步，又「唉呀」了一聲。郭左笑著說：「妳是玉米吧？」郭左的年紀看上去和玉米差不多，玉米一時有點難為情，卻沒想到郭左這樣大方，立即拿起芭蕉扇替郭左扇了幾下。這時候玉秀已經把洗臉盆端過來了。玉米連忙從水裡撈起毛巾，擰成把子，對郭左說：「擦擦汗，快擦擦汗。」

郭左直接喊玉米「玉米」，玉米對這樣的稱呼相當滿意了。他這樣稱呼玉米，反而避開了許多尷尬，有了別樣的親和力，好相處了。郭左看上去還是要比玉米大上一兩歲，名分上是母子，畢竟還是同輩。玉米喜歡。玉米當即便對郭左產生了良好的印象。玉米想，男的到底是男的。比較起來，郭巧巧這丫頭嘎古，是個不識好歹的貨。郭左這樣多好呢。

郭左擦完了，人更清爽了。郭左坐到父親的藤椅裡頭，拿起父親的菸，點上一根，很深地吸了一口。天井裡都是衣裳，花花綠綠的。玉米吩咐玉秀趕緊收拾衣裳，自己卻走進廚房了。玉米要親手為郭左下一碗清湯麵。再怎麼說，自己是做母親的，還是要有點母親的樣子。玉秀為郭左泡好茶，郭左已經坐在藤椅裡頭靜靜地看書了，是磚頭一樣厚的書。玉秀今天的心情本來不錯，這會兒愈加特別，特別的好，一下子回到了狐狸精的光景。狐狸精的感覺真好，已經很久沒有這樣了。這樣的心情雖說有點說不上來路，可高興是千真萬確的，瞞不住自己。玉秀的嘴上不唱了，心裡頭卻在唱，不只是淮劇的唱腔，還帶上鑼鼓。怎麼說人逢喜事精神爽的呢。在她忙進忙出的過程中，每一次都要瞥一眼郭左，有意無意的，瞥上那麼一眼。這是情不自禁的，都有點看不住自己了。郭左顯然注意到玉秀了，抬起頭來看了一眼玉秀。玉秀正站在大太陽底下，這時候已經戴上了一頂草帽，寬寬的帽沿上有毛主席的題字：「廣闊天地，大有作為」。郭左和玉秀對視的時候，玉秀突然衝著郭左笑起來了。沒有一點由頭，只是抽象的高興與熱情，特別地空洞，卻又特別地由衷，像是從心窩子裡頭直接流淌出來的。這時候太陽剛好偏西，照亮了玉秀嘴裡的牙，都熠熠生光了，一閃一閃的。郭左想，這個家真的是面目全非了，一點都不像自己的家了，呈現出欣欣向榮的生氣。母親去世的時候，郭左原本應當回來一次的，順便把這些年積餘下來的公休假一起休了。然而，郭家興忙得很，母親去世的第二天他就把屍體送進了焚屍爐。回過頭來給郭左去了一封信，相當長，都是極其嚴肅的哲學問題。郭家興著重闡述了澈底的唯物主義、生與死的辯證法，很有理論質量了。郭左就沒有回來。郭左這一次回來倒不是因為休假，而是工傷。糾察隊訓練的時候腦袋被撞成了腦震盪，只能回來了。傍晚時分郭家興下班了，父子兩個對視了一下，點了一個頭，郭家興問了一兩句什麼，郭左回答了一兩句什麼，然後什麼都不說了。玉秀想，這個家的人真是有意思得很，明明是一家子，卻都是同志般的關係。就連打招呼也匆忙得很，一副抓革命、促生產的樣子，這樣的父子真是少有。

郭左哪裡都沒有去，整天把自己悶在家裡，走走、躺躺，要不就是坐在堂屋裡頭看書。玉秀想，看起來郭左像他的老子，也是一個悶葫蘆。不過，接下來的日子玉秀很快就發現自己錯了。郭左不是那樣，很會說笑的。這一天的下午，郭家興和玉米都上班去了，郭左一個人坐在父親的藤椅裡頭，膝蓋上放了一本書。四周都靜悄悄的，只有郭左手上的香菸冒出一縷一縷的煙，藍花花地升騰、擴散，小小的尾巴晃了一下，沒了。玉秀午睡起來，來到堂屋裡收拾，順便給郭左倒了一杯水。郭左看來也是剛剛午睡的樣子，腮幫上頭全是草席的印子，半張臉像是用燈心絨縫補起來的。玉秀想笑，郭左剛剛抬頭，玉秀卻把笑容放到胳膊肘裡去了。郭左有些不解，說：「笑什麼？」玉秀放下胳膊，臉上的笑容卻早已無影無蹤，像什麼都沒有發生，還乾咳了一聲。郭左閤上書，接著說：「我還沒問妳呢，妳叫什麼？」玉秀眨巴幾下眼睛，漆黑的瞳孔盯住郭左，一抬下巴，說：「猜。」郭左注意到玉秀的雙眼皮有韭菜的葉子那麼寬，還雙得特別地深，很媚氣。郭左的臉上流露出很難辨的樣子，說：「這個困難了。」玉秀提醒說：「大姐叫玉米，我肯定是玉什麼了，我總不可能叫大米吧。」郭左笑起來，又做出思考的樣子，說：「玉什麼呢？」玉秀說：「秀。優秀的秀。」郭左點了點頭，記住了，又埋下頭去看書。玉秀以為郭左會和她說些什麼的，郭左卻沒有。玉秀想，什麼好看的書，這樣吸引人？玉秀走上來一步，用大拇指和食指捏住書的角落，彎下腰，側著腦袋，嘴裡說：「斯——巴——達——克——斯。」玉秀看了半天，個個字都認識，卻越發不知道是什麼意思了。玉秀說：「是英語吧？」郭左笑笑。笑而不答。玉秀說：「肯定是英語了，要不然我怎麼會看不懂。」郭左還在笑，點點頭說：「是英語。」郭左已經發現這個女孩子不只是漂亮，還透出一種無知的聰明勁，一股來自單純的狡黠。相當有意思，很好玩的。

天井裡還是陽光，火辣辣的。這一天的下午太陽照得好好的，天卻陡然變臉了，眨眼來了一陣風，隨後就是一場雨。雨越下越大，轉眼已成瓢潑。雨點在天井和廚房的瓦楞上乒乒乓乓地，跳得相當賣力，一會兒工夫，天井和瓦楞上都布滿雨霧了，而堂屋的屋簷口也已經掛上了水簾。玉秀伸出手，去抓簷口的水簾。郭左也走上去，伸出了一隻手。暴雨真是神經病，來得快，去得更快，前前後後也就四、五分鐘，說停了又停了。簷口的水簾沒有了，變成了水珠子，一顆一顆的，半天滴答一下，半天又滴答一下，有一種令人凝神的幽靜，更有一種催人遐想的纏綿。雨雖然短，天氣卻一下子涼了，爽得很。玉秀的手還伸在那兒，人卻走神了。走得相當地遠。眼睛好像還看著自己的手，其實是視而不見了，烏黑的眼睫毛反而翹在那兒，過一刻就要眨巴一下，一挑一挑的，滴答一下，再滴答一下，有一種令人凝神的幽靜，也有一種催人遐想的纏綿。後來玉秀突然還過神來了。一還過神來就很不好意思地對著郭左笑。玉秀的不好意思沒有一點出處，都不知道是從哪裡來的，臉卻紅了，越紅越厲害，目光還躲躲藏藏的，內心似乎剛剛經歷了一次特別神祕的旅程。郭左說：「我該喊妳姨媽呢。」這一說倒是提醒玉秀了，自己和郭左並不是沒有關係的，是「姨媽」呢。自己才這麼小，都已經是人家的「姨媽」了。只是一時弄不清「姨媽」到底是把兩個人的關係拉近了還是推遠了。玉秀在心裡默默地重複「姨媽」這句話，覺得很親暱，在心頭繞過來繞過去的，如縷不絕的，不知不覺臉又紅了。玉秀害怕郭左看見自己臉紅，又希望他能看見，心口「突突突」地，無端地生出了一陣幸福，又有那麼一點悵然。

話頭一旦給說開了，接下來當然就容易了。玉秀和郭左的聊天越來越投機了。玉秀的話題主要集中在「城市」和「電影」這幾個話題上。玉秀一句一句地問，郭左一句一句地答。玉秀好奇得很。郭左看出來了，玉秀雖說是一個鄉下姑娘，心其實大得很，有點野，是那種不甘久居鄉野的張狂。而瞳孔裡都是憧憬，漆黑漆黑的、茸茸的，像夜鳥的翅膀和羽毛，只是沒有腳，不知道棲息在哪兒。玉秀已經開始讓郭左教她說普通話了。郭左說：「我也說不來。」玉秀瞥了郭左一眼，說：「瞎說。」郭左說：「是真的。」玉秀做出生氣的樣子，說：「瞎說。」玉秀拉下臉之後，目光卻是相當地崇敬，忽愣忽愣地掃著郭左。郭左反倒有些手足無措了，想走。玉秀背著手，堵在郭左的對面，身子不停地扭麻花。郭左認認真真地說：「我也不會。」玉秀不答應。郭左笑笑說：「我真的不會。」玉秀還是不依不饒。事到如此，「普通話」其實已經不重要了，重要的是這樣一種對話關係，這才是玉秀所喜歡的。郭左光顧了傻笑，玉秀突然生氣了，一轉身，說：「不喜歡你！」

玉秀不理睬郭左，郭左當然是不在乎的。但是，還真是往心裡去了。「不喜歡你」，這四個字有點鬧心，是那種說不出來的鬧，強迫人回味的鬧、熄燈瞎火的鬧。郭左反而有意無意地留意起玉秀了，吃晚飯的時候還特意瞟了玉秀兩眼。玉秀很不高興，甚至有了幾分的憂戚。郭左知道玉秀是孩子脾氣，不過還是提醒自己，這個家是特殊的，還是不要生出不愉快的好。第二天玉米剛剛上班，郭左便把書放到自己的膝蓋上，主動和玉秀搭訕了。郭左說：「我教妳普通話吧。」玉秀並未流露出大喜過望的樣子，甚至沒有接郭左的話茬兒，一邊擇著菜，一邊卻和郭左拉起家常來了。問郭左一個人在外面習慣不習慣、吃得好不好、衣服髒了怎麼辦、想不想家？字字句句都深入人心，成熟得很，真的像一個姨媽了，和昨天一點都不像了。郭左想，這個女孩子怎麼一天一個樣子的？郭左閒著也是閒著，便走到玉秀的身邊，幫著玉秀擇菜了。玉秀抬起頭，一把掌打到了郭左的手背上，下手相當地重，甚至是凶悍了。玉秀嚴肅地命令郭左說：「洗手去。這不是你做的事。」郭左愣了半天，知道了玉秀的意思，只好洗手去。擇好菜，玉秀把手洗乾淨，來到郭左的面前，伸出一隻手。郭左不解，說：「做什麼？」玉秀說：「打我一下。」郭左咬了咬下唇，說：「為什麼呢？」玉秀說：「我剛才打了你一下，還給你。」郭左笑得一嘴的牙，說：「不行。」郭左拖長了聲音說：「沒事的。」玉秀走上來一步，說：「不行。」玉秀說：「不行。」郭左拖長了聲音說：「沒事的。」有些刁鑽古怪了。郭左纏不過她，心裡頭卻有些振奮了。真是一點辦法也沒有。只能打。都像小孩子們過家家了，其實是調情了。郭左打完了，玉秀從郭左的手上接過香菸，用中指和食指夾住，送到嘴邊，深深地吸了一大口，閉上眼睛，緊抿著嘴，兩股香煙十分對稱地從玉秀的鼻孔裡冒了出來，緩緩的，不絕如縷。玉秀把香菸還給郭左，睜開眼說：「像不像女特務？」郭左意外了，說：「怎麼想起來做女特務？」玉秀壓低了聲音，很神祕了，說：「女特務多妖道，多漂亮啊！——誰不想做？」都是大實話，卻很危險了。郭左聽得緊張而又興奮。郭左想嚴肅，卻嚴肅不起來，關照說：「在外頭可不能這樣說。」玉秀笑了，「哪兒跟哪兒，」極其詭祕的樣子，漂漂亮亮地說，「人家也就是跟你說說。」這句話有意思了，好像兩個人很信賴了、很親了、很知心了，都是私房話了。玉秀突然瞪大了眼睛，緊張地說：「你不會到你爸爸那裡去告密吧？」郭左莞爾一笑。玉秀卻十分擔憂，要郭左保證，和她「拉拉鉤」。郭左只好和她「拉」了，兩個人的小拇指貼在一起，「一百年不變。」玉秀想了想，一百年太長了。只能重來一遍，那就「五十年不變」吧，都有點像海誓山盟了。兩個人的神情都相當地滿足。剛剛分開，可感覺還纏在指尖上，似有若無，其實是惆悵了。都是稍縱即逝的瑣碎念頭。

郭左看上去很高興，和一個姑娘這樣待在一起，郭左還是第一次。而玉秀更高興。這樣靠近、這樣百無禁忌地和一個小伙子說話，在玉秀也是絕無僅有的。再怎麼說，以郭左這樣的年紀，玉秀一個女孩子家，怎麼說是應該有幾分的避諱才是。可玉秀現在是「姨媽」，自然不需要避諱什麼了。顧忌什麼呢？不會有什麼的。怎麼會有什麼呢。但是，玉秀這個「姨媽」在說話的時候，不知不覺還是拿郭左當哥哥，自然多了一分做妹妹的嗲，這是很令人陶醉的。這一來「姨媽」已經成了最為安全的幌子了，它掩蓋了「哥哥」，更關鍵的是，它同樣掩蓋了「妹妹」。這個感覺真是特別了，說不出來——古怪，卻又深入人心。

一貫肅穆的家裡頭熱鬧起來了。當然，是祕密的，帶有「地下」的性質，往暗地裡鑽，往內心裡鑽。玉秀很快就發現了，只要是和玉秀單獨相處，郭左總是有話的，特別地能說，有時候還眉飛色舞地。郭家興、玉米他們一下班，郭左又沉默了。像他的老子一樣，一臉的方針，一臉的政策，一臉的組織性、紀律性，一臉的會議精神，難得開一次口。整個飯桌上只有玉米給郭左勸菜和夾菜的聲音。玉秀已經深刻地感受到這種微妙的狀況了。就好像她和郭左之間有了什麼默契，已經約好了什麼似的。這一來飯桌上的沉默在玉秀的這一邊不免有了幾分特殊的意味，帶上了緊張的色彩，隱含了陌生的快慰和出格的慌亂，不知不覺已經發展成祕密了。天知地知、你知我知的。祕密都是感人的，帶有鼓舞人心的動力，同時也染上了催人淚下的溫馨。祕密都是渴望朝著祕密的深處緩緩滲透、緩緩延伸的。而延伸到一定的時候，祕密就會悄悄地開岔，朝著覆水難收的方向發展，難以規整了。玉秀自己都覺得自己有點古怪了，可以說莫名其妙。郭家興和玉米剛走，郭左和玉秀便都活動開了。最莫名其妙的還是玉秀的荒謬舉動，只要郭家興和玉米一上班，玉秀就要回到廚房，重新換衣裳、重新梳頭，把短短的辮子編出細緻清晰的紋路，一絲不苟的，對稱地夾上蝴蝶卡，再抹上一點水，烏溜溜、滑滴滴的。而瀏海也剪得齊齊整整，流蘇一樣蓬鬆鬆地裹住前額。玉秀梳妝好了，總要在鏡子的面前嚴格細緻地檢查一番、驗收一番，確信完美無缺了，玉秀才再一次來到堂屋，端坐在郭左的斜對面，不聲不響地擇菜。郭左顯然注意到玉秀的這個舉動了。家裡無端端地緊張了，一片肅靜，空氣黏稠起來了，想流動，卻非常地吃力。但是，緊張和緊張是不一樣的。有些緊張死一般闃寂，而有些卻是蓬勃的，帶上了蠢蠢欲動的爆發力，特別地易碎，需要額外的調息才能夠穩住。郭左不說話，玉秀也不說話。可玉秀其實還是說了，女孩子的頭髮其實都是訴說的高手，一根一根的，哪一根不會說衷腸？玉秀在梳頭的時候滿腦子都是混亂，充斥著猶豫、警告，還有令人羞愧的自責。玉秀清楚地知道自己又在作怪了，又在做狐狸精了，一直命令自己停下來了，以玉米的口吻命令自己停下來。但是，欲罷不能。玉秀一點都不知道自己已經是情竇初開了。春來了，下起了細雨，心發芽了。葉瓣出來了，冒冒失失的。雖說很柔弱，瑟瑟抖抖的，然而，每一片小葉片天生就具有頑固的偏執，即使頭頂上有一塊石頭，它也能側著身子，探出頭來，悄悄往外躥，一點。又一點。

天雖說很熱，郭家興偶爾還是要和領導們一起喝點酒。郭家興其實不能喝，也不喜歡喝。但是，一把手王主任愛喝，又喜歡在晚上召開會議。這一來，會議就難免開成了筵席。王主任的酒量其實也不行，喝得並不多。但是貪，特別地好這一口，還特別地愛熱鬧。這一來幾位領導只好經常湊在一起，陪著王主任熱鬧。王主任的酒品還是相當不錯的，並不喜歡灌別人的酒。然而，王主任常說，一個人的能力有大小，「關鍵是幹勁不能丟」、「喝酒最能體現這種幹勁了」，人還是要有點精神的。為了「精神」，郭家興不能不喝。

郭家興最近喝酒有了一個新的特點，只要喝到那個分上，一回到床上就特別想和玉米做那件事。喝少了不要緊，過了量反而也想不起來了。就是「那個分上」，特別地想，狀態也特別的好。究竟是多少酒正好是那個分上呢，卻又說不好了，只能是碰。

這一天的晚上郭家興顯然是喝到了好處，正是所謂的「那個分上」，感覺特別地飽滿。回到家，家裡的人都睡了。郭家興點上燈，靜靜地看玉米的睡相。看了一會兒，玉米醒過來了，郭家興正衝著她十分怪異地笑。玉米一看見郭家興的笑容，便知道郭家興想做什麼了。郭家興在這種時候笑得真是特別，一笑，停住了，一笑，又停住了，要分成好幾個段落才能澈底笑出來。只要笑出來了，這就說明郭家興想「那個」了。玉米的腦袋擱在枕頭上，心裡頭有些犯難。倒不是玉米故意想掃郭家興的興，而是前幾天玉米剛剛到醫院裡去過，醫生說，「各方面都好。」只不過女醫生再三關照「郭師娘」，這些日子「肚子可不能壓」。實在憋不住了，也只能讓郭主任「輕輕的」、「淺淺的」。玉米聽懂了，臉卻紅得沒地方放。玉米對自己說，難怪人家都說醫生最流氓呢，看起來真是這樣，說什麼都直來直去的，一點遮攔都沒有。不過，玉米沒有把女醫生的話告訴郭家興，那樣的話玉米無論如何也說不出來的。玉米想，他反正生過孩子，應當懂得這些的。

郭家興顯然是懂得的，並沒有「壓」玉米，說白了，他並沒有真正地「做」。然而，他的手和牙在這個晚上卻極度地凶蠻，特別地銳利。玉米的乳房上面很快破了好幾塊皮了。玉米的嘴巴一張一張的，疼得厲害，卻不敢阻擋他。憑玉米的經驗，男人要是在床上發毛了，那就不好收拾了。玉米由著他。郭家興喘著氣，很痛苦。上上下下的，沒有出路，繼續在黑暗中痛苦地摸索。「這怎麼好？」郭家興噴著酒氣說，「這可怎麼好？」玉米坐起來了，尋思了好半天，決定替郭家興解決問題。玉米從床上爬下來，慢慢給郭家興扒了。玉米跪在床邊，趴在郭家興的面前，一口把郭家興含在了嘴裡。郭家興嚇了一跳，他也算是經風雨、見世面的人了，這輩子還從來沒遇過這樣的事。郭家興想停下來，身體卻不聽自己的話，難以遏止。而玉米卻格外地堅決、格外地配合，郭家興只有將房事進行到底了。郭家興的這一次其實是在一種極其怪異的方式中完成的。玉米用力地抿著嘴，轉過身，掀開馬桶的蓋子突然便是一陣狂嘔。郭家興的問題解決了，酒也消了一大半，特別地銷魂，對玉米有了萬般的憐愛。郭家興像父親那樣把玉米摟住了。玉米回過臉，用草紙擦一擦嘴角，笑了笑，說：「看來還是有反應了。」

一早醒來，郭家興便發現玉米早已經醒了，已經哭過了，一臉的淚。郭家興看了玉米一眼，想起了昨天晚上驚心動魄的事，有些恍然若夢。郭家興拍了拍玉米的肩膀，安慰她說：「往後不那樣了。不那樣了。」玉米卻把腦袋鑽進了他的懷中，說：「什麼這樣那樣的，我反正是你的女人。」郭家興聽了這句話，心裡頭湧上了一種很特別的感動，這是很難得的。郭家興看著玉米臉上的淚，問：「那妳哭什麼？」玉米說：「我哭我自己。還有我不懂事的妹子。」郭家興說：「這是怎麼說的？」玉米說：「玉秀一心想到糧食收購站去，對我說，姐夫的權力那麼大，對他算不上什麼事。我想想也是，都沒有和你商量，就答應了。這些天我總是想，權再大，也不能一手遮住天。先把老婆安排進了供銷社，又要把小姨子送到收購站去，也太霸道了。我不怕玉秀罵我，怕就怕老家的人瞧不起我，說，玉米嫁給了革委會的主任，忘了根、忘了本，嫡親的妹子都不肯伸手扶一把。」郭家興想起了昨天的夜裡，玉米的要求說什麼也不能不答應的。郭家興側著腦袋，眨巴著眼睛想了想，說：「過幾天吧。哈，過幾天。太集中了影響也不好。再等等，我給他們招呼一聲。哈。」

玉秀和郭左的私下談話戛然而止了。堂屋裡安靜得很，兩個人誰也不會輕易開口，就好像空氣裡有一根導火索，稍不留神，哪裡便會冒出一股青煙。這種狀況不知道是從什麼時候開始的，沒有原因，出現了。玉秀偷偷地瞄過郭左幾眼，兩個人的目光都成了黃昏時分的老鼠，探頭探腦的，不是我把你嚇著，就是你把我嚇著，要不就是一起嚇著，毫無緣由地四處逃竄。不過，玉秀到底還是發現郭左的心思了。玉秀昨天晚上特地看了一眼《斯巴達克斯》，郭左看到了二八六頁。第二天的上午郭左一直在那裡看，專心致志地看模樣，看了一個多小時。後來郭左拿香菸去了。郭左剛離開，玉秀悄悄地走了上去，拿起來一看，還在二八六頁。這個發現讓玉秀的心口突然便是一陣慌。看起來郭左早已是心不在焉了，在玉秀的面前做做樣子罷了。玉秀想，他的心裡還是有自己了，他的心裡到底裝著自己了。玉秀以為自己會開心的。沒有，反而好像被刺了一下。玉秀躡手躡腳地走開了，淚水卻汪了出來，浮在眼眶裡頭，直晃。玉秀回到廚房，一屁股坐在了床沿上，傻在了那裡。

除了吃飯，玉秀不肯到堂屋裡去。怎麼說自己也是「姨媽」呢。這樣的局面一下子持續了好幾天。一切都風平浪靜的，可玉秀一直在和平靜做最頑強的搏鬥，這是怎樣一種寂靜的熱烈，太要命了，人都快耗盡了。玉秀反而盼望著家裡頭能多出一個人，熱鬧一點，可能反倒真的平靜了。然而，大姐和姐夫總是要上班的。他們一走，家裡頭其實就空了，只留下郭左，還有玉秀。屋子裡立刻變得像窗戶上的玻璃一樣靜寂，亮亮的，經不起碰。除了自己的心跳，就是國營米廠蒸汽機的聲音。臨近中午，玉秀擔心的事情到底發生了，郭左突然走進廚房了。玉秀的心口一下子收緊了，不知羞恥地狂跳。郭左來到廚房，樣子很不自然，卻沒有看玉秀，只是靜靜地站了一會兒，從褲子的口袋裡掏出一把翠綠色的牙刷。郭左把牙刷放在方杌子上，關照說：「不要再用妳姐姐的牙刷了。合用一把牙刷不好。不衛生。」郭左說完這句話便離開了廚房，回到堂屋看書去了。玉秀把翠綠色的牙刷拿在手上，用大拇指撫摸牙刷的毛。大拇指毛茸茸的，心裡頭毛茸茸的，一切都毛茸茸的。玉秀一下子恍惚了，帶上了痴呆的症狀。玉秀就那麼拿著牙刷，一點都沒有意識到自己已經取過牙膏了。玉秀擠出牙膏，站在床邊慢慢刷牙了，神不守舍的。就那麼一個動作，位置都沒有換。玉米在這個時候偏偏回來了，比平時早了一個多小時。玉米走進廚房，看見玉秀正在刷牙，有些奇怪。玉秀每天早上都是從玉米的手中接過牙刷，跟在玉米的後面刷牙的。玉米把玉秀上下打量了一遍，小聲說：「玉秀，怎麼了妳？」玉秀一嘴的牙膏泡沫，吐不出來，也嚥不下去，文不對題地說：「沒有。」玉米有些疑惑了，越發放低了聲音，說：「怎麼又刷牙？」玉秀說：「沒有。」玉米警惕起來，發現了玉秀手上的新牙刷。玉米說：「剛買的？」玉秀嘴角的泡沫已經淌出來了，說：「沒有。」玉米說：「誰送給妳的？」玉秀迅速地從窗口瞥了一眼對面的堂屋，說：「沒有。」玉米順著玉秀目光望過去，郭左正在堂屋裡看書。玉米有數了，點了點頭，說：「快點，做中飯吧。」

當天的晚上玉米躺在床上，很均勻地呼吸，一點動靜都沒有。玉米的眼睛開始是閉著的，後來郭家興已經打起呼嚕了。玉米聽見呼嚕慢慢地均勻了，睜開眼睛，雙手枕在了腦後。玉秀讓她傷心，是真傷心，傷透了心了。看起來這個賤貨天生就是風流種，王連方的一把騷骨頭全給了她了。這丫頭扶不起來，指望不上的。這丫頭走到哪裡都是一個惹是生非的貨，骨頭輕，一見到男的就走不動路。不行，得有個了斷了。這樣下去絕不是事。外甥和姨媽，這是哪兒對哪兒？他們要是鬧起來了，萬一傳出去，王家的臉還往哪裡放？郭家的臉還往哪裡放？瞞不住的。好事不出門，醜事傳千里。不行，天一亮就叫小騷貨回去，一天都不能讓她待。玉米打定了主意，又猶豫了。王家莊還是不能讓她回，狐狸精要是回去了，郭左再跟過去，又沒人管，還不鬧翻天了。這也不是辦法。玉米嘆了一口氣，翻了一個身，頭疼了。看起來只有叫郭左走了。可是，怎麼對郭左開這個口呢？也不能對郭家興說這件事，空口無憑，鬧大了就不好看了。玉米想不出辦法，頭都大了，只好起來。

郭左還沒有睡。郭左睡得晚、起得晚，每天晚上都磨磨蹭蹭的，不熬到十點過後不肯上床。玉米拉開西廂房的門，朝廚房那邊看了一眼，廚房門縫裡的燈光立即熄滅了。玉米知道了，就在眼皮子底下，玉秀其實天天在搗鬼呢。玉米在心裡頭罵了一聲不要臉的東西，笑著說：「郭左，還看書哪。」郭左點上一根菸，「噯」了一聲。玉米坐在郭左的對面，說：「一天到晚看，這世上哪裡有這麼多的書。」郭左說：「哪裡。」顯然是心不在焉了。玉米心裡說，郭左，沒想到你也是一肚子的花花腸子，這一點你可不像你的老子。玉米和郭左扯了一會兒鹹淡，夜也深了，國營米廠蒸汽機的聲音越來越清晰了。郭左倒是滿和氣的，和玉米一問一答的。玉米似乎突然想起了什麼事，開始打聽郭左中小學的同學來了，主要是男生。玉米說：「要是有合適的呢，你幫我留心一個。」郭左有些不解，只是看著玉米，玉米「唉」了一聲，說，「還不是為了我這個妹子，玉秀。」郭左聽明白了，玉米是想讓郭左替玉秀物色一個對象。玉米說：「只要根正、苗紅，就是缺一個胳膊、少一條腿也沒有關係。不痴不傻就行了。」郭左直起了上身，極不自然地笑起來，說：「那怎麼行?妳妹妹又不是嫁不出去。」玉米不說話了，側過臉臉上是那種痛心的樣子，眼眶裡已經閃起淚花了。玉米終於說：「郭左，你也不是外人，告訴你也是不妨的——玉秀呢，我們也不敢有什麼大的指望了。」郭左的臉上突然有些緊張，在等。玉米說：「玉秀呢，被人欺負過的，七、八個男將，就在今年的春上。」郭左的嘴巴慢慢張開了，突然說：「不可能。」玉米說：「你要是覺得難，那就算了，我本來也沒有太大的指望。」郭左說：「不可能。」玉米擦過眼淚，站起來了，神情相當地憂戚。玉米轉過臉說：「郭左，哪有姐姐糟蹋自己親妹妹的——你有難處，我們也不能勉強，替我們保密就行了。」郭左的瞳孔已經散光了，手裡夾著菸，菸灰的長度已經極其危險了。玉米回過身，緩緩走進了西廂房，關上門，上床。玉米慢慢地睡著了。

郭左沒有待滿他的假期，提前上路了。郭左走的時候沒有和任何人招呼，一大早，自己走了。臨走前的那一個下午，郭左做完了一件意料之外的事，他把玉秀摁在廚房，睡了。郭左反反覆覆追問過自己，是不是真的喜歡上玉秀了？郭左沒有回答自己的這個問題，他迴避了自己。而玉米的那句話卻一點一點地占了上風：「玉秀呢，被人欺負過的，七、八個男將，就在今年春上。」郭左越想越痛心，後來甚至是憤怒了，牽扯著喜愛以及諸多毫不相干的念頭。似乎還夾雜了強烈的妒意和相當隱蔽的不甘。郭左就是在當天的夜裡促動了想睡玉秀的那分心的，反正七、八個了，多自己一個也不算多。這個想法嚇了郭左自己一大跳。郭左翻了一次身，開始很猛烈地責備自己，罵自己不是東西。郭左這一個夜晚幾乎沒有睡，起床起得反而早了。迷迷糊糊的。郭左一起床便看見玉秀站在天井裡刷牙。玉秀顯然不知道夜裡郭左的心中都發生了什麼，刷得卻格外地認真，動作也有些誇張，還用小母馬一樣漂亮的眼睛四處尋找。他們的目光對視了一回，郭左立即讓開了。郭左突然一陣心酸。熬到下午，郭左決定走，悄悄收拾起自己的行李。收拾完了，玉秀正在天井裡洗衣裳。玉秀撳著頭，脖子伸得很長，而她的小肚子正頂著搓衣板，胳膊搓一下，上衣裡頭的乳房也要跟著晃動一下。郭左望著玉秀，身體裡頭突然湧上了一陣難言的力量，不能自制。郭左想都沒想，閂上天井的大門，來到玉秀的身後，一把便把玉秀摟進了懷裡。兩個人都嚇壞了。玉秀就在他的懷裡，郭左很難受，難受極了。這股子難受卻表現為他的孟浪。一口親在了玉秀的後脖子上，胡亂地吻。玉秀沒有動，大概已經嚇呆了。玉秀的雙手後來慢慢明白過來了，並沒有掙扎，潮溼的雙手撫在了郭左的手背上，用心地撫摸，緩慢得很、愛惜得很。玉秀突然轉過身，反過來抱住郭左了。兩個人緊擁在了一起，天井都旋轉起來了、晃動起來了。他們來到廚房，郭左想親玉秀的嘴脣，玉秀讓開了。郭左抱住玉秀的腦袋，企圖把玉秀的腦袋往自己的面前挪動。玉秀犟住了，郭左沒有成功。胳膊扭不過大腿，胳膊同樣扭不過脖子。僵持了一會兒，玉秀的脖子自己卻軟了，被郭左一點一點地扳了回來。郭左終於和玉秀面對面了。郭左紅了眼，問：「是不是？」他想證實玉米所說的情況到底「是不是」，卻又不能挑明了，只能沒頭沒腦地追問，「是不是？」玉秀不知道什麼「是不是」，腦子也亂了，空了，身體卻特別地渴望做一件事，又恐懼。所以，玉秀一會兒像「妹妹」那樣點了點頭，一會兒又像「姨媽」那樣搖了搖頭。她就那樣綿軟地點頭、搖頭，其實是身體的自問自答了。玉秀後來不點頭了，只是搖，慢慢地搖，一點一點地搖，堅決地搖，傷心欲碎地搖。淚水一點一點地積壓在玉秀的眼眶裡了，玉秀不敢動了，再一動眼眶裡的淚珠子就要掉下來了。玉秀的目光從厚厚的眼淚後面射出來，晶瑩而又迷亂。玉秀突然哭出來了。郭左對準玉秀的嘴脣，一把貼在了上面，舌頭塞進玉秀的嘴裡，把她的哭泣堵回去了。玉秀的哭泣最後其實是由腹部完成的。他們的身子緊緊地貼在對方的身上，各是各的心思，腦子裡頭一個閃念又一個閃念，迅捷、激盪，卻又忘我，一心一意全是對方。郭左開始扒玉秀的衣裳了。動作迅猛，蠻不講理。玉秀的腦子裡頭滾過了一陣尖銳的恐懼，是對男人的恐懼。是對自己下半身的恐懼。玉秀開始抖，開始掙扎。郭左所有的體重都沒有壓住玉秀的抖動。玉秀在臨近崩潰的關頭最後一次睜開了眼睛，看清楚了，是郭左。玉秀的身體一下子鬆開了。像一聲嘆息。顫抖變成了波動，一波一波的，是那種無法追憶的簡單，沒有人知道飄向了哪裡。玉秀害怕自己一個人飄走，她想讓郭左帶著她，一起飄。玉秀伸出胳膊，用力摟緊郭左，拚了命地往他的身上箍。

進了九月，玉米的肚子已經相當顯了。主要還是因為天氣，天熱，衣裳薄，一凸一凹都在明處。走路的時候玉米的後背開始往後靠，一雙腳也稍稍有了一點外八字，這一來玉米不管走到哪兒都有點昂首挺胸的意思了，好像有什麼氣焰。機關裡的人拿玉米開玩笑說，「像個官太太」了。玉秀就是被玉米昂首挺胸地領著，到糧食收購站報到的。玉秀不那麼精神，但好歹有了出路，每個月都拿現錢，還是很開心了。玉秀一心想做會計，玉米卻「代表郭主任」發了話，「希望組織上」安排玉秀到「生產的第一線」去，做一個「讓組織上放心」的司磅員。玉秀還是做了司磅員。正是九月，已經到了糧食收購的季節了，經常有王家莊的人來來往往的，玉秀每次都能看到他們。玉秀的心裡一直有一點忐忑，可恥的把柄畢竟還捏在人家的手上。不過，沒幾天玉秀又踏實了，王家莊的人一見到玉秀，個個都是一臉羨慕的樣子，玉秀相當地受用。玉秀在岸上，他們在船上，還是居高臨下的格局。玉秀想，看起來還是今非昔比了。這麼一想，玉秀的身上又有了底氣，他們是給國家繳公糧的，自己坐在這裡，多多少少也代表了國家。

玉秀坐在大磅秤的後頭，一旦閒下來了，牽掛的還是郭左。不知道他一個人在外面怎麼樣了？想得最多的當然還是那個下午。「那件事」玉秀其實是無所謂的，反正被那麼多的男人睡過了，不在乎多一個。讓玉秀傷心的是郭左的走。他不該那樣匆匆離開的，那麼突然，連一聲招呼都沒有，就好像玉秀纏著他不撒手似的。這一點傷透了玉秀的心。怎麼說玉秀也是一個明白人，就算郭左願意，玉秀也不能答應。一個破貨，這點自覺性還是應該有的。怎麼可以纏住人家呢？

最讓玉秀難受的是玉秀「想」郭左。開始是心裡頭想，過去了一些日子，突然變成身子「想」了。玉秀自己都覺得奇怪，自己原本是最害怕那件事的，經歷了郭左，又過去了這麼長的時間，怎麼反而喜歡了呢，都好像有癮了。時光過去得越久，這種「想」反而越是特別，來勢也格外地凶猛，都有點四爪撓心了——可是郭左在哪兒呢？玉秀躺在床上，翻過來覆過去的，只好把枕頭抱起來，壓在自己的身上，這一來身上才算踏實一點了。還是不落實。玉秀不停地喘息，心裡想，看起來自己真是一個騷貨，賤起來怎麼這麼不要臉的呢。

這一天的晚上，玉秀卻「想」出了新花樣，又變成嘴巴「想」了，花樣也特別了，非常饞、饞瘋了，恨不得在自己的嘴裡塞上一把鹽。玉秀只好起來，真的吃了一口鹽了。鹹得喘不過氣來，卻不解饞。玉秀只好打開碗櫃，仔仔細細地找。沒有吃的，只有蒜頭、蔥、醬油、醋、味精，還有香油。挑了半天，玉秀拿起了醋瓶。玉秀剛拿起醋瓶，嘴裡已經分泌出一大堆的唾液了。玉秀輕輕地喝了一小口，這一口是振奮人心的，一直酸到了心窩子，特別地解饞，通身洋溢著解決了問題才有的舒坦和暢快。玉秀仰起脖子，「咕嘟」就是一大口，「咕嘟」又是一大口。玉秀想，看起來自己不光是騷貨，還是個饞嘴貓。難怪王家莊的老人說，「男人嘴饞一世窮，女人嘴饞褲帶鬆。」

玉秀卻一直不知道自己體內的隱祕。玉秀確信自己懷孕都已經是閉經後的第三個月了，那已經是十月中旬的事了。玉秀到底年輕，害喜的反應一直不太重，時間也短，加上剛剛到糧食收購站上班，一忙，居然就忽略過去了。按理說玉秀第一個月閉經應該有所警覺的，可那時候玉秀滿腦子都是郭左，在心裡頭和他說悄悄話，和郭左吵架、和解，又吵架，整天作的都是郭左的白日夢。偏偏把自己忘了。第二個月倒是想起來的，轉一想，春天裡被那麼多的男人睡了，都沒事，這一次就是郭左一個人，當然不會有問題了。人多力量大，郭左再怎麼說也不會比那麼多的人還厲害，不會有什麼的，放心了。放心之餘，玉秀還對自己撒了一回嬌，對自己說，懷上一個小郭左才好呢，我剛好到省城去找他。這麼一撒嬌，玉秀的心情反而好了。疑惑倒是有一些，不過玉秀堅信，沒事，過幾天身上一定會來。到了第三個月，都過去五、六天了，玉秀終於有點不踏實了，卻始終存了一分僥倖。直到玉秀確認自己懷孕之後，玉秀一邊害怕，一邊還是僥倖：不要緊的，會好的，過幾天也許自己會掉了呢。話是這麼說，其實玉秀每一天都心思沉重的，彷彿斷了一條腿，每一步都一腳深一腳淺的。

十月的中旬，玉秀有些著急了。玉秀不能不替自己仔細地謀劃了。關鍵中的關鍵是不能讓玉米知道。玉米要是知道了，那就死透了。出路只有一個，趕緊把肚子裡的東西弄出去。最好的辦法當然是去醫院。然而，去了醫院，事情終究會敗露。這一來等於沒去，比沒去還要壞。玉秀開始考慮自行解決的辦法了。玉秀決定跳。當初在王家莊的時候，王金龍的老婆小產過的，就因為和婆婆吵架的時候跳了一回。金龍家的在天井裡拍著屁股，又是跳，又是罵，後來「哎喲」一聲，掉了。玉秀想，那就跳。玉秀說做就做，一旦閒下來便躲到沒人的地方，找一塊水泥地，一口氣跳了四、五十個。後來長到了七、八十個，再後來都長到一百七、八十個了，還一蹦多高，又一蹦多高的。連續跳了十來天，把飯量都跳大了，身上卻沒有半點動靜。玉秀想，看來還是要拍著屁股。玉秀用王金龍老婆的方法試了四五回，對潑婦的行為澈底絕望了，玉秀只能做另外打算。又想起來了，張發根的老婆也流過一回，是打擺子，吃了合作醫療的藥，把好端端的肚子吃沒了，都三個半月了。赤腳醫生說了，一定是治瘧疾的奎寧片惹的禍，藥瓶子上寫得清清楚楚的呢，「孕婦不宜」。玉秀的問題現在簡單了，找到奎寧片就簡單了。奎寧片是常用藥了，為了找到它們，玉秀還是費了不少心思，「大姐」、「大姨」地交了一大串的朋友，花了四、五天的工夫，總算找到了。玉秀一大早上班拿著了藥瓶，這一回安心了，解決問題了。玉秀偷偷地溜進公共廁所，倒出來一把，一口捂到了嘴裡，因為沒有水，嚥不下去，只能乾嚼了。玉秀「嘎嘣」「嘎嘣」地，像一嘴的炒蠶豆，嚼得滿嘴的苦，眼淚差一點掉下來。玉秀伸長了脖子，一口嚥了下去。這一口下去玉秀總算踏實了，相當高興，坐回到磅秤的後面，和別人說說笑笑的。一支菸的工夫，藥性起作用了。玉秀的嘴唇烏了，目光也慢慢地散了，像一隻瘟雞，脖子撐不住腦袋，東南西北四處倒。玉秀的腦子卻還沒有糊塗，她擔心身邊的人把她送進醫院，笑著站了起來。玉秀一個人走向倉庫，靠近倉庫的時候玉秀有些支不住了。玉秀扶著牆，慢慢摸了進去，吃力地爬上糧食堆，一倒頭就睡著了。玉秀在倉庫裡頭一直睡到天黑，作了無數的古怪的夢。玉秀夢見自己把自己的肚子剖開了，掏出了自己的腸子。玉秀把自己的腸子繞在脖子上，一點一點地擠，擠出了郭左的一根手指頭，玉秀再擠，又是一根，一共擠出九根來。玉秀捧著手指頭，說，郭左，都是你的，裝上吧。郭左看了看，挑出來一根，擰到自己的手上去了。郭左的手上其實就缺這麼一根。玉秀望著手裡多出來的八根指頭，想：怎麼會多出來的呢？怎麼會多出來的呢？玉秀很不好交代了。郭左只是看著她，不說話。玉秀急了。這麼一急，玉秀的夢便醒了，而郭左真的站在自己的面前。玉秀鬆了一口氣，很開心，一蹦一跳地對郭左說，你終於回來了，我夢見你了，我剛剛夢見你了——其實，還是在夢裡頭。

玉秀一連三、四天病歪歪的，幾乎去掉了半條命。她在等，可內衣乾乾淨淨的，沒有任何解決了問題的痕跡。看起來還是不行。玉米正懷著孩子，慵懶得很，脾氣卻見長了，大事小事都吆喝玉秀。玉秀小心地伺候著玉米，身子軟綿綿的，相當地不聽使喚。玉米的臉上不是很好了。玉秀不敢讓玉米看出來。玉米要是起了疑心，那個麻煩就大了。只能硬撐，臉上還弄出高高興興的樣子，好幾回都差點支不住了。好在玉秀還是相當頑強的，居然也挺過來了。只不過內衣上還是乾乾淨淨的，太惆悵人了。

玉秀一天一天地熬日子，肚子終於起來了。就那麼一點點，外人看不出，可玉秀自己是摸得出來的，很有名堂了。玉秀最擔心的當然還是被人看出來。為了保險，剛剛進了十月，玉秀便把春秋衫早早套上了，還是厚著臉皮跟玉米討過來的。衣服一上身，玉秀便走進了玉米的臥室，站在大鏡子的面前，仔細認真地研究春秋衫的下襬。下襬有些翹，玉秀不放心了，自己和自己疑神疑鬼的。玉秀挺起胸脯，抓住下襬的兩隻角，捏住了，往下拽。正面看了看，又轉過身去，側面看了看。放心了。然而，手一鬆，下襬卻又像生氣的嘴巴，撅了起來。為了對付這兩個該死的下襬，玉秀一個人站在大鏡子的面前，扭過來扭過去的，折騰了好半天。玉秀的手上突然停住了，她已經從大鏡子的深處看見玉米了。玉米正站在堂屋裡頭，冷冷地打量鏡子裡的玉秀。玉秀在鏡子裡面專心致志，對自己挑挑揀揀的，顯然是弄姿了，一定在勾引什麼、挑逗什麼，透出一股無中生有的浪蕩氣。玉米看了兩眼便把她的腦袋轉過去了，想說她幾句的，話到了嘴邊，又嚥下去了。玉秀這丫頭看起來是改不了了，上班才幾天，又作怪了。這條小母狗的尾巴就是不肯安安穩穩地遮住屁股，動不動就翹，一逮到機會就要衝著公狗的鼻子搖，都不管露出了什麼。玉米對自己說，什麼毛病都好改，水性楊花這個病，改也難。

玉秀一直嚴守著自己的祕密，沒料到卻讓小唐發現了。這個女人的眼睛真是厲害、真是毒，真的是火眼金睛。那一天中午其實挺平常的，玉秀來到機關大院的公共廁所，蹲在那裡小解。小唐進來了。小唐進來得相當突然，玉秀的嘴裡正銜著褲帶，說是褲帶，其實就是一根布條子。看見了小唐，玉秀總要招呼一下。可玉秀終究有些慌亂，一定是過於熱情了，話還沒有出口，嘴裡的褲帶已經掉進糞坑了。小唐也蹲下來了，一起扯了幾句閒話，起身的時候小唐卻把自己的褲帶送給了玉秀。布條子不值兩分錢，可到底是一分情分，所以玉秀謙讓了一回，無意中卻把小肚子裸露了出來。玉秀當然是高度警惕的，剛露出來，立即提了一口氣，把腹部收住了。玉秀到底年輕、到底無知，自己都不知道自己的小肚子上有一道褐色的豎線，淺淺的，自下而上，一直拉到玉秀的肚臍眼。玉秀哪裡能知道這一道褐色的豎線意味著什麼？小唐可是過來的人了，吃了一驚，一下子看清了玉秀體內的所有隱祕。小唐立即朝玉秀的臉上看了一眼。雖說極其迅速，卻帶上研究和挖掘的性質。有把握了。四個月左右了，看起來還是個男胎。小唐肚子裡一陣冷笑，心裡說，玉秀，恭喜妳了。小唐斜著眼睛，責怪玉秀說：「怎麼不來坐了？嘴上倒甜，一天到晚阿姨阿姨的，我看妳的眼裡早就沒我這個阿姨了。」玉秀一直陪著笑，繫好褲子，一同和小唐離開了廁所，說了好多的客套話。玉秀想，自己老是躲著小唐，還是小心眼了，人家可能都把那件事忘了，還是拿自己當朋友的。

玉秀再一次來到會計室是一個中午。小唐要做帳，在機關食堂裡吃過中飯，遇見了玉秀，順便把玉秀叫過來了。玉秀乏得厲害，想睡個午覺的，但是小唐這樣熱情，還是過去吧。玉秀坐在小唐的對面吃著水果糖，小唐十幾分鐘就把手上的活計做完了。她們又開始聊天了，口氣還是和過去一樣，絲毫看不出有過什麼疙瘩。雖說有點睏，玉秀還是很開心了。小唐還是和過去一樣對玉秀滿關心的。話說得好好的，小唐突然不說話了，沉默了好大一會兒，小唐認認真真地說：「玉秀，看起來我們還是不知心，妳沒有拿我當朋友。」小唐的話太突兀了，玉秀得不到要領，一時摸不著頭緒，不停地衝著小唐眨巴眼睛。小唐卻乾脆，單刀直入，提醒玉秀了。小唐說：「玉秀，妳要是有什麼難處，不該瞞著我——妳想想，我不幫妳，誰幫妳？妳不讓我幫，我幫誰？」小唐說這句話的時候，目光已經沿著玉秀的胸部往下面去了。玉秀的心口一陣狂跳，肚子上「嗞」地一聲，好像都被小唐的目光拉開了一道口子，祕密像腸子一樣淌了出來，臉上當即失去了顏色。小唐悄悄掩上門，做好了祕密交談的所有預備。重新回到座位的時候，玉秀早已呆在座位上了，再也不敢看小唐的眼睛了。小唐來到玉秀的身後，雙手擱在了玉秀的肩膀上，輕輕撫摸了兩下。玉秀的心頭一熱，轉過身，一把抱住了小唐的腰。小唐的心裡有底了，輕聲問：「誰的？」玉秀仰起臉，張大了嘴巴，一個勁地搖頭，卻不敢哭出聲來，就那麼張大了嘴巴，前所未有的醜。小唐都有些可憐她了，俯下上身，對著玉秀的耳朵說：「誰的？」玉秀只顧了哭，鼻涕拉得多長，哭得都快岔氣了。小唐的眼睛也紅了。玉秀拉起小唐的手，已經是上氣不接下氣了，哀求說：「姨，幫幫我！」小唐自己擦了一把淚，又替玉秀擦了一把淚，小聲說：「誰的？」玉秀說：「姨，求求你，你幫幫我！」

小唐再也沒有盤問過玉秀，這是玉秀特別感動的地方。事實上，小唐已經從多方面照料起玉秀來了。比方說，營養。小唐警告過玉秀，不管妳有沒有成親，懷孕終究是女人的大事，馬虎不得。事情最終如何去料理，以後再說，身體可不能垮下去。要是在這個問題上虧空了身子，落下病根，什麼樣的大魚大肉都補不回來的。玉秀不住地點頭。玉秀沒有一點主張，所以乖得很，一心一意聽小唐的話。小唐開始為玉秀補身子了，熬了雞湯，排骨湯，鯽魚湯，蹄子湯，偷偷地帶到會計室來，命令玉秀喝。喝完了，再命令玉秀吃。小唐為玉秀補身子花了不少錢，態度上卻極為嚴格，是慈母才有的苛求，沒有半點還價的餘地。小唐逼著玉秀，越是呵斥，越是顯現出母親般的疼愛了。玉秀再不懂事，在這一點上還是明白的，喝著喝著就流下眼淚了。玉秀一流淚，小唐總是陪著，眼淚有時候比玉秀還要多。玉秀對自己其實不擔心了，有小唐，就是有靠山了。玉秀的眼淚主要還是因為小唐。人生難得一知己，玉秀有這樣的朋友，值了。玉秀對小唐的那分感恩和依戀，就是面對親生的母親也不一定有。小唐說了，沒事，「有我呢。」就差拍胸脯了。

玉秀年輕，能吃、能喝，不到一個月的光景，突然發現不對路子了。肚子發了瘋一樣，拚了命地長，一下子鼓出來一大塊。肚子裡的胎兒似乎也得到了格外的鼓勵，開始頑皮了，小胳膊、小腿的，還練起了拳腳，一不小心就「咚」地一下，一不小心又「咚」地一下。小東西的拳腳讓玉秀滋生了一股說不出的憐愛，更多的卻還是說不出的恐慌。肚子裡的小東西那可是一個人哪。真是鑽心刺骨又沁人心脾。玉秀把這個情況對小唐說了，甚至在會計室裡撩起上衣，給小唐看了一眼。小唐望著玉秀的肚子，臉上也有點吃驚，嘆了一口氣，說：「都怪我，還是性急了，補得太早了。」這怎麼能怪小唐阿姨呢。玉秀的額外進補到了這一天總算停止了。然而，肚子卻像幹部們的職務，上得來，卻下不去了，眼見得春秋衫都遮蓋不住了。好在玉秀並不笨，她找來了許多布帶子，用布帶子勒。玉秀十分擔憂地說：「小唐阿姨，妳不會替我說出去吧？」小唐生氣了，背過身去，不理玉秀，又一次流下了眼淚。玉秀知道自己錯了，很誠心地道了歉，勸了好半天，才把小唐的眼淚勸住了。

依照小唐的意思，要想真正解決問題，到醫院去做了那是一定的，關鍵是時機。太晚了當然不好，太早了也不行。話雖然這麼說，到底什麼時候才算是「時機」，小唐拿不準，玉秀就更拿不準了，只能聽小唐阿姨的。只有隔三岔五地催。催得也不能太急，太急了反倒顯得信不過小唐了。小唐其實也有小唐的難處，小唐說了，好幾次她都走到醫院的門口了，一看見醫生，又打了退堂鼓——說不出口。要是真的開了口，那還不是把玉秀賣了，「玉秀妳不知道，醫生的嘴巴從來都不打膏藥。」這句話是合情合理的，只能說是小唐阿姨辦事周到了，過門關節都想得很細。時光又拖下去一些日子，玉秀已經顧不上那些了，玉秀說：「還是告訴醫生吧，遲早總要讓醫生知道的。」

天氣一天一天地涼了、冷了。在玉秀的這一頭，這差不多已經是上天的恩典了。要不是今年冷得早，玉秀說不定都已經現眼了。老天爺對玉秀看起來還是不錯的，一場冬雨過後，氣溫驟降，這一來，玉秀的黃大衣自然而然地上身了。雖說後來又轉暖了幾天，黃大衣終究不扎眼，並沒有引起過分的盤問。沒有人盤問當然好，可是玉秀心頭的壓力並沒有減輕，相反，越發沉重了。關鍵是小唐的這一頭指望不上了。小唐為這件事專門找過玉秀，一見面玉秀就知道大事不好了。小唐的眼皮腫得老高，把所有的情況都一五一十地給玉秀交了底。小唐到醫院去過了，都找了人家院長了，剛剛開口，還沒有來得及說起玉秀，院長就懷疑了。小唐說，院長問我，是不是你的兒子在外面「胡搞」，把人家的「肚子弄大」了？小唐說，玉秀，我也是個做母親的，還敢再說什麼？小唐說到這裡特別傷心，表現出了一個母親的自私。她為此而內疚，難過得不敢看玉秀的眼睛。玉秀絕望了。可雖說絕望，到底還是個懂事的姑娘，非常理解小唐。再怎麼說，總不能為了自己把人家的兒子賠進去。哪個做母親的也不能。這可不是一般的事，是「作風」問題，關係到人家一輩子的前程呢。上一次在人家的家裡那個樣子，驚天動地的，影響很不好，都已經對不起人家了，再讓人家高偉背這樣的黑鍋，真的要天打五雷轟的。小唐沒有能夠幫上玉秀，在玉秀的面前哭了好半天，一點聲響都沒有，臉上全是淚。玉秀看在眼裡，反過來內疚了。特別地痛恨自己，可以說惡火攻心。小唐的這條路死了，玉秀的路其實也等於死了。玉秀替小唐擦乾眼淚，心裡想，姨，玉秀只有來世報答妳了。

其實，關於死，玉秀想了也不是一兩回了。死不是一條好路，但好歹還是可以稱作一條路。說一萬句，死終究還是一個去處。剛開始想起來的時候，玉秀的確有些害怕，可是，怕著怕著，心裡頭一下子打開了一道門，突然不怕了。玉秀想，眼睛一閉，其實什麼都不知道了，還怕什麼？這麼一想，玉秀特別地輕鬆，慢慢地都有點高興了。這真是出人意料。主意定下來之後，玉秀首先想到的是機關大院裡面的那口井，深得很，黑咕隆咚的。玉秀想來想去還是放棄了，覺得井裡的漆黑比死亡還要嚇人。那就上吊吧。可是上吊這個法子玉秀又有點不甘。她在王家莊見過吊死鬼，屍體很體看，相當地難看。鼻孔裡都是血，眼睛斜了，翻在那兒，舌頭也吐在外面。玉秀不能答應。玉秀這樣的美人胚子，不能那樣糟蹋自己，就是做鬼也還是應該做一個漂亮的女鬼。想來想去還是水了。那就到收購站的大門口吧。那裡還是不錯的，寬敞、清澈，又是自己的單位，水泥碼頭也工整漂亮。

主意一旦定下來，玉秀反而不急著死了。趁著輕鬆，玉秀要好好活幾天。活一天是一天，活一天還賺一天呢，就當自己已經死了。玉秀終於睡上安穩覺了，吃得也特別地香。米飯好吃，麵條好吃，饅頭好吃，花生好吃，蘿蔔好吃，每一口都好吃，什麼都好吃，喝開水都特別地甜。玉秀想，看起來還是活著好。這麼多的好處，以往怎麼從來沒有留意過的呢？一旦留意了，分分秒秒都顯得很特別，讓妳流連忘返，格外地纏綿了，真是難捨難分。這一來玉秀又有點留戀了，重又傷心了。死亡最大的敵人真的不是怕死，而是貪生。活著好，活著好哇！要不是自己的肚子不留人，玉秀「願在世上挨，不往土裡埋」。

肚子還在長，不停地長。雖說穿著黃大衣，玉秀每天早晨還是要用布帶子在自己的肚子上狠狠地纏幾道。不能大意，千萬不能出什麼紕漏的。布帶子纏在肚子上，雖然不疼，有時候卻比疼還要難受。主要是呼吸上頭。鼻子裡的氣出得來，卻下不去，鬱在那兒，有一種說不出的苦。呼吸到底不同於別的，妳歇不下來，分分秒秒都靠著它呢。玉秀的日子其實是活受罪了，不亞於酷刑。到了夜間，玉秀總要放鬆一下自己，悄悄地把腰裡的布帶子解開來。只要解開了，一口氣吸到底，那個舒服，那個通暢，每一個毛孔都親娘老子地亂叫。千金難買呀。人是舒坦了，可玉秀不敢看自己了。那哪裡是肚子？那哪裡是玉秀哦？可以說觸目驚心。玉秀看不見自己的腳，中間沒頭沒腦地橫著一大塊，鼓著，肚皮被撐得圓圓的、薄薄的、黑乎乎的，像一個醜陋的大氣球，針尖一碰都能炸。肚子鬆開了，小東西在肚子裡頭也格外地高興，不停地動。撒歡了，尥起了小蹄子。小東西頑皮得很，都會逗玉秀了。玉秀要是把手放在肚子的左側，小東西馬上趕來了，上來就是一腳，告訴玉秀，我在這兒呢。玉秀要是把手放到右側去了呢，小東西也不閒著，立即趕到右邊，又是一腳，好像在說，進來吧，到我們家來玩吧。玉秀就那麼一左一右的、一前一後的，小東西忙得很，都有些手忙腳亂了。到後來小東西終於累了、不高興了，不再理會玉秀了。玉秀在心裡說，來，再來，到媽媽的這邊來。玉秀一點都沒有想到自己會這樣說話，嚇了自己一大跳。真的是脫口而出，居然稱自己媽媽了。玉秀愣在那裡，玉秀是叫自己媽媽了。玉秀本來就是媽媽了。玉秀的心裡突然柔了，肩頭無力地鬆了下去，陷入了自己，一個又一個的漩渦。玉秀差不多都快癱下去了。心裡想，玉秀，妳也是做媽媽的人了，都有了自己的骨肉了。這麼一想玉秀的心口呼啦一下收緊了、碎了。玉秀無法面對自己，沒有能力面對自己。玉秀在床沿上呆了好半天，突然從床上拿起布帶子，繞在了肚子上，拚了命地往裡勒、往死裡勒。玉秀在心裡對肚子說，你再動！我叫你再動！都是你！我勒死你！

恨是恨，但愛終究是愛，都是血肉相連的。玉秀時而想著自己，時而想著孩子，時而幸福，時而揪心，弄到後來自己也不知道到底是幸福還是揪心了，沒了主張了。依照玉秀原先的意思，打算開開心心地等到新年，反正新年的時光也不算太長了。等過了年，心一橫，一切都拉倒了。可是玉秀突然改變了主意，不想再拖了，好像也有點拖不下去了。玉秀實在是累了，都快把自己熬盡了、耗盡了，有些度日如年了。既然拖不下去了，那就不拖了吧，還是早一點了斷了省事。

吃過晚飯，玉秀做完了所有的家務，還哼了幾句淮劇，陪玉米說了一會兒話，靜靜地把自己關在廚房裡了。玉秀開始給自己梳頭，辮子紮得特別地牢，不要風一吹、浪一打，都散了，在波浪裡面瘋瘋癲癲的，那就不好了。玉秀料理好頭髮，把所有的工資用布包好了，掖在枕頭底下，好讓玉米替她準備幾件像樣的衣裳。放下鑰匙，滅了燈，玉秀一個人來到了糧食收購站的水泥碼頭。

天已經黑透了，寒得很。收購站面前的水面相當地闊大，遠處就是湖了。湖面上萬籟俱寂，沒有一點動靜，只有一兩盞漁燈，一閃一閃的，透出來的全是不動聲色的凜冽，陰森森的。玉秀打了一個寒噤，沿著水泥階梯一級一級地往下走。玉秀來到了水面，伸出右腳，試了一下，一股透骨的嚴寒一下子鑽進了她的骨頭縫，傳遍了全身，玉秀立即縮回來了。玉秀沒有讓自己停留太久，冷笑了一聲，對自己說，還好意思怕冷，死去吧妳。

玉秀沿著水泥階梯向水下走了四步，也就是四個台階。水到膝蓋的時候，玉秀停下來了。立在那裡，望著黑森森的水面。什麼也看不見，卻有一種空洞的浩渺，一種滅頂的深。波浪小小的，拍著她的褲管，像一隻又一隻的小手，抓了玉秀一把，又抓了玉秀一把。玉秀突然覺得水的深處全是小小的手，整整齊齊地向玉秀伸過來了，每一隻手上都長著數不清的手指頭，毛茸茸地塞滿了玉秀的心。玉秀一陣刺骨的怕，拔腿就上了岸了。因為肚子太大，一上岸便摔倒在水泥台階上了。玉秀趴在地上，喘息了半天，終於站起了身，又一次走向水中了。這一次玉秀沒有走得太深，腦子裡複雜了，越想越恐懼。好不容易下去了兩個台階，玉秀命令自己：撲下去，妳撲下去！撲下去一切都好了。玉秀就是撲不下去。死亡的可怕在死在臨頭。玉秀早已經是渾身哆嗦了，就希望後面有一個人，推自己一把。玉秀在水裡站了半天，所有的勇氣也幾乎用完了，倒回到岸上，絕望了。比生絕望的當然是死，可比死絕望的卻又是生。

收購站有一個祕密，那就是所有的人都知道玉秀的祕密了。這就是說，斷橋鎮也有一個祕密，那就是所有的人都知道玉秀的祕密了。玉秀以為別人不知道，而別人知道，玉秀卻不知道別人知道。所謂的隱私，大抵上也就是這樣的一回事，隔著一張紙罷了。紙是最脆弱的，一捅就破；紙又是最堅固的，誰也不會去碰它。只有鄉下人才那麼沒有涵養，那麼沒有耐心，一上來就要看謎底。鎮上的人可不這樣。有些事是不能夠捅破的，捅破了就沒有意思了。急什麼呢？紙肯定包不住火，它總有破碎的那一天，也就是所謂的自我爆炸的那一天了。比較起被人捅破了，自我爆炸才更壯觀、更好看。斷橋鎮的人都在等。鎮上的人有耐心，不急。有些小同志絕對會有自我爆炸的那一天，等著吧，用不了幾天的。人家自己都沒急，你急什麼，不急。

一九七一年的冬天真是太寒冷了。收購站裡的情形更糟糕。太空曠了，四面都是風。中午閒下來了，年紀大一些的職工們喜歡站到朝陽的牆前，晒晒太陽。年紀輕一些的呢，不喜歡那樣，他們有他們的取暖方法，一群一群地來到空地，在上面踢毽子、跳繩，再不就是老鷹抓雞。玉秀「不會踢毽子」，但是，在跳繩和老鷹抓雞方面，玉秀是積極的、努力的，只有積極才能夠顯示出自己是和別人一樣的，沒有任何區別。玉秀很努力，但是，一旦行動起來，那分臃腫的笨拙就顯露無疑了。很可愛、很好看的。跳繩的時候還稍好一點，因為跳繩是單打獨鬥的。老鷹抓雞就不行了。老鷹抓雞需要協作，你拽住我、我拽住你，玉秀夾雜在人堆裡頭，一比較，全出來了，成了最遲緩的一個環節，總是出問題，總是招致失敗。人們不喜歡看玉秀跳繩，比較起來，還是「老鷹抓雞」更為精彩。如果玉秀站在最後，那個熱鬧就更大了。沉重的尾巴一下子就成了老鷹攻擊的目標，而「老鷹」並不急於抓住她，反而欲擒故縱，就在快要抓住玉秀的時候，「老鷹」會突然放棄，向相反的方向全力進攻。這一來，玉秀只能是疲於奔命，又跟不上大部隊的節奏，脖子伸得老長老長的。最為常見的是玉秀被甩了出去，一下子就撲在地上了。玉秀倒在地上的時候是很有意思的，拚了命地喘息，卻吸不到位，只能張大了嘴巴，出的氣多，進的氣少，總是調息不過來。最好玩的是玉秀的起身。玉秀仰在地上，臉上笑開了花，就是爬不起來。像一隻很大的母烏龜，翻過來了，光有四個爪子在空中撲棱，起不來。玉秀只能在地上先打上一個滾，俯下身子，撐著先跪在地上，這才能夠起立，真是憨態可掬。大夥兒笑得很開心，玉秀也跟著笑，嘴裡不停地說：「胖了，胖了。」沒有人接玉秀的話茬，既不承認玉秀「胖了」，也不否認玉秀「胖了」。這一來，玉秀的「胖了」只能是最無聊的自言自語，沒有任何實質性的意義。

臨近春節，玉米腆著大肚子，帶領玉秀回了一趟王家莊。時間相當地短。因為有小快艇接送，上午去的，下午卻又回來了。玉米的這一次回門沒什麼動靜，一點也不鋪張，一點也不招搖。玉米甚至都沒有出門。等玉米的小快艇離開石碼頭的時候，村裡人意外地發現，玉米的一家子都出來了，全家老少都換了衣裳，從頭到腳一人一身新。這個人家的人氣一下子就躥上去了。玉米不在村裡，可村裡的人就覺得，玉米在，玉米無所不在，一舉一動都輕描淡寫的，卻又氣壯如牛，霸實得很。這正是玉米現在的辦事風格，玉米只會做，卻不會說。這個風格就是此時無聲勝有聲了。

因為回了一趟家，玉米自然想起了郭巧巧和郭左，他們也該回來了。這正是玉米所擔心的。郭巧巧就不用再說了。郭左呢，人倒是不錯，可難免架不住玉秀這麼一個狐狸精，妳也不能整天看著，鬧出什麼荒唐的事來也是說不定的。要是細說起來，玉米對郭左的擔憂反而更勝出郭巧巧一籌了。依照玉米的意思，當然是看不見他們的好。可是，這個家終究是他們的，只要他們回來，玉米也只有強顏歡笑，盡她的力量把這個後媽當好。日子一天天過去了，郭巧巧的那一頭沒有任何消息，郭左的那一頭也沒有任何消息，玉米的擔心反而變味了，都好像變成企盼了。然而，反而盼不來了。令玉米奇怪的還是郭家興，郭家興從來都不提他們，就好像這個世上從來就沒有他們。這樣當老子的也實在是少有了。郭家興不提，玉米自然更犯不著了。可玉米反倒不踏實了，老是拎在心裡。到底忍不住，問了一次玉秀。玉秀拉著臉，說：「他們不會回來了，郭巧巧早就到紡紗廠去了。」玉秀就說了這一句，別的什麼都沒有了。玉秀只說了郭巧巧，可她怎麼知道「他們」都不會回來的呢。玉米還想問的，玉秀已經離開了。但是不管怎麼說，玉秀的預言是正確的，都大年三十了，郭巧巧連個影子都沒有，而郭左更是沒有半點消息。

春節剛剛過去，喜訊來臨了。這個喜訊不是別人帶來的，而是玉米的女兒。玉米終於生了，是一個丫頭。一家子都歡天喜地的。玉米的臉上也是滿高興的，而在骨子裡頭，玉米極度地失望。玉米盼望是一個男孩，沒結婚的時候就痛下了這樣的決心了——頭一胎一定要生男的。在這個問題上，玉米的母親對玉米的刺激太大了。母親生了一輩子的孩子，前後七個丫頭，為什麼？就是為了得到一個寶貝兒子。玉米時常想，如果自己是一個男的，母親何至於那樣？她的一家又何至於那樣？真是萬事開頭難哪。看起來母親的厄運還是落在自己的頭上了。玉米躺在床上，相當怨，生女兒的氣，生自己的氣，卻也不好對別人說出來。好在郭家興倒是喜歡，是那種老來得子的真心喜悅。玉米想，郭家興居然也會笑了，他什麼時候對自己有過這樣的好臉，這麼一想，玉米多多少少也有了一些安慰，母以子貴，郭家興這般疼女兒，自己將來的日子差不到哪裡去，還是值了。再接著生吧。真正讓玉米覺得意外的是玉秀對小外甥女的喜愛。玉秀喜歡得不行，一有空就要把小外甥女摟在懷裡，臉上洋溢著母親才有的滿足。玉米好好觀察過的，玉秀不是裝出來的，絕對不是拍自己的馬屁，是打心窩子裡頭疼孩子。她眼睛裡頭的那股子神情在那兒，裝不出來的，目光可是說不起謊來的。玉米想，沒想到這個小騷貨還有這麼重的兒女心，也真是怪了。人不可貌相，還真是的呢。

玉米坐著月子，也替玉秀請了假。玉秀便專門在家裡伺候月子了。反正收購站的工作也清閒下來了。說起來，玉秀對孩子也真是盡心了，主要是夜裡頭。孩子回家之後，玉秀睡覺就再也沒有脫過衣裳，玉米隨叫隨到。看起來這個狐狸精這一次開竅了，真是懂事了。玉米喜在心裡，乾脆讓玉秀把床擱在了當屋，夜裡頭除了餵奶，別的事情一古腦兒都交給了玉秀。主要的當然還是尿布了。玉秀對待尿布的態度讓玉米非常滿意。玉秀不怕髒。一個人是真喜歡孩子還是假喜歡孩子，尿布是檢驗的標準。什麼樣的髒都不怕，那才是真的、親的。即使是做女人的，也只有親生的孩子才能夠不嫌棄。只要隔了一層，那就鼻子不是鼻子、眼不是眼了。玉秀這一點上相當好，像一個嫡親的姨娘，許多地方甚至比玉米更像一個母親。玉秀這丫頭就好像是一夜長大了。好幾次孩子把大便弄到玉秀的黃大衣上，玉秀也不忌諱，用水擦一擦也就算了。玉秀的大衣都髒得不像樣子了，玉米好幾次要把郭家興前妻的呢大衣送給玉秀，勸玉秀換下來洗洗。玉秀卻轉過了身子，對著孩子拍起了巴掌，說：「寶寶的屎，姨媽的醬，一頓不吃饞得慌。」姐妹兩個一點一點地靠近了，真的像一對姐妹了。閒下來的時候都拉拉家常了。這是前所未有的。玉米想，姐妹真是一個有意思的東西，說起來親，其實是仇人，結了一屁股的仇，到最後還是親。玉米和玉秀守著孩子，慢慢都已經無話不說了。玉米甚至都和玉秀談論起玉秀將來的婚嫁了。玉米說：「不要急，姐一直都幫妳留意呢。」玉秀在這個問題上卻從來不接大姐的話。玉米寬慰玉秀說：「沒事地，只要是女人，遲早要過那一道關。」這已經是一個過來人的口氣了，聽上去知冷知暖的。玉秀好幾次都被大姐的熱心腸感動了，想哭，就想一頭撲在大姐的懷裡，把所有的故事都告訴她，傷心地哭一回。不過，玉秀每一次都強忍住了。玉秀就擔心自己忍不住，大姐的脾氣玉秀是有數的，好起來了，是一個菩薩；真的知道了原委，翻了臉，玉米是下得了手、狠得下心的。

從表面上看，玉秀抱著的是玉米的孩子，而在骨子裡頭，玉秀還是當成自己的孩子、郭左的孩子了。這是一個迷亂的錯覺，令玉秀不知所以。玉米的女兒在懷裡睡得安安穩穩的，可自己的孩子呢，還沒有出生，在肚子裡活蹦亂跳的，其實等於死了。同樣的姐妹，同樣是郭家的種，沒法說的。玉秀最害怕的還是抱著小外甥女的時候胎動。一個在手上，一個在肚子裡頭，一陣一陣的，嬌得很、嗲得很、刁蠻得很，老是惹著玉秀，撩撥著玉秀。玉秀在這樣的時候真的是肝腸寸斷了，又不敢哭，只是睜大了眼睛到處找，找什麼呢？玉秀也不知道，只是找。找來找去卻四顧茫茫了。四顧茫茫。

玉秀還是決定死。妳這樣死皮賴臉地活著究竟做什麼？怎麼就那麼沒有血性？怎麼就那麼讓妳自己瞧不起？死是妳最後的臉面了，也是妳孩子最後的臉面了。玉秀，妳要點臉吧。玉秀再一次來到碼頭了。天氣不太好，颳著很大的夜風。四周都是夜風的哨音，夜顯得更淒厲、更猙獰。

玉秀剛剛出門就怯了三分的膽了。儘管如此，玉秀卻平靜得多了。這也是一個敢死的人應該具有的態度了。玉秀站到水泥碼頭的水邊，畢竟有了第一次的經驗，玉秀並沒有慌張，反而沉著了許多。一回生，二回熟，這一次看起來能成功了。玉秀想，還是先把肚子上的帶子解下來吧，讓小寶貝鬆動鬆動、溜達溜達，要不然也太委屈了孩子了。玉秀的前腳剛剛進水，肚子裡突然一陣暴動。小東西震驚了、憤怒了，怒不可遏、摔摔打打的。玉秀收住腳，脫口說：我可憐的孩子。小東西把他所有的憤怒一古腦扔向了玉秀。玉秀愣在那裡，鐵一樣的決心又軟了。小東西一直在動，手腳卻慢慢地輕了，像無助的哀求。玉秀感覺到自己的體內往上拎了一下，湧上來一股東西，衝向了嘴巴。玉秀「哇」地一聲，吐了出來。玉秀一邊嘔，一邊往岸上退。吐完了，玉秀的目光也硬了、直了、憤怒了。玉秀仰起頭，惡狠狠地說，我就不要臉了！我就是不死！有能耐你給我下刀子！

心一旦死了，麻木了，日子反而好過了。天上不會下刀子的，就這麼過吧。日子又不是磨盤，用不著妳去推它的，它自己會一天一天地往前走，隨它去。玉秀只是把自己當成孩子的一張床、一床被子，別的什麼都不是了。玉秀想，只要別拿自己當人，神仙也不能拿你怎麼樣的。

轉眼已經是三月了，玉秀什麼都不想，人卻是一天比一天睏，坐在磅秤的後面都能打起瞌睡。這一天的下午，父親王連方卻來到糧食收購站的大門口了。他是搭王家莊的順便船來到斷橋鎮的。王連方提著人造革的手提包，來到玉秀的面前，笑瞇瞇的。玉秀一抬頭，看見了父親，醒了。王連方的脖子伸得很長，衝著玉秀，笑瞇瞇的，臉上是那種自豪的模樣。玉秀再也沒有料到會在這個地方看見父親，心裡頭怪怪的，滿高興的，但是，當著身邊這麼多的人，卻不喜歡父親如此親暱的樣子，故意板下臉來，說：「你怎麼來了？」王連方也不回答，一腳站到磅秤上去，說：「看看，我多重？」玉秀左右看了幾眼，說：「你下來。」王連方不理這一套，說：「看看，我多重？」玉秀不高興了，說：「你下來。」王連方還是不下來，笑瞇瞇的，說：「我多重？」玉秀說：「二百五。」王連方笑得一臉的花，說：「個死丫頭。」王連方就那麼站在磅秤上，回過頭，很多餘地對著身邊的人解釋說：「我女兒，我的三丫頭。」口氣是驕傲的，同時也是慈愛的。王連方走下磅秤，發了一圈香菸，開始和玉秀的同事說起閒話了。問了問人家的出身、年紀、哪一年參加的革命、兄弟幾個、姐妹幾個。答案都令他滿意，笑瞇瞇的。王連方用胳膊在半空中揮了一圈，號召大夥兒說：「你們要團結！」口氣已經是做形勢與任務的政治報告了。大夥兒只是吸菸，不聲不響地回過頭來看玉秀。王連方卻不動，掏出香菸，又發了一圈，笑瞇瞇的。

王連方住在女兒的家裡，也就是機關的大院了。郭家興一肚子的不高興，可到底是自己的岳丈，也不好說什麼，一天到晚板著一張臉。因為郭家興的面孔平時都是板著的，反而看不出他真實的心思了。郭家興不理他，這個無所謂，玉米也不理他，這個同樣無所謂。王連方現在有外孫女了，那就和外孫女談談心，給她讀一讀《人民日報》。外孫女躺在搖籃裡，慢慢習慣王連方的聲音了，只要王連方讀報紙的聲音一停下來，她就哭、鬧，王連方一讀，又好了。王連方讀報紙都讀成一件事了，動不動就要坐到搖籃的旁邊，揚一揚手中的報紙，說：「同志們注意了哈，哎，乖——，開會了。開會了哈。」

這是一個暖和的星期天下午，玉米、玉秀、王連方正圍著孩子在天井裡晒太陽。郭家興是沒有星期天的，他喜歡辦公室，喜歡辦公桌，有事沒事都在那裡待著。天井裡春光融融的。玉秀還是穿著她的黃大衣，都有點像「捂屍」了。玉秀的骨架子小，主要還是因為年輕，體型的變化並不大，勒得又緊，從外觀上還真是看不出什麼來。當然，讓玉米疑心的地方並不是沒有，其實還是有滿多跡象的。比方說，有一陣子玉秀的確瘦了，有一陣子玉秀又慢慢地胖了，有一陣子玉秀特別地能吃，有一陣子玉秀總是迷迷糊糊的，睡不醒的樣子，偶爾筷子掉在了地上，玉秀從不彎下腰去撿，而是從桌子上拿起一雙筷子，再用手上的筷子把地上的搛過來。這些都是徵兆，沿著任何一條線索都能發現問題的。玉米就是沒有往心裡去，關鍵還是腦子裡頭沒有那根筋。許多事情就這樣，事後一想，都能對得上號，越想越有問題的。玉秀能蒙混這麼久，最大的問題還是天天和玉米在一起。就說玉秀的胖吧，其實玉秀比當初胖多了。可是，這種胖並不是一口吃出來的，而是循序的、漸進的，並沒有突發性，帶有寓動於靜的特色，這就不容易了。

太陽懶懶的。晒來晒去，玉米的頭皮都有些癢了。王連方還在和外孫女「開會」，玉米則不停地撓頭，越撓越癢。玉米想，還是洗個頭吧。這個決定是心血來潮的。玉米把玉秀喊到天井裡來。這丫頭今天更懶，整個上午都無精打采的，一有空就躺在了床上。玉秀不是懶，而是肚子疼了。玉米讓玉秀給她倒水。玉秀走路的時候臉上始終掛著痛苦的神色，像忍著什麼。玉秀給玉米架好洗頭盆，開始給玉米洗頭了。她的兩隻手放在玉米的頭上，三心二意的、有一搭沒一搭的，手指頭也不利索，一會兒特別賣力，一會兒又軟綿綿的，還要停下來歇會兒。一旦停下來了，玉秀的喉嚨總像是被什麼堵住了，發出很困難的聲音，最終又發不出什麼聲音了，只是不停地喘氣。玉米有些不耐煩，說：「玉秀，怎麼啦？」玉秀沒有開口，嗓子裡「嗯」了一聲。玉米真正發現玉秀不對頭是在沖洗頭髮的時候。到了第二遍，玉秀本來該把臉盆裡的水潑了，玉秀卻沒有，反而蹲下了身子，目光直直的，一動不動。嘴裡的動靜倒是相當大，像是被燙著了。玉米注意到玉秀的額頭上掛著幾顆汗珠，說：「妳還穿著做什麼？」玉秀沒有動，目光卻特別地固執，慢慢地向牆邊退。玉秀一到了牆邊好像找到了什麼依靠，歪在牆上，閉上眼，嘴巴張得大大的，還是沒有一點聲音。玉秀把她的雙手伸到了大衣的裡面去了，在大衣的裡面慌亂地解、扯、拉，是一根布帶子。玉秀就那麼閉著眼睛，張著嘴，一點一點地把布帶子往外拽，越拽越多、越拽越長，都有點像變魔術了。後來玉秀長長地出了一口氣，這一次出聲了。玉米聽見玉秀「哦」了一聲，既像痛苦不堪，又像快樂萬分，隨後又忍住了，沒了動靜。玉米發現不對頭了，覺得事情大了，走到玉秀的跟前，披著頭，頭上不停地滴水。玉米小心地拽了拽玉秀的大衣，玉秀這一回沒有掙扎。玉米厲聲說：「玉秀，妳站起來。」玉秀強忍著，閉著眼睛光顧了扭動她的脖子。玉米一把拉起玉秀，說：「妳站起來。」玉秀硬撐著，站了起來。褲帶子已經鬆開了，剛剛起立褲子已經滑下去了。玉米掀起大衣，掀起玉秀的襯衣，玉秀巨大的肚子十分駭人地鼓在玉米的面前，被陽光照出了刺眼的反光。玉米失聲說：「玉秀！」玉秀歪著腦袋，斜著眼睛看玉米，只顧了換氣。玉秀扶著玉米，慢慢地跪在了玉米的面前，輕聲說：「姐，不行了。」玉米一把揪起玉秀的頭髮，說：「誰的？」玉秀說：「姐，不行了。」玉米揪著頭髮往下摁了一把，玉秀的臉仰起來了，玉米瘋狂地問：「誰的？」王連方在玉米的身後說話了，王連方說：「玉米，別問了，反正是革命事業的接班人。」

第二天的上午，玉秀在縣城的人民醫院生下了她的兒子。玉米懇求醫生替玉秀引產，醫生卻拒絕了。過了時機，這個時候引產太危險了。玉米到底是玉米，並沒有亂。她捏著郭家興寫給縣人民醫院院長的介紹信，什麼事都處理得井井有條的。但是玉米有玉米的心病，她要親耳證實玉秀肚子裡的孩子究竟是「誰的」。一路上玉米都在嚴刑拷問，她在小快艇上抽了玉秀十幾個耳光。抽累了，又拽玉秀的頭髮，甚至揪下了一把。玉秀犟得很，就是不說。玉秀的兩個嘴角都流血了，就連玉米都下不去手了，玉秀卻死都不說。玉米一邊哭一邊罵：「沒見過妳這麼賤的×！」把玉秀送進了產房之後，玉米人也乏了，靜靜地和小快艇的司機坐在過廊的長椅上。玉米從司機的手裡接過自己的女兒，嘆息了兩聲，無力地閉上了眼睛。但是，玉米的眼睛卻又睜開了，回過臉來望了一眼司機，慢慢站起了身子，突然對著司機跪下了。司機嚇了一跳，正想拉她起來，玉米卻說話了。玉米說：「郭師父，替我們瞞著，拜託了。求求你了。」司機連忙跪在玉米的跟前，慌忙說：「郭師娘，妳放心，我以黨性做保證。」玉米聽到這句話，站了起來，重新坐下去，腦子裡卻開始盤算醫生的問題：孩子生下來之後怎麼「處理」呢？怎麼處理呢？是男是女都還不知道呢。

究竟年輕，不到半個小時玉秀就把孩子生下來了。順當得很。醫生走到門口，拉下臉上的大口罩。玉米走上去，一把拉住醫生的手，問：「男的女的？」醫生說：「男的。」玉米不說話了，心裡滾過一陣難言的酸楚。玉米對自己說：「下作的東西，妳倒有本事。」醫生望著她，還在那裡等。玉米的嘴脣動了幾下，嘆了口氣說：「還是送了吧。」一切都關照好了，玉米走進了病房，青著臉，站在玉秀的面前。玉秀面無血色，臉色比紙還要蒼白，整個人也沒有一絲力氣。玉秀的手卻從被窩裡伸了出來，輕聲說：「姐，讓我看看孩子。」玉米沒有想到玉秀居然有臉說出這樣的話來，一張臉即刻就脹紫了，脫口說：「玉秀，妳要點臉吧！」玉秀喘著氣，嚥了一口，人卻格外地固執。玉秀說：「姐，求求妳。」玉秀無力的指頭已經抓住玉米的胳膊了。玉米甩開了，說：「死了。扔在茅坑裡頭——妳能生出什麼好東西來！」玉秀聽完玉米的話，目光白花花的，直了。玉秀到底不甘心，她用胳膊撐住了床面，想起來，脖子卻沒了力氣，腦袋掛在那兒，滿頭的亂髮也掛在了那兒。玉秀歪著腦袋，說：「姐，扶我一下。我要去看看。就看一眼，我死也瞑目了。」玉米一把甩開了，冷笑一聲，說：「死？不是我瞧不起妳玉秀，要死妳早死了。」玉秀還支撐了一會兒，但那一口氣到底鬆下去了，躺下去，不動了，澈底地安穩了。玉秀好看的眼睛望著天花板，一眨不眨的，目光出奇地清澈、出奇地亮。玉米看著這個嫡親的妹妹，突然湧起一陣絕望，太傷心了，到底沒有忍住，眼淚全下來了。玉米捂上臉，在巴掌的背後咬著牙齒說：「臉都給妳丟盡了。」

第三部 玉秧

玉秧在王家莊度過了一個揚眉吐氣
的夏天——
每一天都很孤獨。
但是，這是一種別樣的孤獨，
是雞群裡的一隻鶴，單腿而立，
每一片羽毛都閃耀著雪白的光。

沒有人願意跑三千米。三千米意味著什麼呢？意味著你必須像一頭驢，不吃不喝，在四百米跑道上黑燈瞎火地磨上七圈半。玉秧在體育上頭沒有任何能力，和同學們比較起來，她做不到更高、更快和更強。玉秧的身體矮墩墩的，很結實，死力氣也許還有一把，不過明眼人一眼就看出來了，玉秧是一個缺少鍛鍊的鄉下姑娘，胳膊腿之間缺少必要的協調性和靈活性。和大部分鄉下女同學一樣，玉秧沒有任何特長，學習還行，別的都不怎麼樣，長得就更不怎麼樣了。這樣的女同學還能指望班主任對她有什麼印象呢。但是，年輕的班主任是一個體育迷，十分計較競技場上的一得一失。他在三千米的報名表上填上王玉秧，其實也沒有什麼太大的指望，有棗無棗打一棒罷了。萬一掙到一個第六名，興許還能在總分榜上添一分呢。王玉秧再沒有能力，為了八二(3)班的集體榮譽，她苦還是應該吃的，汗還是應該流的。同時被報上去的還有龐鳳華。龐鳳華冷笑笑，私下對玉秧說：「看出來了吧，老師器重啊，總是把最光榮的任務交給我們——妳可不要讓人家失望。」龐鳳華也是從鄉下考上來的，是一座小鎮，各方面的情況和王玉秧差不多。但是，龐鳳華顯然比王玉秧有見識，老師一批評她，龐鳳華的眼淚來得比小便還要利索，嘩啦嘩啦的，弄得你反過來要可憐她。玉秧看得出，龐鳳華骨子裡頭比她有膽量，她眼睛一擠一擠的、眼淚一把一把的，嘴裡頭卻不亂，該說什麼，一字一句總是能說到點子上。這一點王玉秧就比不上了，說到底龐鳳華還是比玉秧自信，主要是好看一些，漂亮是說不上的。可是龐鳳華有她的一套，玉秧看出來了，龐鳳華骨頭縫裡天生就有那麼一股子的騷。

王玉秧走上跑道的時候非常怯場，一起跑就出了一個洋相，愣槍了。發令員喊過「各就各位」，發令槍居然響了。同學們都衝了出去，伸長了脖子，爭先恐後、推推搡搡的。王玉秧傻頭傻腦地站在原地，還在等。八百米以上的發令只有「各就各位」，從來就不喊「預備」，玉秧哪裡能知道。大伙兒衝出去了，發令員提著槍，走到玉秧的身邊，和顏悅色和她商量：「想好了沒有？再想想？」發令員突然大聲說：「還望呆！跑——哎！」王玉秧的第一步其實是嚇出去的，幾乎跳了起來。看台上哄起了一陣笑。王玉秧人是跑出去了，卻羞得不像樣子，而龐鳳華已經衝出去五、六米了。龐鳳華的舉動出乎王玉秧的意料，中午吃飯的時候，龐鳳華拉著王玉秧一起找過班主任，龐鳳華的臉色相當苦，對班主任說，她身上「不方便」，「不能跑」了。年輕的班主任很不高興。但女同學「身上」的事，他也不好摻和什麼。龐鳳華望著老師的臉，隨即又表了一個態，說：「要不，我堅持堅持看，拿不到好成績老師可不要怪我。」話說得又合情又合理。班主任點了點頭，拍了拍龐鳳華的肩膀，很讚賞。槍一響，龐鳳華匹馬當先，哪裡有半點「不方便」的模樣。王玉秧非常清楚地記得，龐鳳華上一個星期剛剛逃了一節體育課，理由就是「身上不方便」。這個小婊子一個星期裡頭都「不方便」了兩回了，都成自來水的龍頭了，也真是好本事，太不要臉了。要是細細地推算起來，王玉秧的身體倒是在這兩天就要倒楣了，吃中飯的時候王玉秧的下腹部已經有那麼一點感覺，無端端地脹。不過，王玉秧絕不會說出去。這樣的事，玉秧開不了那個口。然而，跑到第二圈的時候，王玉秧發現，龐鳳華的不要臉還是值得，太難受了，呼吸上不來，又下不去，全憋在胸口，想死的心都有。還是人家龐鳳華划算，十分風光地領跑了一圈半，已經軟綿綿地趴在班主任的懷裡了。玉秧可是把這一切都看在了眼裡。龐鳳華在老師的懷裡一點力氣都沒有，胳膊掛在班主任的脖子上，飄飄的，就跟獻給老師的哈達似的。龐鳳華的眼睛還閉上了，嬌氣得很，就差一只枕頭了，都像是老師的親骨肉了。這一刻玉秧還在跑道上死撐，人家龐鳳華一定喝過糖開水，和班裡的同學說說笑笑的了。玉秧不是不想在中途退下來，可是，班主任正遠遠地站在水泥看台上，嚴厲地對著她吆喝。他的身子站得和標槍一樣直，兩條胳膊抱在胸前，面色嚴峻，正憂心忡忡地盯著自己。難受歸難受，王玉秧還是怕了。為了八二(3)班的集體榮譽，玉秧必須撐著，堅持一步是一步。

王玉秧不知道自己得了第幾名。事實上，她得了第幾名對誰都不重要了。玉秧被套了兩圈多，人家前六名早就過線了，也許連前十二名都過線了。撞過線的女同學該慶賀的慶賀、該撒嬌的撒嬌，田徑場上已經有一點冷清。玉秧還在跑，默無聲息，卻又勤勤懇懇，像一隻小烏龜伸長了脖子賣著她的死力氣。有一度王玉秧都有點不好意思了，想停下來，高音喇叭卻響了。高音喇叭在鼓勵王玉秧，音調昂揚而又抒情。高音喇叭對王玉秧的「精神」給予了高度的讚揚。王玉秧意識到自己已經不再是王玉秧了，身體沒了、胳膊腿沒了，只是「精神」，抽象得很，完全是一種身不由己的慣性，還滿利索的。雖說跑得慢，反而覺得有使不完的力氣，反而來勁了。看起來「精神」的力量實在是無窮無盡，你想停都停不下來。王玉秧想，如果這會兒有人給她送來兩碗米飯，再加上一杯水，她一定能跑到天黑，天亮之前完全可以「象徵性」地跑到延安。

王玉秧撞線的時候，全場的注意力完全轉移到了田賽場上。不少同學走下看台，直接來到了田徑場內。那個八一級的高個子的男生正在衝擊師範學校的跳高紀錄。他是田徑場上的明星，師範學校的明星。八一級的高個子男生知道所有的同學都盯著自己，意氣格外地風發。他不停地捋頭髮、深呼吸，用蘆柴棒一樣的瘦胳膊做漂亮的假動作，折騰了四、五遍，他開始起跑，衝刺。在他全力起跳的剎那，卻又放棄了，從橫桿的前面小跑了過去。看台上一片尖叫。高個子男生低著頭，在思考。重新回到起跳點，他又開始捋頭髮、深呼吸，做十分漂亮的假動作。王玉秧就是在這個時候跑過了三千米的終點線。除了終點裁判例行了一下公事，沒有人知道王玉秧的女子三千米已經跑完了。玉秧什麼也沒有得到，連攙扶的人都沒有，連一杯紅糖水都沒有喝得上。王玉秧很慚愧，孤零零地躲在了一邊。王玉秧的肚子就是在這個時候開始疼了，她想起來了，自己不只是「精神」，「精神」是不會肚子疼的。這一次的疼痛來得相當猛。她剛剛彎下腰去，卻在大腿的內側看到了一條蟲子。蟲子是紅色的，很溫暖，軟綿綿的，在往下爬，越爬越長、越爬越粗。王玉秧嚇了一大跳，傻站了一會兒，撒開腿便往宿舍樓奔跑。

宿舍裡只有王玉秧一個人，蝦子一樣弓在床上。玉秧很疼，關鍵是冤。力氣還沒有完全使出來，三千米居然就沒有了。玉秧堅信，如果不是三千，而是一萬米的話，她玉秧興許就是第一名了，好歹也能拿到一個像樣的名次。直到這個時候，王玉秧總算明白了自己的心思，自己其實十分在意這一次田徑運動會。說到底，王玉秧太普通了，沒有任何引人注目的地方，任何勝人一籌的地方。萬一跑好了，結果也許就不一樣了，老師對自己刮目相看也說不定。要是細說起來，玉秧長這麼大只是做成了一件事，那就是考上了師範學校，著實風光了不止一兩天。玉秧考上師範學校轟動了王家莊，學校裡的老校長打開了王玉秧的錄取通知書，一眨眼的工夫，消息在王家莊轉了好幾圈。「王玉秧？哪個王玉秧？」村子裡的社員到處問。社員們花了很大的力氣才把「王玉秧」這三個字和王連方的七丫頭聯繫起來。王連方一共有七個女兒，可是，除了大女兒玉米、三女兒玉秀，別的都太一般了。說起來，玉米和玉秀她們離開王家莊也十來年了。上了歲數的人還記得，那時候玉秧的一家可不是現在的這個樣子，丫頭們個頂個的，隨便一站都虎虎生風。王連方也不是現在的老酒鬼，而是王家莊的村支書。王支書在高音喇叭裡說話的時候派頭可大了，動不動就是「我們共產黨」，動不動就是「中國共產黨王家莊支部」，就好像他每頓飯都能吃一隻牛×，牛氣得很。聽王連方說話，你會覺得王支書從來都不是王家莊的人，而是千里迢迢的、槍林彈雨的、艱難險阻的，經歷了雪山與草地、長江與黃河，最後才來了。王玉秧是王連方的老七，一個么妹子。依照常理，玉秧應當是全家的寶貝疙瘩。情況卻不是這樣。生下第七個女兒之後，王連方不依不饒，重新鼓足了幹勁，回到床上又努了一把力氣，終於生了個小八子，是個男的。這一來么妹子很不值錢，充其量只不過是做父母的為了生一個男孩子所做的預備，一個熱身、一個演習，一句話，玉秧是一個附帶，天生不討喜，天生招父母的怨。事實上，玉秧並不是她的父母帶大的，起先帶玉秧的是她的大姐玉米，玉米出嫁之後，玉秧只好搬到她的爺爺奶奶那邊去了。是爺爺奶奶一手把玉秧撥弄大的。玉秧嘴訥，手腳又拙巴，還不合群。也好，做父母的、做爺爺奶奶的反而省心了。可是有一樣，玉秧上學之後她的老師們馬上就發現了，玉秧愛學習。悶頭悶腦，捨得下死工夫，吃得下死力氣。雖說學業並不拔尖，可是很紮實，她能把課本一頁一頁地背下來，一本一本地背下來。玉秧考上城裡的師範學校，老校長的臉上有了光，一定要玉秧留下幾條學習方面的經驗。玉秧站在教師的辦公室裡，背對著牆，鞋底在牆上不停地摩擦，憋了半天，留下了一條金科玉律，就一個字：背。真理是多麼地簡單、多麼地樸素。老校長激動了，他一把抓住玉秧的手，說：「實踐是檢驗真理的唯一標準。玉秧的經驗一定要推廣。從下學期開始，號召同學們向玉秧學習，背！」老校長在激動之餘，補發給了玉秧一張「三好學生」的獎狀，並教導玉秧，到了城裡，一定要注意三個方面。老校長扳起了手指，他的中指、無名指和小拇指分別代表了身體好、學習好和工作好。

王玉秧在王家莊度過了一個揚眉吐氣的夏天。每一天都很孤獨。但是，這是一種別樣的孤獨，和以往的不一樣。以往的孤獨是沒有人搭理，帶有被遺忘、被忽視的性質。一九八二年的這個夏天，玉秧雖說還是孤零零的，然而，這是鶴立雞群的孤獨。玉秧是雞群裡的一隻鶴，單腿而立，腦袋無聲地掖在翅膀底下，每一片羽毛都閃耀著雪白的光。這樣的孤獨最是淒清，卻又凝聚著別樣的美、別樣的傲，是展翅與騰飛之前的小憩，隨時都可以化成一片雲，向著天邊飄然而去。最讓玉秧感到自豪的是，事情都驚動了大姐姐玉米了。大姐玉米特地從斷橋鎮回了一趟王家莊，任務很明確，「家來」看看「我們家秧子」。玉米雖說是玉秧的大姐，以往卻和玉秧沒有多少實質性的瓜葛。在玉米的眼裡，玉秧還是個孩子。偶爾回一趟娘家，幾顆硬邦邦的水果糖就把玉秧打發了。一邊玩去，玩去吧，啊。玉米這一次回來得相當正規，她的頭髮已經盤到了腦後，主要是人胖了，嘴裡也裝上了一顆金牙。雖說只是薄薄的一層銅，發出來的到底還是金光。有了這樣的一層金光陪襯著，笑起來就有了熱情和主動的意思，喜氣洋洋了。為了讓嘴裡的金牙最大可能地展示出來，玉米格外地愛笑，幅度也大了。玉米雖然是公社裡的幹部娘子，這一回卻沒有擺官太太的架子，而是親自掏了腰包，專門為玉秧辦了兩桌酒。村裡的領導和玉秧的老師都來了。玉秧坐了「桌子」。這個「桌子」也就是酒席，標誌著一個人的身分。長這麼大，玉秧還是第一次在正規的酒席上坐上桌子，很不好意思，卻又很自豪，只能抿著嘴笑。而從實際情況來看，「桌子」上卻沒有玉秧這麼一個人。玉米在張羅。玉米在酒席上呼風喚雨，脖子一抬一杯，脖子一抬又一杯，酒量特別大。甚至有那麼一點蠻橫和莽撞，最後還「以玉秧的名義」替王玉秧喝了。玉米喝得不少，大家都以為她會醉。沒有，還是一杯一杯的。酒席過後，王家莊的人都知道了，玉米現在能喝，有一斤半的量。喝完了還不誤事，村幹部陪著她打了兩個小時的撲克，玉米把撲克牌甩得噼噼啪啪的，每一張都壓在人家的小腰上，嚴絲合縫。三局撲克過後，玉米鑽到了玉秧的帳子裡頭，玉秧已經睡著了。玉米推醒玉秧，當著玉秧的面，在油燈底下數票子。票子都是五塊錢的大面額，連號、嶄新，能劈豆腐，能抽人家的耳光，一看就知道不是撲克牌上贏來的，而是專門為玉秧準備的。玉米一共數了十張，五十塊。另外還有二十五斤糧票，全國通用。相當大的一筆數目，足以惹出人命了。玉米把五十塊錢和二十五斤糧票遞到玉秧的跟前，故意弄得凶巴巴的，其實是親。命令說：「細丫頭，拿著！」玉秧一臉的瞌睡，說：「擱那兒吧。」玉米說：「睡糊塗了。睜開眼睛看看，這是什麼？」玉秧還是瞌睡，一點都沒有受寵若驚的樣子，說：「還是睡吧。」又把眼睛閉上了。玉米望著玉秧的後腦勺，沒有料到這樣的局面，這個呆丫頭就是這麼不領她的情，說話的腔調也變了，完全是一個城裡人了，都學會四兩撥千斤了。玉米沒再說什麼，把五十塊錢和二十五斤全國通用糧票塞到玉秧枕頭底下，吹了燈側在玉秧的背後睡下了。究竟喝了不少的酒，一時睡不著。玉米想，還是玉秧大出息了。這丫頭誰都不靠，完全靠她手裡的一支筆，一橫一豎、一撇一捺，硬是把自己送進了城。這是很不簡單的，特別地過得硬。早幾年想都不敢想。玉米在心裡說，呆人有呆福。細丫頭真是碰上好時候了，大出息了。

運動會的第二天是星期天。幾乎所有的同學都會利用星期天的上午睡一個懶覺。其實也睡不著。但是，睡不著並不等於要起床。躺著，胡亂地想想心思，即使餓著肚子，也要比起床划得來。完全是為睡而睡，要不然自然會吃很大的虧。誰也沒有想到龐鳳華的箱子被人偷了。什麼時候被偷的呢？不知道，反正少了十六塊錢的現金，外加四塊錢的飯菜票。龐鳳華的牙膏一直放在自己的人造革箱子裡，她有一個很好的習慣，每天早上利用擠牙膏的工夫檢查一下自己的錢物。錢物不翼而飛了。不小的數字，這可不是一般的事。

星期天的上午，北京時間十點十五分，八二(3)班的同學全體集中。許多同學還沒有吃早飯，王玉秧甚至還沒有來得及洗臉刷牙，班主任來了，學生處的錢主任也來了。龐鳳華沒有來。她單獨留在了宿舍，正在給派出所的公安員做筆錄。離開宿舍的時候許多同學都看到了龐鳳華，她坐在床沿，散著頭髮，上眼皮都已經腫了，很哀怨，一點力氣都沒有。公安員給她倒了開水，她碰也沒有碰一下。那是真心的悲痛，和昨天在田徑場上不一樣，裝不出來。教室裡的人齊了，年輕的班主任站在黑板的旁邊，臉色相當難看，他的身體站得像標槍一樣直。他在等待錢主任說話。錢主任卻不開口，嘴抿著、噘著，嘴邊的兩條咬紋卻陷得特別的深。他從走進教室的那一刻到現在都沒有開口。錢主任終於點上了香菸，吸了一大口，慢慢地噓了出來。錢主任說話了，他說：「我姓錢。」錢主任說：「誰有膽子給我站出來，把我偷回去。」錢主任的話引來了幾聲笑聲，但是笑聲立即止住了。錢主任不像是說笑話，他的表情在那兒。錢主任說完這句話之後停頓了相當長的時間，眼睛像黑白電影裡的探照燈，筆直地射出兩道平行的光。兩道平行的光從每一個同學的臉上劃過去，咯吱咯吱的。如果你抗不住，低下了腦袋，錢主任會立即提醒你：「抬起頭來。眼睛不要躲，看著我。」

錢主任一心撲在工作上，學生的工作做得相當的細，有生活上的、有工作上的，還有思想上的。這一點即使在全省師範類的學校中都很著名。錢主任已經連續兩年獲得省市級先進工作者的稱號了，獎狀就掛在辦公室的牆面上。錢主任在「四人幫」的時期坐過牢，平反之後，上級領導原想調他「上來」，到局裡去。但是，出乎所有人的意料，錢主任謝絕了，堅持在「下面」。錢主任說，他熱愛「學校」，熱愛「教育」，最終還是留了下來，錢主任在師範學校開始了他的「第二個春天」。錢主任格外地努力，希望把學生的工作做得更細、更深，把損失的時光補回來。用錢主任自己的話說，「上到死了人，下到丟了一根針」，他「都要管」，誰也別想「瞞著蚊子睡覺」，管理上相當有一套。所謂的管理，說白了就是「抓」——工作上要「抓」，人也要「抓」。錢主任伸出他的巴掌，張開來，緊緊地握住另一隻手的手腕，向全校的班主任解釋了「抓」是怎麼一回事。所謂「抓」，就是把事情，主要是人，控制在自己的手心，再發出所有的力氣。對方一疼，就軟了，就「抓」住了、「抓」好了。錢主任的解釋很形象、很生動，班主任們一看就明白了。要是細說起來，師範學校的每一個學生對錢主任都有幾分的怵，走路的時候總要繞著他。同學們發現，這樣的時候錢主任其實並不凶，反而把繞著走路的同學喊過來，親切地問：「我是大老虎？」錢主任不是大老虎，只是一隻鷹。你不怎麼看得到他，可他總是能夠看得到你，一旦哪裡出了問題，有了特殊的「氣味」，他的陰影一定會準確即時地投射在大地上，無聲無息，盤旋在你的周圍。這會兒，這隻鷹正棲息在八二(3)班的講台上，一雙鷹眼緊緊地盯著下面。他又開始開口講話了。他的話題卻繞開了這一次的失竊事件，讓人有點摸不著頭緒，但是，他凜然的氣概還是渲染了每一個人、震撼了每一個人。「我們的校長，當然也包括我，想建立怎樣的一所師範學校呢？」錢主任劈頭蓋臉問了這樣一個嚴肅的大問題。「我很贊同我們的校長。」錢主任自答說，「我們的校長說了，第一，鐵的紀律，第二，鐵的校風。八個大字。」錢主任用他的食指不停地點擊講台的桌面，提醒同學們「鐵」是什麼。當然了，鐵是什麼，「同學們都見過」，用不著錢主任「多說什麼」了。錢主任圍繞著「鐵」這個最為普通的金屬把話題慢慢引上了正路，「——鐵為什麼能夠無堅不摧？是因為鐵被煉過了，它很純。如果鐵的中間有了渣滓、有了雜質，鐵就會斷，大廈就會倒。」錢主任接著又問，「我們的工作是什麼？很簡單，把雜質查出來，並且剔除出去。」教室裡一片闃靜，都能聽得見粗重的喘息了。差不多每一個同學都聽得見自己的呼吸，不少同學的臉都憋紅了。錢主任總結說：「最後我送同學們八個大字：坦白從寬，抗拒從嚴。散會。」

龐鳳華的飯菜票和現金一分都沒有少。因為有三千米的賽事，龐鳳華匆匆忙忙的，順手把錢物都帶在身上了，掖在了內衣的小口袋裡頭。龐鳳華做這些事情的時候並沒有留神，上了跑道又跑得太猛，後來全忘了。那些錢物還是龐鳳華第二天洗衣服的時候自己掏出來的，帶著龐鳳華的體溫，甚至還帶著龐鳳華的心跳。不過，事情已經鬧開了，都驚動了派出所了，龐鳳華哪裡敢說。蹲在盥洗間裡，又哭了。臉上淒苦得很，別人都勸不動，越勸龐鳳華哭得越傷心，後來連勸的人都一起哭了。這個不能怪人家鳳華，這樣倒楣的事，換了誰誰不難過。

龐鳳華在當天的晚上找到了年輕的班主任，班主任住的是集體宿舍，這會兒同宿舍的其他人都打康樂球去了，只留下了班主任一個，正趴在桌子上批改作業。龐鳳華進來了，兩隻手緊緊地扶著門框。班主任扭過身子，示意龐鳳華坐。辦公桌的旁邊是老師的單人床，龐鳳華只能坐到老師的床上去了。龐鳳華一臉的淒惶，坐得很慢，尤其是快要落座的時候，她扭著她的腰肢，用她的屁股緩緩找到了床沿，這才坐下了。年輕的班主任發現龐鳳華「坐」得實在是漂亮，腰肢裡頭有了很獨特的韻致。別看龐鳳華的臉蛋長得不怎麼樣，屁股上的那一把倒還真的是風姿綽約。這一點給了年輕的班主任相當深刻的印象，一下子就對龐鳳華產生了同情了。班主任噓了一口，關切地說：「發現新的線索了沒有？」龐鳳華望著她的班主任，無聲地搖頭，很憔悴，帶上了幾分的苦楚。班主任嘆了一口氣，想：錢被人偷了，一定是生活上遇到困難了。班主任取出錢包，拿出十塊錢，遞到龐鳳華的跟前，說：「妳先應付幾天吧。」這樣的舉動在龐鳳華的那一頭分外地感人了，龐鳳華望著老師手裡的錢，眼裡的眼神定住了，一點一點閃出了淚光。她的目光慢慢移到了老師的臉上，最後，和年輕的班主任對視了，定定的，汪開了一層淚，厚厚地罩在眼眶裡頭。龐鳳華說：「老師。」說不下去，又哭了。龐鳳華這一次沒有坐著哭，而是趴下了，伏在了班主任的枕頭上，兩隻肩膀一聳一聳的。班主任坐到龐鳳華的身邊，很小心地伸出手，拍了拍龐鳳華的後背。龐鳳華的後背很猛烈地扭動了幾下，意思很明確了，「不要你管」。但是做班主任的怎麼能不管呢，又拍了幾下。班主任的巴掌一直拍到龐鳳華的心坎裡，格外地催人淚下了。這一次龐鳳華沒有扭，哭得卻加倍的揪心，全身都在哽咽。班主任都很心疼了。這樣持續了兩、三分鐘，龐鳳華妥當了，悄悄站起身來，無聲地接過班主任手裡的錢，坐到了班主任的椅子上。她把錢壓在了老師的玻璃台板底下，順手拿起班主任的手絹，擦過眼淚，回過頭來看著她的老師。龐鳳華望著她的老師，突然又笑了，迅速地把嘴抿上，還把笑容藏到了手背的後頭。龐鳳華扭頭就走，一點過渡都沒有。她在走出門口的時候，猛地回過腦袋，發現她的老師還坐在床沿上，對著桌面上的手絹兩眼茫茫。

案子懸在那兒。依照龐鳳華的口述，公安員並沒有得到任何有價值的線索，這一來，派出所的同志也很難辦了。星期一的下午，八二(3)班的同學們發現，一直停在行政樓前的警車已經開走了。人家有更重要的任務，不可能為了十幾塊錢的事情無端端地耗警力。可是，錢主任說了，「案子一定要破」，這一來，校方的任務自然很重了。保衛科和學生處的老師們工作得相當深入。有分工、有組織，從實際情況來看，已經是一個專案組了。他們夜以繼日。網已經撒開了，再狡猾的魚都不可能漏網。錢主任在行政會議上說，抓一個小偷是次要的，關鍵是一定要樹立一個反面的典型，尋找一個反面的教材，利用這個機會狠狠整頓一下學生的思想作風。錢主任說，最近一段時間學校裡的風氣很不好，有幾個男生留起了長頭髮，有幾個女生穿起了喇叭褲。那是頭髮嗎？那是褲子嗎？「我四十三歲了，沒見過。」而校外一些不良青年的行為更需要防範，他們經常戴著蛤蟆鏡，提著台「三洋牌」錄音機，一邊播放鄧麗君的靡靡之音，一邊在校門口晃蕩。《美酒加咖啡》、《何日君再來》，什麼亂七八糟的東西？這都是危險的苗頭，要殺，不能手軟。這裡是什麼地方？這裡是師範學校！「種種跡象表明」，錢主任指出，「社會上的不良作風」已經「滲透到」校園裡了。這個風氣一定要「殺！」不要指望自生自滅，不能放鬆我們的警惕。

錢主任制定了一個政策，「外鬆內緊」。所謂外鬆，一方面要保證學校正常的運轉，另一方面也是給「極個別」的同學一個麻痹、一個鬆懈，好引蛇出洞；所謂內緊，就是大家的眼睛要睜大一點，「那根弦不能鬆」。不過，從實際的情況來看，「外面」還是鬆不下來，每一個人還是很緊張。就說王玉秧，跑完三千米之後她究竟做了什麼，這就不容易說得清，說不清就暗含了危險性。她為什麼要一個人回宿舍呢？玉秧猶豫了兩天，到底還是找到了心理學老師黃翠雲，是一位女教師，擔任著學生處的副主任。玉秧決定這樣做還是很有頭腦的，再拖下去，身上乾淨了，那就不好說了。玉秧老老實實地把情況告訴了黃老師，她之所以回到宿舍，主要是身體有了「特殊情況」。黃老師聽完了王玉秧的陳述，把玉秧帶進了女廁所，讓玉秧解下褲子，把東西翻出來，看了，情況屬實，這個是做不了假的。黃老師四十多歲了，曾經被錯打成右派，平反之後才從縣城調進了師範學校。黃老師可不像錢主任，很溫和，愛笑，像一個母親，甚至，像一個大姐。雖然也是主任，可是黃老師不允許任何一個同學喊她「主任」，只能喊「老師」。在老師和同學們的心中有相當高的威信。黃老師檢查完了，笑了笑，說，「這能說明什麼呢，王玉秧同學？」玉秧想：是的，這能說明什麼呢？身上有「特殊情況」，只能證明王玉秧一個人回到宿舍了，只能反過來證明王玉秧的確在案發的現場，並不能證明其他。王玉秧的鼻子尖上全是汗，傻乎乎地站了好大一會兒，很莽撞地說：「不是我偷的。」黃老師輕聲說：「在沒有查出來之前，誰都是可能的。包括我，也是可能的。妳說是不是呢？」這一來王玉秧不好再說什麼了，人家黃老師都把自己放進去了，玉秧再狡辯，顯然就有態度上的問題了。

排查的範圍一會兒縮小，一會兒放大，但是，沒有結果。案情難以突破，一眨眼已經拖到第四天了。在這四天裡頭，八二(3)班的同學對「鐵的紀律、鐵的校風」有了極為切膚的認識。準確地說，對「鐵」這個金屬有了極為切膚的認識。鐵是沒有表情的，不言不語，不聲不響。但是，鐵很重、很硬，有一種霸蠻的力量。同學們對「鐵」產生了一種極度的恐懼。因為鐵的靜止永遠都是暫時的，它一旦行動起來，沒有人知道後事如何。同學們發現，任何東西發展到一定的火候，它都有可能變成鐵。比方說，事件；比方說，時間；比方說，心情。它們現在都是鐵，很重、很硬，橫在八二(3)班每一個同學的面前和心裡。八二(3)班死氣沉沉，每個人都輕手輕腳的，生怕哪兒碰到了鐵，「當」的一聲；或者說，什麼聲音都沒有，鐵已經把你的皮肉帶走一大塊。

比較下來，王玉秧承受的壓力則要大得多。這種力量並不只是來自校方，在很大的程度上，它來自於同學們的中間，甚至，它來自於王玉秧自己。王玉秧說不清楚了。玉秧嘴笨，說不清就不說。但是，抬不起頭來。玉秧可以麻痺自己，其他班級的同學可是麻痹不了的，他們的眼睛是「雪亮」的。關鍵是，他們的想像力同樣是「雪亮」的。同學們當中已經流傳開了，王玉秧和錢主任已經進入了「僵持性的階段」。雙方都在攻心，就看誰挺得住。不是西風壓倒東風，就是東風壓倒西風。靜止肯定是暫時的。同學知道，暴風雨會來。一定會來。

暴風雨來了，相當地突然。一點都沒有山雨欲來風滿樓的架式，相反，很平靜。當然，這種平靜是學校裡領導的那一方，同學的這一頭卻從來也沒有消停過，所謂樹欲靜，而風不止。星期六的上午，北京時間九點整，錢主任、黃老師、八二(3)班班主任，三個人呈品字形，一起走向了八二(3)班。同學們早就到齊了。錢主任滿面春風，是那種如釋重負的樣子，難得一見的輕鬆。黃老師卻反過來了，惆悵得很，一點都不像平常那樣親切，反而心頭壓力重千斤。同學們望著錢主任的臉，知道破案了，事情終於有了結果了。但是，因為具體的名字還沒有說出來，反而更叫人揪心。教室裡的氣氛嚴峻異常。王玉秧噓了一口，所有的人都噓了一口。同學們的緊張是有道理的。天上飛來了一只鐵疙瘩，在它落地之前，誰會知道這只鐵疙瘩會砸到哪個人的腦袋呢?!黃老師一開口，同學們就已經被感動了。她的聲音很小，還有點喘，聽得出是在努力，是在化悲痛為力量。黃老師首先介紹了她的兒子與女兒。兒子在北京讀書，北大；女兒在南京讀書，南大。黃老師說，她為她的兒女「感到自豪」。黃老師說起兒女的時候，聲調是那樣地綿軟，表情是那樣地柔和，洋溢出母性的慈愛和掛牽，無端端地叫人悲傷。同學們雲裡霧裡，不知道黃老師在這個要緊的關頭說這些家事做什麼。可是，同學們立即從黃老師的談話裡頭知道了她的良苦用心。昨天晚上，學校裡頭已經開過行政會議了。會議決定，一定要開除那位「至今不肯悔悟的同學」。黃老師的眼眶紅了，目光像霧一樣溼潤。黃老師很堅決地說：「我不能同意！」

黃老師開始了回憶，她回憶起了「遭到不公正的待遇」的日子，兒子在鄉下發燒的事，四十度一，還抽了筋，搶救了半個小時。她回憶起了她的女兒，四週歲的那年曾因為食物中毒而危在旦夕。這些事情都是黃老師心中的痛，令人傷感。黃老師流淚了。黃老師對著錢主任說：「哪有孩子不生病的？哪有孩子不犯錯誤的？」錢主任啞口無言。黃老師的話像春風，像春雨，一絲一絲、一瓢一瓢，飄拂在同學們的心頭，澆灌在同學們的心坎上。同學們低下了腦袋，每一個人都流下了悔恨的淚。黃老師擦乾了眼淚，說：「我已經向學校的黨支部提出了請求，請求校領導給我最後的機會，再給我兩天的時間。我相信，這位犯了錯誤的同學一定會自新，會主動承認錯誤。他一定會到郵局去，把不屬於他的錢物寄給我——我是一位母親，同時也是一位黨員。我以母親和黨員的雙重身分向你們保證，只要你寄來了，內部處理。相信我孩子們，千萬不能存有僥倖心理。公安人員已經在龐鳳華的箱子上取了指紋了呀！誰碰過龐鳳華的箱子，公安局一目瞭然。我們更是一目瞭然。公安局一旦來抓人，那就說什麼都晚了呀！」黃老師已經很急了，恨鐵不成鋼，又流淚了。「相信我，孩子們，這是最後機會了，不要再讓你們的母親傷心了。」

黃老師聲情並茂，她的話好幾次都哽咽住了，差一點哭出聲來。她的話溫暖了八二(3)班同學的心，擦亮了八二(3)班同學的眼睛，鼓足了八二(3)班同學的勇氣，功效立竿見影。星期一的上午，第二節課之後，匯款單寄來了。然而，黃老師拿著匯款單，望著錢主任，犯難了。這一次是真的犯難了。依照事先的部署，從匯款單上對照匯款人的筆跡，準確無誤地找到偷錢的人，原本是很容易的。但是，誰能想到一下子寄來了四張呢。再怎麼說，二十塊錢也不可能被偷走了八十塊，邏輯上就站不住。錢主任、黃老師還是搬來了八二(3)班的作文本，查出來了，匯款人分別是孔招弟、王玉秧、邱粉英，還有一張是用左手寫的，一時不能肯定。黃老師把四張匯款單拍在錢主任的桌面上，說：「你看看，這到底是誰？」錢主任笑笑，嘆息一聲，說：「老黃，妳也有二十年的政治經驗了，正面的有，反面的也有。有人願意主動承認錯誤，這又有什麼不好？」黃老師用右手的掌背拍著左手的掌心，說：「我是說，怎麼處理這八十塊錢？」錢主任把不能肯定筆跡的那一張匯款單放到黃主任的面前，關照說：「把錢取出來，還給龐鳳華。」黃老師問：「另外的三張呢？」錢主任把另外的三張鎖進了抽屜，說：「先放在這兒。」黃老師說：「六十塊呢，不是小數字，不能浪費嘍哇！」錢主任說：「怎麼會浪費呢?不會浪費的。怎麼會浪費呢?」黃老師有點摸不著頭緒，小心地說：「究竟怎麼辦呢？」錢主任說：「妳呀，小黃，怎麼說妳好呢?!有些事，宜粗不宜細。把問題放在那兒、擱在那兒，比處理了更好。就這麼說了。哈，不要再提它了。都過去了。哈。」

被偷的錢寄回來了，全校的同學都知道，寄回來了。所有的人都鬆了一口氣，「我沒偷，不是我偷的」，還有比這更好的結局嗎?沒有了。放鬆之後必然就是觀望，同學們就是想看一看，到底是誰偷了。但是結果令人失望，他們等待了四、五天，學校的布告欄上一直沒有張貼「處分通告」，看起來真的是「內部處理」了。玉秧心存感激，內心的喜悅可以用「劫後餘生」來形容。但是感激歸感激、輕鬆歸輕鬆，說到底還是冤。冤哪！這不是不打自招又是什麼？不過，玉秧退一步想，不招又能怎麼樣呢？人家派出所的人已經查出指紋了。龐鳳華的箱子玉秧有沒有摸過，玉秧一點底都沒有，想不起來了。從常理上說，同在一個宿舍裡頭，真的很難免。萬一指紋碰巧就是玉秧的，公布了，玉秧的活路就死了。這個賭玉秧打不起，賭注太大了。玉秧想，還是這樣好，反正也沒人知道。別人怎麼猜就讓別人猜去吧，逃過了一劫，總是好的。怎麼說退一步海闊天空的呢。無論如何，玉秧睡了一個踏實覺，真的踏實了，沒有比這更好的結局了。可是，怎麼到現在都沒有人找玉秧談話的呢？這是不是就叫做「內部處理」？肯定是了。看起來領導還是講信用的，玉秧信得過。領導這樣寬大，自己就不要再疑神疑鬼了，要不然對得起誰呢。

鑑於師範學校的「新情況、新形勢」，師範學校的校衛隊在元旦的前夕終於成立了。學校裡撥了專款，買了軍用黃大衣，一個人一件，同時配備的還有一條軍用皮帶。當然了，校衛隊的成立大會上錢主任說了，這些財產都是集體的，每一個同學都要好好愛護，畢業的時候還要交到集體的手上。話雖然這麼說，校衛隊的同學對軍用大衣和軍用皮帶顯然並不愛護。為了威風，顯示出他們的與眾不同，他們整天都要把大衣扛在肩膀上，把皮帶束在腰裡頭。這是可以理解的。再說了，能進校衛隊，對每一個同學來說也實在是一分榮譽。它至少表明，這些同學都是班級裡頭的積極分子，是透過無記名投票，民主選舉，再經過組織上的嚴格挑選、審查，這才正式產生了。一個班才一個，男女生都有。成立大會上錢主任專門和校衛隊的同學講了話，錢主任強調，校衛隊的任務就是要保衛好學校，就是要保護人民財產的安全。錢主任站起來，大聲問：「同學們有沒有這個決心？」同學們異口同聲地回答說：「有！」回答很整齊。男同學的聲音渾厚有力，而女同學的，反而更清脆、更悠揚、更響亮，在禮堂的懸梁上盤旋的時間特別長。這陣繞梁的聲音裡頭就有龐鳳華。

說起來也真是怪了，自從丟了錢，龐鳳華的人氣直升，一下子都成了師範學校裡的風雲人物了。就好像她不只是丟了錢，而是拾金不昧、見義勇為了似的。當然，龐鳳華並沒有驕傲，比以往更為謙虛，完全是一副品學兼優的樣子。這只能說明龐鳳華真的是今非昔比了。玉秧想，丟錢這樣的好事怎麼就攤不上自己呢？說起來還是沒那個命。八二(3)班民主選舉校衛隊員的時候，龐鳳華的得票一路飆升，居然排在了第二，連玉秧都投了她的票。細想起來一點道理都沒有，可當時就是這麼做了，人這個東西真是太奇怪了。按理說，龐鳳華得票第二，依照民主集中制的原則，還是不該進校衛隊的。但是，班主任「集中」了一下，龐鳳華最後進去了。班主任說，得票最多的體育委員「班裡的工作還需要他」，這一來只能是龐鳳華。龐鳳華不僅穿上了黃軍裝，腰裡頭還束上了長皮帶。人也漂亮了，像一個女軍人、像一個女警察，英姿颯爽的，還威風凜凜了。當選了校衛隊員之後，班主任特地把龐鳳華喊到了自己的宿舍裡頭，和龐鳳華談了一次心。班主任說，希望龐鳳華在「各個方面」更積極，成為真正的積極分子，起到一個表率和榜樣的作用。班主任讓龐鳳華「坐下來」，龐鳳華卻不肯，只是站在老師的辦公桌前，手指頭不停地在玻璃台板上撫摸。十塊錢至今還壓在玻璃的下面，斜著，靠在老師的課程表旁邊，一次都沒有動過。龐鳳華的手指頭在玻璃上來來回回的，臉上一直在笑。其實每一次撫摸的都是那張紙幣。老師後來站起來，在宿舍裡轉了一圈，把門關上了。再次坐下來的時候，班主任卻毫無緣由地緊張了。而龐鳳華的臉上也失去了笑意，手指頭在台板上有些機械，心不在焉，眼睛總是向上翻。班主任不說話，只是沉默。靜了相當大的工夫，龐鳳華突然說：「你在大學裡談過戀愛的吧。」龐鳳華沒有說「老師」，直接說「你」，又是這樣的話題，在班主任的耳朵裡無異於一聲驚雷。班主任說：「胡鬧，怎麼可以問這樣的問題！」這樣靜了一會兒，班主任突然說：「誰會看上我呀。」龐鳳華說：「老師瞎說。」後來龐鳳華又補了一句：「老師你就是瞎說。」眼睛再也不肯對視了。龐鳳華側過臉，眼睛卻還是盯著玻璃台板底下的錢，說：「怎麼還不收起來，你錢多啊？」班主任笑笑，說：「班裡的一位同學遇到了困難，可是這位同學不肯接受。」龐鳳華無聲地笑，說：「誰呀？這麼不知好歹。」順手把台板掀起來，抽出錢，捏在了手上，轉身就走。龐鳳華的舉動實在太出乎班主任的意料了。班主任坐在原處，望著門，門在晃動。班主任的眼睛一下子失神了，禁不住浮想聯翩。第二天的上午，班主任老師走上了八二(3)班的講台，龐鳳華的位子卻空在那裡。過了兩、三分鐘，龐鳳華來了，可以說姍、姍、來、遲。龐鳳華穿著草綠色的軍大衣，脖子上卻圍上了一條圍巾，鮮紅鮮紅的，一看就是新買的，很跳，扎眼得很。龐鳳華喊了一聲「報告」，班主任說：「請進。」很上規矩。龐鳳華進了教室，走到自己的座位上去。這一切都是普普通通的，很日常，沒有半點異乎尋常的地方。可是年輕的班主任從鮮紅鮮紅的圍巾上似乎得到了特別的鼓舞，一下子看清了紅圍巾和十塊錢之間的邏輯關係，眼睛亮了、勁頭足了。他大聲說：「為什麼說，資本來到世上，從頭到腳都流著血和骯髒的東西？——請把課本翻到第七十三頁。」班主任的聲音特別洪亮，在牆上跳。只有他自己意識到了，只有龐鳳華注意到了，和別人沒有一點關係。眾目睽睽的，卻又祕而不宣，真是太奇妙、太幸福了。

校衛隊的總負責人是魏向東，學校工會的生活委員。說起來魏向東在師範學校裡頭應當說是一個很特殊的人物了。魏向東原來是一個留校的教師，除了工作上肯賣力氣，沒有任何出人頭地的地方。挺溫和的一個人，膽子相當小。「文革」到來之後，魏向東老師自己把自己嚇了一大跳，沒想到自己還有這樣的一手：拳頭硬，出手又火爆，很快就「上去」了。魏向東的出手使得師範學校的革命上了一個新的台階，可以說星火燎原。當然了，回過頭來看，那只是一場夢。歷史很快還原了魏向東的真面貌。他不是什麼好東西，是一個打砸搶分子，屬於「三種人」。老書記從大牢裡走出來之後，官復了原職，老師們以為魏向東一定會倒大楣了。魏向東沒有。重新走上領導崗位的老書記非常大度，書記說了，「不要搞階級報復。要團結、要穩定。」階級報復「不是歷史唯物主義的態度」。老書記的話決定了魏向東的命運。做過十七次檢查，流過二十六次眼淚，發過九次毒誓之後，魏向東重新走上了工作崗位。他來到了保衛科。因為保衛科就是魏向東一個人，所以，魏向東同時擔任工會裡的生活委員。工會是一個很有意思的地方，主席歷來都是由副校長兼著，雖然像模像樣地掛著一塊牌子，還撥了一個專門的辦公室，而從實際情況來看，還是魏向東一個人。這一來，工會就不再像工會，而成了保衛科，成了專政的機關了。工會的「生活工作」，說穿了其實就是婦女工作。魏向東給女教師發避孕藥、避孕套、衛生巾、洗髮膏。工作幹得很賣力氣，相當好。關鍵是，魏向東的心態調整得很端正，能上，能下。所謂大丈夫能屈能伸，到底還是一條好漢。他在工會會議上對全體女教師說：「從現在開始，妳們就不要拿我當男人了，妳們甚至都不要拿我當人——我現在是婦女用品。妳們什麼時候用，什麼時候來。」魏向東五大三粗的一個人，他這樣說，讓女教師們笑得都直不起腰桿子。要是換了別人，女教師們一定會罵臭流氓，可是，這句話由魏向東說出來，不一樣了。一個橫刀立馬的人，摔了大跟頭，還能夠這樣，真是很不錯了。魏向東和女教師們的關係格外地融洽。比方說，女教師們來領「工具」了，他會說：「張老師，這個是妳的，妳丈夫的直徑三十三毫米；王老師，這個是妳的，妳丈夫的直徑三十五毫米。」都要死了！都說這樣粗的話了。魏向東說：「我粗，我承認還不行嗎？我的確很粗。」說說笑笑、打打鬧鬧，女教師不僅不討厭，反而喜歡這樣熱心腸的人，又挺風趣；誰不喜歡笑，誰不喜歡歡天喜地，誰還想繃著一張階級臉過日子呢。

讓魏向東主持校衛隊的工作，本來是順理成章的事。但是，校領導還是嚴格地走完了組織上的程序。先由錢主任動議，書記再親口同意，這才定下來了。校衛隊還是由魏向東來抓比較合適，魏向東有這樣的能力。上學期學校裡來了兩位小偷，魏向東把他們抓住了，一不打，二不罵，只是把他們反綁起來，從醫務室裡拿來了兩張傷溼止痛膏，一隻眼睛上貼一張。兩個小偷站在操場上，能走，能跳，能跑，就是逃不掉。他們用腳四處摸，像在水底下摸魚，樣子十分地好笑。七個小時之後，他們自己就跪下了，號啕大哭。連老書記看著都笑了。私下裡承認魏向東在教育管理上的確有一套。校衛隊反正也不是什麼重要的崗位，讓魏向東發揮發揮餘熱，發揮發揮特長，對他自己，對工作，終究是好事。當然，鑑於魏向東的特殊情況，即使是使用，也只能是「有控制地」使用。這個「控制」，分寸上由錢主任來掌握。「小魏，你看怎麼樣？」錢主任坐在學生處，這樣對魏向東說。魏向東只比錢主任小十一個月，但是錢主任歷來都喊魏向東「小魏」，這一來自然就有了上下級的意味，有了領導與被領導的意味。小魏站在錢主任的對面，像一個學生，很誠懇地說：「錢主任怎麼說，我怎麼執行。」錢主任：「多匯報。」小魏說：「是。」錢主任很滿意。錢主任這樣的人就這樣，不喜歡馬屁精。你要是真的拍了，錢主任也能夠一眼看出來，但是，錢主任喜歡說話辦事恭恭敬敬的人。錢主任很滿意，說：「去吧。」

「校衛隊負責人」，這個稱呼相當地模糊，它可以說是一個「職務」，也可以說不是一個「職務」。然而，這個不要緊，最要緊的是魏向東的手下又有了一群兵，又有了可以使用的人了。這一來，就和一般的「閒職」區分開來了。再怎麼說，魏向東現在從事的也是一項「領導工作」，特別地令人欣慰。魏向東上任後不久就開始分別找人談話。個別交談，這樣的工作方式魏向東還是喜愛，所以保留了。晚自修的時候，王玉秧親眼看見魏向東把龐鳳華叫出了教室，站在走廊裡頭，兩個人都很認真，十分親切地交談了很久。玉秧想，人家龐鳳華現在是積極分子了，往後在她的面前還是要注意一些，不要說得太多。不過玉秧又想，自己在班裡頭什麼也不是，屬於長江裡的一泡尿，有你不多，沒你不少，好事和壞事都輪不上，操這分閒心做什麼。這麼一想，玉秧坦然多了。可是，這種坦然有那麼一點特別，不疼不癢、不苦不甜，卻有點酸，玉秧有一種說不出的失落。玉秧知道，自己對龐鳳華多多少少還是有一點嫉妒了。玉秧不敢和別人較勁，可是，私下裡頭，覺得和龐鳳華還是有一比的。現在倒好，自己在龐鳳華的面前澈底地落了下風了。同學們私下說，經過班主任老師的點撥，龐鳳華現在已經能夠讀得懂朦朧詩了，這是很不簡單的。看起來，龐鳳華的進步的確是很顯著了。

不過，王玉秧還是妄自菲薄了。其實好運已經落到王玉秧的頭上了，只不過玉秧不知情，魏向東老師還在仔細地考察罷了。魏向東到底有整頓和治理方面的經驗，在骨子裡頭，他對校衛隊其實信不過。校衛隊的同學雖說都是積極分子，卻有一個致命的毛病，一個個都在明處，同學們對他們反而是防著的。涉及到同學們思想上的問題、靈魂上的問題，他們就靠不住了。要想了解學生內部的情況，真正掌握他們的一舉一動，必須從他們的內部尋找到合適的哨所，也就是「千里眼」與「順風耳」。關鍵是，這樣的同學不能太顯眼、太招搖，正反兩方面都不能太冒尖。如果這樣的同學每個班都能發展一個，魏向東相信，他一定能對師範學校的總體狀況有一個方向性的把握。當然，這樣的同學只能是無名英雄，不能公開，只對魏向東他一個人負責。

玉秧再也沒有想到魏向東老師居然會認識自己。魏向東老師把「王玉秧」這三個字喊得清清楚楚的，還對她招了招手，顯然是在招呼她了。王玉秧受寵若驚，但多少還是有點緊張。偷錢的事雖說早就過去了，終究還是玉秧的一塊心病，特別怕老師叫她。玉秧直接讓魏老師喊到總值班室，沒敢坐，老老實實的，眼皮都不敢抬。簡單地扯了一會兒鹹淡，玉秧發現魏老師其實是一個滿隨和的人。雖說身材魁梧，骨架子大得很，看上去五大三粗的，人並不凶，不像錢主任那樣陰森森的，很開朗，很喜歡大聲地笑。魏老師終於把調頭引到正題上來了。魏老師說，「我們」在暗地裡其實一直在考查王玉秧，一直拿王玉秧作為「我們」培養的對象。魏老師沒有說「我」，而是說「我們」，這就是說，魏老師代表的不只是他自己，而是一個龐大的、嚴密的、幕後的組織。很神秘、很神聖，見首不見尾。作為一個培養的對象，魏老師嚴肅地指出，王玉秧還是有欠缺的。現在的這種樣子肯定不行。比方說，在「同心同德」這方面就很不夠，魏老師其實是批評王玉秧了。但是，這種批評語重而又心長，帶上了恨鐵不成鋼的焦慮，寄託著未來與希望，嚴厲，卻又苦口婆心，是「組織上」的另一種信任。玉秧從來沒有受到這樣高規格的傳、幫、帶，那樣的熱切、那樣的信賴，感人至深。王玉秧百感交集，人都恍惚了。魏老師隨後向王玉秧交代了具體的工作和任務，具體說來，從現在起，學校裡、班裡、宿舍裡，不論是誰，包括校衛隊的隊員，只要他們有「異常情況」，玉秧都必須以書面的形式向「我們」匯報，一個星期一次。這就是說，從嚴格的組織程序來看，龐鳳華雖然是校衛隊的成員，暗地裡其實還是受王玉秧監督，歸屬王玉秧領導。這就格外迷人人了。魏老師的談話一共持續了二十多分鐘。這二十多分鐘在玉秧的心中可以說具有極其重大的意義，是一個里程碑。它喚醒了玉秧，它使玉秧堅信自己並不是可有可無的，而是有用的，受到了極度的信賴和高度的重視。由於玉秧的工作帶有地下和隱蔽的性質，需要特別地保密，分外地引人入勝。玉秧知道，肩上擔子很重了，一下子覺得自己長大了。玉秧帶回頭的路上一直回味魏老師的話，耳邊一次又一次回響起魏老師的諄諄教導。魏老師說了，往後要「多觀察、多聽、多記、少說、不要出風頭」。玉秧對這句話最感到親切。玉秧過去一直不出風頭，並不是玉秧不想，說到底還是能力跟不上，怯場。現在不一樣了，和玉秧的能力其實沒有關係，玉秧不能出風頭，完全下工作上的需要。

學生們所謂的生活，是在晚上九點半之後。白天的時光雖說很漫長，然而，他們終究不是他們自己。他們的時間像一個檔案櫃，切開了，變成了一個又一個抽屜。這個抽屜被放進了一日三餐；這個抽屜被放進了廣播操、眼保健操、課間休息；那個最大的抽屜呢，又被切開了，變成了一個又一個課時。機動一點的當然也有，那就是傍晚的那一段時光。這一段時光有點類似於存放雜貨的櫥子，什麼都往裡頭塞，看上去琳瑯滿目，其實還是單調，無非是一些集體活動、體育，或者文藝，時間長了，依然是重複。到了晚上，下了晚自修之後，把該整理的整理了、該洗的洗了、該漱的漱了，上了床，他們開始活絡了。這個時候，如果從遠一點的地方看一眼宿舍樓，你會發現宿舍樓很漂亮，每一扇窗口都燈火通明，類似於某一個童話的畫面。北京時間九點三十分，突然，所有的窗口一起黑了。燈滅了，校園裡安靜下來，宿舍裡安靜下來，只留下衛生間的夜燈，發出安詳柔和的光。窗口黑洞洞的，每一扇窗口都趨於寧靜。但是，這絲毫不能說明同學們一天的生活結束了。相反，他們一天的生活才算開始。這是一個十分短暫的時光，然而，同學們躺在被窩裡，黑燈瞎火的，精力卻無比地充沛。腦子像被擦洗過了，亮堙堙地，變得敏感、犀利，具有穿透力，能從事哲學的研究或詩歌的創作。他們是瞬間的哲學家，他們是瞬間的詩人。而嘴巴也變得凌厲，一個最害羞、最不會說話的同學，嘴巴上也通了電，劈劈啪啪地，全是智慧的藍色火光。天南地北、古今中外、陳芝麻爛穀子；人際、未來、仇恨、快樂，東一榔頭西一棒。當然，一切都是變了形的，帶上了青春期的誇張、青春期的激情，與青春期的哀怨。他們躺在被窩裡頭，安安靜靜的，言語裡頭有一種幼稚的世故，又有一種老成的莽撞。其實，每一個人都是誠實的、袒露的、透明的。他們堅信自己無所不知，所有認為他們幼稚的人一定會吃足了苦頭。你就等著瞧吧。談得最多的當然還是學校和班裡的情況，同學裡的張三李四、老師裡的張三李四，以及校門口小吃部裡的張三李四。他們閉著眼睛，好像在休息，臉上的表情卻和睜開眼睛一樣豐富，也許更要豐富、更要強烈。因為門是閂著的，他們的交談似乎很私密了。其實也不是。八個人一共有八張嘴，到了第二天的上午，八傳十六、十六傳三十二，祕密很快就會成為公開的話題。但是，沒有人計較。如果談得高興了，他們會重新睜開眼睛，眼裡一抹黑，但這絲毫不能影響他們的智慧，聲音變大了，有時候會成為大聲喧譁或一陣放肆的笑聲。到了這個節骨眼上，樓下會突然傳出一聲喝斥，那是值班的老師開始干預了：「誰還在說話！」或者是指名道姓的：「三一三（房間），三一三！聽見沒有！三一三！」喧嘩與騷動再一次平息了，每一個同學都閉上眼睛，臉上卻笑眯眯的，含英咀華。

玉秧的宿舍是四一二。四一二宿舍有五個是城裡的同學，加上龐鳳華、王玉秧、孔招弟，一共八個，是一個標準間。最活躍、最引人注目的當然還是趙姍姍。趙姍姍會拉小提琴，還能彈鋼琴，是班裡的文藝骨幹，自然也是班裡的文藝委員會——在老師的那一頭相當地得寵。趙姍姍哪裡都好，就是一張嘴招人怨，喜歡給班裡的同學起綽號。最早是給男同學。趙姍姍給人起綽號可以說有獨特的稟賦，一針見血，最注重神似。起先還覺得有點牽強，可是，不能想，越想越覺得像。比方說，她說某某某男生是一隻駱駝，果然，那個男生的許多動態真的像駱駝了，僅僅比駱駝少一層駝毛。僅此而已。如果在路上遇到了，「駱駝」對女同學點點頭，女同學都要會心地一笑：才像呢！不看不知道，世界真奇妙。而某某是一隻螳螂、某某是一隻獵狗、某某是一隻青蛙、某某某絕對是隻癩蛤蟆，至於某某某，正面看不出來，側面一看，無疑是一隻雞，而且是公雞。脖子上的那一把一愣一愣的，又機警、又莽撞，當然是雞了。班裡的男同學都蒙在鼓裡，其實他們早就是一個動物園了。男同學取完了，趙姍姍的才華卻用之不竭，接下來自然是女同學。趙姍姍選擇了王玉秧。趙姍姍對玉秧下手並不是對玉秧有什麼敵意，只不過趙姍姍太喜歡出風頭，特別想炫耀她的那張嘴罷了。這一天的晚上，趙姍姍正在用水，突然問宿舍裡的同學，你們知不知道王玉秧像什麼？大夥兒都不說話，想不出來，幾乎所有的動物都想過了，王秧都不太像。熄了燈，趙姍姍自己把謎底揭開了：玉秧是一只饅頭。這時候，人們的注意力才從「動物」的身上游離開去，想起了饅頭。可不是嘛，玉秧的後背，尤其是頸項後面的那一把確確實實是那麼一回事。王玉秧是饅頭，王玉秧的的確確是一只饅頭，就這麼定下來了。王玉秧躺在床上，什麼都沒有說，已經受了傷了。趙姍姍其實是欺負她了，摁著她的腦袋把屁往她的鼻孔裡放。第二天的上午，玉秧甚至都沒有到食堂，她不願意看見饅頭，想一想都來氣。好不容易熬到晚上，玉秧突然說：「趙姍姍你是油條！」一點過渡都沒有。趙姍姍翻了一個身，輕描淡寫地說：「我怎麼是油條呢？我不是，我不像。你們說我像不像？我不像。」玉秧說：「那妳是稀飯！就是稀飯！」越說越離譜了，連她自己都知道不著邊際。一個人怎麼可能像「稀飯」呢？趙姍姍乾脆都不理她了。玉秧的話沒有受到應有的呼應，很慚愧，不知道下一步該說什麼。還是孔招弟給了王玉秧一個台階，孔招弟說：「睡吧。明天我還要值班呢。」孔招弟也是從鄉下來的，暗地裡和王玉央還是有一點統一戰線的味道。要不然，這些城裡的丫頭也太霸道了，必要的時候還是要有點幫襯才行。按理說，這一條統一戰線裡頭應該有龐鳳華，可是龐鳳華的情況要特殊一點。她是小鎮上出來的，雖說也是鄉下，可是考上學校之前，吃的一直是商品糧，倒也是城市戶口，不能算鄉下人。不過，城裡的五個女生並不買她的帳，嫌她鄉氣，一直也沒拿龐鳳華當作自己的人。所以，在兩個統一戰線之間，龐鳳華有些猶疑，一方面高攀不上，一方面又心有不甘，並沒有明確的傾向與堅定的立場。玉秧怎麼能指望她的幫忙呢。王玉秧的報復沒有起到任何效果，受的傷更深了。玉秧就覺得自己太沒用，她對自己的恨，一點也不亞於趙姍姍。

龐鳳華到底還是走進「鄉下人」這個統一戰線裡來了，可以說被逼上了梁山。趙姍姍的嘴巴也太沒有遮攔了，一點顧忌都沒有，她居然把「被人偷了」這個惡毒的綽號送給了龐鳳華。事情的起因是因為龐鳳華的一雙鞋。上午出門的時候，李冬記得把自己的鬆緊口鞋子放在窗台上晒太陽的，到了傍晚，卻發現自己的鬆緊口被人拿下來了，換成了一雙球鞋。李冬一看球鞋就知道了，絕對是龐鳳華做的鬼。李太把窗台上的球鞋扔在地上，隨口說：「誰的破鞋？」趙姍姍接過了話茬，又開始賣弄她的聰明了，說：「李冬，妳不是說了，破鞋嘛，當然是被人偷了。」李冬原來是有些生氣，聽趙姍姍這麼一說，反而開心了。「被人偷了」，這不是龐鳳華又是哪個？龐鳳華這個「破鞋」「被人偷了」，這個說法既解氣，又俏皮，特別地意味深長。龐鳳華的綽號就是它了。當然，這個玩笑只能在小範圍裡頭說說，倒也滿好玩的，不能隨便說。要是傳出去就有點不太像話了、太輕佻了，不是她們這個歲數的女生可以說的話，都有點下流了。

這一天的晚上龐鳳華回來得比較晚，她在下晚自修之前去了一趟班主任老師的辦公室。龐鳳華越來越喜歡聽班主任說話了。他的話沒頭沒腦，可以說雲山霧罩，每一句都聽得懂，連成一片之後卻又什麼都聽不明白。其實這樣更迷人，具有了朦朧詩的品格。龐鳳華發現她和班主任的關係也越來越像朦朧詩了，意味深長得很，無頭無序、十三不靠，有一種渴望被弄明白的焦慮，永遠都沒有一種妥當的說法。班主任的心情最近極不穩定，動不動就大喜大悲，也沒有什麼正當的由頭，大喜和大悲都是說來就來。班主任為什麼會這樣？龐鳳華不笨，她也能猜出幾分：老師和自己都一樣，都有一顆騷動的心。龐鳳華很替老師操心了，有點悵然，特別希望替他分憂；又有一種說不出來路的甜蜜，可以說喜不自禁，格外地折磨人了。其實什麼事情都沒有，將來也未必就會發生什麼，但越是這樣就越是讓人牽掛，總是放心不下，叫妳沉溺，都有點欲哭無淚了。龐鳳華回到宿舍離熄燈的時間只有最後的四、五分鐘了，十分潦草地洗漱完畢，上了床，心裡頭也有點大喜大悲。很混亂地痴迷了。趙姍姍這時候進來了，一身的寒氣。事實上，趙姍姍進門不久，宿舍裡的燈就熄滅了。趙姍姍一進門就不對，只不過黑咕隆咚的，誰也沒法推究。可是趙姍姍的不對勁在她用水的時候還是表現出來了。她的手很重，動作相當大，水潑潑灑灑的，搪瓷盆也被她摜得匡叮匡噹。看起來，校衛隊的魏向東老師沒和她談什麼開心的事。晚自修臨近結束的時候，龐鳳華去了班主任那裡；過了不久，魏向東就把趙姍姍叫了出去，是關於給同學起綽號的事。魏向東並沒有批評趙姍姍。但是，趙姍姍比挨了批評還要膽戰心驚，甚至是恐怖，她在宿舍裡的一舉一動魏向東都掌握了。龐鳳華這個小婊子仗著班主任喜歡她，全都打了小報告了。趙姍姍憋了一肚子的火氣，上床之後沒有說一句話。雖然燈熄了，同宿舍的人還是感受到了趙姍姍爍人的憤怒。在黑暗裡晃。趙姍姍突然說：「不要以為我不知道！」口氣很不對。四一二宿舍的氣氛頓時不一樣了。趙姍姍重複說：「不要以為我不知道！」龐鳳華正想著班主任，從痴迷中醒過來了，心裡頭畢竟有鬼，趙姍姍的話在她的耳朵裡自然多出了幾分獨特的威脅，不自在了。龐鳳華接過話來，說：「姍姍，妳怎麼啦？」趙姍姍回答說：「不要以為我不知道！」口氣簡直就是詩朗誦。但是，所有的人都聽得出，趙姍姍不是詩朗誦，而是有所針對，是有所指的。很嚴厲。趙姍姍最後說：「不要以為我不知道！」她用這句話為今天曖昧的事態做了一道總結，而總結過後事態反而更曖昧了。宿舍裡頭有一種古怪的東西，黑乎乎地亂撞。誰也不知道趙姍姍到底「知道」什麼，她「知道」的東西和別人，尤其是和龐鳳華有什麼特別的關聯，很神祕，很讓人猜疑。玉秧躺在被窩裡頭，她知道。她什麼都知道。玉秧靜靜地躺在被窩裡頭，只是覺得身上有點熱，被窩裡頭焐燥得很。她伸出左腿，想在被窩裡頭找一塊涼爽的地方，終於被玉秧找到了。玉秧左腳的大拇指在涼爽的地方豎了起來。真涼快、真舒服啊。

一場冬雨過後，天氣一天一天涼了，可以說，一天一天冷了。梧桐樹的樹葉都枯在樹上，蔫蔫的、黃黃的，雖然都還是葉子，可一點葉子的意思都沒有了。而更多的葉子落在了地上，被雨水黏貼在路面。梧桐樹上更引人注目的反而是那些毛果子，毛果子掛滿了樹梢，遠遠地看過去，滿校園的梧桐幾乎是一棵棵果樹。但是，沒有豐收的意思，只有冬天的消息。細細地一想也是，畢竟已經是十一月的月底了。

然而，對於師範學校來說，十一月的月底卻春意盎然。不管天多麼地冷、風多麼地蕭瑟、雨多麼地悽惶，師範學校反而更熱鬧。翻一翻日曆就知道了，再有十來天就是「一二九」了。哪一所師範學校的工作日曆能遺漏了十二月九號呢？十二月九號，那是革命的時刻、熱血沸騰的時刻。那一天風在吼、馬在嘯、黃河在咆哮，那一天紅日照遍了東方，自由之神在縱情高唱。正像八一級的學生、詩人楚天在櫥窗裡所說的那樣：「你／一二九／是火炬／／你／一二九／是號角／／你是嘹亮／你是燃燒」。「一二九」是莘莘學子的節日，當然也是趙姍姍的節日、龐鳳華的節日，和王玉秧的節日。是節日就要有紀念，這是制度。師範學校紀念「一二九」的方式並不獨特，無非是把同學們集中到廣場，以班級為單位，舉辦一次歌詠比賽。大家在一起唱過了、開心過了、熱鬧過了，順便決出一二三等獎，這才能夠曲終人散。但是，由於有了一二三等獎，情況又有些不一樣了，每一次都要爭得厲害。同學們要爭、班主任要爭，音樂老師也要爭。八二(3)班在今年的運動會上放了啞炮，一年級總共六個班，八二(3)班的總分名列第四，可以說很失敗了。這一來，年輕的班主任對歌詠比賽自然要格外重視。說起來，班主任也是一九八二年剛剛畢業的大學生，雖說還打算考研，並不想在師範學校打一輩子的江山，然而，事關榮譽，那又要另當別論。班主任老師畢業於省城師範學院的政教系，畢業的時候輔導員再三關照，對榮譽一定要特別地留神。輔導員說，工作是什麼？就是爭榮譽。不要羞答答的，大家都有榮譽，沒事。你有，別人沒有，你的面前就有了一道樓梯，你就能欲窮千里目，更上一層樓，提幹、分房、評優、做代表、找對象，你都用得上；別人有，而你沒有，你就白忙活了，累死了只能說明你身體差。所以榮譽一定要爭。頭可斷，血可流，打破了腦袋再回頭，不能羞答答的。這一點，八二(3)班的班主任已經有所體會了，運動會開完的當晚，獲得第一名的班主任，抽菸的姿勢都和以往不一樣了，那哪裡是抽菸？昂著頭、挺著胸，簡直是氣吞萬里如虎。八二(3)班在運動會上輸了，在歌詠比賽上一定要撈回來。班主任為此專門召開了班會，做了大合唱的戰前總動員。

事實上，八二(3)班的大合唱訓練要比其他的班級早一些。為了保密，班主任特地到附近的工廠裡找了一間倉庫，在倉庫裡練。應當說，八二(3)班參加這一次歌詠比賽，還是有許多優越的條件。比方說，班裡頭有趙姍姍，她會彈鋼琴，伴奏自然不用請音樂老師了，這些都是加分的因素，裁判打分的時候就有了優勢。不過，班主任對趙姍姍的印象大不如從前了，可以說相當壞。她居然敢一天到晚和龐鳳華作對。「被人偷了」，什麼意思？無疑是衝著自己來的，不能不防。但是，為了不影響大局，班主任還是忍住了，等歌詠比賽完了事再「槍斃」。班主任有一個口頭禪，那就是「槍斃」。「槍斃」這個詞很脆，很有大局感，有了數權合併的意思，說在嘴裡有一種斬釘截鐵的味道，就地正法，問題一下子就解決了。比方說，對班裡的班幹部，誰要是不好好幹，「槍斃！」誰還能不怕「槍斃」呢。依照班主任的脾氣，恨不得立即把趙姍姍「槍斃」了。趙姍姍也太拿自己當人了，自以為自己是一個文藝骨幹，在許多地方越來越放肆。比方說，由誰來做大合唱的指揮，班主任就考驗過趙姍姍。班主任傾向於龐鳳華，這一點趙姍姍應該是知道的，可趙姍姍還是堅持用胡佳，還大言不慚地說龐鳳華「氣質上」不對路。這是什麼話？妳趙姍姍知道「氣質」是什麼？荒唐嘛！可笑嘛！班主任鐵青著臉，很生氣。趙姍姍這個女同學不行，這個文娛委員她是不能再當了。歌詠比賽結束之後一定要「槍斃」。

不過，音樂老師很配合。他在工廠的大倉庫裡把八二(3)班的大合唱弄得越來越有模樣了。四十八個同學，站成了四排，分出四個聲部。四個聲部混雜在一起，有分離、有交叉，相互照應、烘托，音域變得厚實了、寬廣了。再也不是四十八個人，而是千軍萬馬，一個階級的眾志成城，甚至於，一個民族的眾志成城。歌聲裡洋溢著無邊的仇，還有無底的恨，以及鬥爭和反抗的火焰。班主任站在遠處，緊抱肘部，板著面孔，站得和標槍一樣直，隨時都可以投出去。也許是受了歌聲的渲染，班主任不停地咬牙，還有點切齒，心裡頭卻是很滿意了。藝術就是這樣，仇恨出來了，自然就有了感染力。

音樂老師排完了，班主任又請來了舞蹈老師。這也算是「推陳出新」的一次具體的嘗試了。雖說是大合唱，舞蹈老師還是加上了一些動作上的編排和造型。比方說，突然出擊的手掌，還有突然出擊的拳頭、肘部，使許多昂揚的節拍相應地有了視覺上的衝擊力，鏗鏘、斬釘截鐵，把氣勢昇華出來了，有了無畏決心，主要是敢死。而在特別抒情的地方，舞蹈老師則別出心裁。他要求同學們分腿而立、兩臂下垂，一邊一個拳頭，拳心向後，挺起胸，依靠腳尖的交替發力，身體左一晃、右一晃。雖然雙腳都沒有挪窩，但是，從整體上看，已經是赴湯蹈火了。卻又柔和，甚至有了幼兒式的稚拙，春風楊柳，蘊含著纏綿、憧憬、對祖國大地深情的禮讚。這個動作真是可愛，很漂亮，尤其是做得整齊的時候，可以說美不勝收。可是，絕大部分男生顯得很不好意思，做不出，臉上還綳住笑，一點都沒有赴死的慷慨和主動，一連排了好幾遍效果都不太理想。尤其是體育委員，那麼一個大個子，在他握緊了拳頭晃動身體的時候，臉上是那樣地臊，不大方。班主任說：「孫堅強，注意動作！」孫堅強嘻皮笑臉的，差不多是無地自容了。班主任更嚴厲地大聲喊道：「孫堅強！」大合唱的聲音戛然而止、春風楊柳的搖擺戛然而止。班主任盯著孫堅強，問：「怎麼搞的？」孫堅強說：「這個動作還是不要了吧。怎麼弄啊？難看死了。」班主任沉下臉，命令說：「你出來！」孫堅強只好出來，路過龐鳳華的時候還對龐鳳華做了一個鬼臉。班主任都看在眼裡了。孫堅強並沒有太拿班主任的不高興當回事，他經常和班主任奮鬥在籃球場上，總是給班主任餵球，和班主任的私交很不錯，心裡頭有底。孫堅強走到班主任的面前，歪歪的，在班主任的面前稍息，還一抖一抖的。班主任說：「你說說，怎麼一個難看死了？」孫堅強紅著臉說：「嗲兮兮的，娘娘腔。」全班的男生都笑了，不少女生也笑了。班主任看了一眼舞蹈老師，臉色真的「難看死了」。轉過身來便對著孫堅強咆哮。他對著倉庫的大門伸出一隻指頭，吼道：「滾出去！」孫堅強愣了一下，知道自己完了，被「槍斃」了，傻在那裡。臉上掛不住了，掉頭就走，嘴脣上還有一些動作，很無用、很多餘。班主任對著孫堅強的背影伸出了手指，可以說又補了一槍。孫堅強這一回肯定死透了。果然，班主任怒氣沖沖地說：「體育委員別幹了！再也別想回來！」孫堅強「滾出去」了，他站的那個位置也只好空在了那裡。班主任還在生氣。排練停止了。龐鳳華站在合唱隊的對面，不停地拿眼睛張羅班主任。意思很明確了，那個空下來的位置怎麼辦？班主任的魄力全班的同學都知道，所謂的魄力就是說一不二，要他收回自己的話絕無可能，更何況當著全班同學的面呢。班主任走到龐鳳華的身邊，兩隻手叉在腰間，還在氣頭上，說：「繼續排！」嘴上雖然這麼說，看得出他也在動腦筋。他的眼睛一不留神就要落在「孫堅強」的位置上去，那裡空了一大塊。

同學們在唱，比劃完了巴掌、拳頭、肘部，又開始左一晃、右一晃了。這一次大夥兒晃得很賣力氣，效果卻不好，失去了原有的波動，那種氣概、那種韻致、那種韌勁。班主任的眼睛從每一位同學的臉上劃過去，落在了王玉秧的臉上。王玉秧做這個動作的時候一點都撒不開，平白無故地慚愧，眼皮耷拉著，目光並沒有對著四十五度的遠方深情地眺望，下嘴唇還咬得緊緊的，光顧了晃，卻忘了唱。班主任走到王玉秧的面前，拉住王玉秧胳膊，順手把她抽了出來。班主任隨後對著合唱隊做了一個「歸攏」手勢。隊伍重又對稱整齊了。「孫堅強」的空缺也等於補上了。班主任滿意地吁了一口氣拍了拍巴掌，嘴裡喊道：「不錯，不錯，很有起色。就這樣唱！」

一下子「槍斃」了兩個，所有的同學突然就來了精神，一個個抖擻得很，音量高了上去，每一個同學的脖子裡都是筋。班主任也開始比劃，其實是龐鳳華這個指揮身後的總指揮了。玉秧並沒有走，她站在一邊，知道自己被「槍斃」了，但是並不能肯定，還有點僥倖、有點麻木。

她不敢走，她擔心班主任在她的背影上再補上一槍。可也不敢留，留在這兒太尷尬了。這一來，玉秧彷彿是在等。說她在等其實也不對，老師並沒有讓她歸隊的意思，她其實已經被忘卻了。玉秧站在一邊，耷拉著眼睛，下嘴唇咬得緊緊的，卻意外地發現自己的圓口布鞋特別地難看，太土氣了。玉秧往後退了兩步，想把鞋子藏起來，沒有成功。玉秧只是慚愧，是另一種慚愧。太丟人了。好在玉秧比過去聰明了，知道給自己找一個台階。玉秧走到班主任的側面，說：「老師，我不太舒服，先回去吧。」班主任正在指揮，很投入，沒有聽見。玉秧說：「老師，我想請個假。」班主任聽見了。班主任沒有回頭，他做了一個「走人」的手勢。他的手腕同意了。玉秧往外走的時候，兩隻手不會擺動，一邊一個拳頭。由於步伐過於僵硬，玉秧差一點同手同腳，走成了一邊順。這十幾步的路太難走了，每一腳都踩在了玉秧的心上。

當天晚上，孫堅強的職務就被開除了。班主任一句話也沒有說，只是公布了一張班委會的新名單。體育委員的後面果然不是孫堅強，而是班長的名字，後面還打上了一個括號，裡頭寫著一個字，兼。班主任在這個晚自修臨時召開了一次班會，做了一個十分簡短的發言。他希望所有的同學都不要「自我放棄」、「自作聰明」，「自我放棄」和「自作聰明」是不會有「好下場」的。班主任沒有點名。不過，全班的同學心裡頭有數，孫堅強再想到籃球場上給班主任傳球的可能性已經不大了。不過，「自作聰明」這個詞，班主任並不是送給孫堅強的。孫堅強還談不上「聰明」。班主任另有所指，他在說「自作聰明」的時候瞄了一眼趙姍姍。趙姍姍不笨，她低下腦袋就說明她真的不笨。趙姍姍知道，她要是再不支持龐鳳華的工作、再不和龐鳳華搞好關係，她的前景肯定不會比孫堅強好。她離「槍斃」其實已經不遠了，充其量只不過是緩期執行。

不能參加排練，不能紀念一二九，玉秧很落魄，可以說是悲傷。但是，玉秧不能答應自己沉淪。她來到了圖書館，想看點書，但是，看不進去。當然了，最後卻還是看了。是小說，英國女作家阿加莎·克里斯蒂的偵探系列，一下子就迷上了，一天一本。短短幾天的工夫，玉秧居然把克里斯蒂的偵探小說全看完了。克里斯蒂的小說雖然故事不同、地點不同、凶手作案的方式不同，然而，有一點卻一樣，那就是依靠推理來抓住凶手。一切從邏輯出發，一環套一環，從而步步逼進。如果把克里斯蒂的作品羅列在一起，玉秧發現，除了探長，那個叫波洛的比利時小鬍子，每一個與事件相關的人其實都是凶手，都有作案的動機、時間、手段和可能；每個人都在犯罪，每一個人都是罪犯，誰也別想置身於事外。克里斯蒂的小說一下子擦亮了玉秧的眼睛，使玉秧進一步認清了地下工作的意義，鼓起了地下工作的勇氣。她相信，經過這次系統的閱讀，自己有理由把今後的工作做得更好，讓魏老師滿意，讓組織上放心。

玉秧並沒有把克里斯蒂的小說帶回宿舍、帶進教室。這樣的小說還是在圖書館裡閱讀比較好，這樣才顯得正規，帶有研究和思考的氣氛。玉秧格外地刻苦，一邊讀，一邊產生了一些心得，一邊記。除了心得之外，玉秧在圖書館裡還有了一個實實在在的收穫——她見到了楚天，還認識了楚天了。楚天，八一(1)班的一個男生，師範學校裡最著名的詩人。並不帥，偏瘦，可以說貌不驚人，和一般的男同學比較起來，也就是頭髮稍稍地長一些罷了，卻非常地亂，彷彿一大堆的草雞毛。楚天的面相看上去有點苦，帶上了苦行的味道，這就很不簡單了。楚天幾乎不和任何人說話，一身的傲氣、一身的傲骨——傲得很。聽人說，一般的同學想接近楚天幾乎是不可能的。楚天的原名叫高紅海，是一個鄉下人。但是，人家現在已經不再是高紅海了，而是楚天。這一來，整個都變了，那個瘦瘦高高的男生多了幾分的虛幻，有幾分的不著邊際，闊大，而又縹緲。氣質上就已經勝出了一籌，很接近老師們所強調的「意境」了。楚天在骨子裡極度地自卑，關鍵是神經質，拘謹得很。但是，這些東西在楚天的身上反而是閃閃發光的，瀰漫著冷漠的光、傲岸的光、卓爾不群的光、目中無人的光，自然也就是高人一籌的光。玉秧從來都不敢正眼看，心裡頭卻非常的崇敬，尤其是讀了櫥窗裡他的那首詩。他居然指手劃腳的、點名道姓的，對著「一一九」說「你」，這是怎樣的無忌、怎樣的狂傲、怎樣的為所欲為！還很急迫，都刻不容緩了，彷彿是招之即來。你聽聽，左手一指：「你／一一九／是火炬」，右手又一指：「你／一一九／是號角」，除了楚天，還有誰能把「你」字用得這樣豪邁、這樣脫口而出，又這樣出神入化？而什麼才叫「你是嘹亮，你是燃燒」啊？太神奇了、太不可思議了。楚天的詩歌裡頭沒有一個標點，這就更加不同尋常了。聽說，有一個老教師在這個問題上特地詢問過楚天。楚天沒有說話，歪著嘴角，冷笑了一聲，老教師的臉紅得差一點炸開來。監考的時候一直想抓楚天一個作弊，給他一個警告處分。可是楚天的學習哪裡還需要作弊？除了體育，門門好。楚天幾乎是師範學校的風景了，永遠是獨來獨往，誰也不搭理，他的眼睛裡從來就沒有任何人。即使見到錢主任，楚天也昂著頭，走他的路。玉秧親眼見過的。但是，就是這樣的一個人，著名的楚天、桀驁不馴的楚天，居然開口和玉秧說話了，主動地和玉秧說話了。說出來都沒有人敢信。

那是中午，玉秧站在期刊的架子面前，一手捧著《詩刊》，一手挖著鼻孔。楚天其實就站在她的身邊，看著玉秧了，神情還相當專注。玉秧一抬頭，手裡的《詩刊》已經掉在了地上。楚天彎下腰去，替玉秧把刊物撿起來，遞到玉秧的手上。楚天的表情十分地親切，一點都沒有居高臨下的意味，笑著，說：「喜歡詩？」玉秧不敢相信楚天是在和自己說話，回頭看了兩眼，沒人。玉秧連忙點了點頭，楚天又笑了笑，他的牙有些偏黃，也不齊，可是，這一刻已經光芒四射了。玉秧想捋頭髮，來不及了，楚天已經飄然而去了。直到楚天的背影完全消失在大門的外面，玉秧才意識到自己的臉上已經燒得不成樣子，而心臟更是添亂，不講理地跳。關它什麼事呢！玉秧站在原地，回味剛才的細節，「喜歡詩？」一遍又一遍。回到了座位上，玉秧的神還在外頭飛。她拿起了圓珠筆，一點都不知道在自己的筆記本上寫了什麼：

喜歡詩
是的
喜歡詩
是的
喜歡詩
是的
喜歡詩
是的
喜歡詩
是的喜歡

喜歡詩
是的　是的　我喜歡

玉秧望著自己的筆記本，我的天，這不就是詩嗎？這不是詩又是什麼？她傷心地發現，自己已經是一個詩人了。因為意外的驚喜，她玉秧都已經是一個詩人了！玉秧面無表情，呆在座位上，但內心蕩漾的全是風。玉秧在心裡說：

你——楚天／是火炬／／你——楚天／是號角／／你是嘹亮／你是燃燒

玉秧回過神來，把自己結結實實地嚇了一大跳，一動不動。但風在枝頭，已近乎狂野。

一旦認識了誰，你就會不停地遇上誰。玉秧和楚天就是這樣。他們總是碰到，老是碰到，有時候是食堂，有時候換成了操場，圖書館就更不用說了，更多的時候還是在路上。雖說這一切都是偶然的，但在玉秧的這一頭，因為不停地遇見，慢慢地就有了感人肺腑的一面了。成了祕密，很深地藏在心底。這個年紀的女孩子全都是儲藏祕密的好手，她們把祕密碼得十分地整齊，分門別類，藏在一個祕不宣人的角落裡頭，還帶上了心有靈犀的溫馨，就好像你中有我、我中有你。校園裡的空間突然變得濃縮起來，小小的，好像只有楚天和玉秧兩個。校園生活從此便有了袖珍的一面，可以把玩的色彩。比方說，玉秧走路走得好好的，突然有了預感：會遇上楚天的吧？一拐彎，或者一回頭，楚天果然就在她的跟前。最極端的例子也有，有一次玉秧在宿舍裡頭，好好的，心裡又亂了，突然想出去走走。目的不言而喻了。剛下樓，走了十來步，遇上了。雖然楚天並沒有看她，但是玉秧還是差一點被自己擊垮了。是的，是擊垮了，可以說催人淚下。玉秧認定了老天爺其實站在她的這一邊，暗地裡幫了她，要不然哪裡會有這樣的巧？楚天不看她，肯定是故意的。反過來說明了楚天的心思，他的心裡裝著她。玉秧知道自己並不出眾，可楚天是詩人，詩人的眼光總是獨特的，難以用平常的目光去衡量。玉秧想，楚天這樣對待自己，只能說明人家不俗。

每一次見面都可以用「幸福」去形容。事實上也是，那是玉秧無比幸福的時刻，甚至還可以用「陶醉」去形容。不過，「陶醉」是一個無比惡毒的東西，專門和你對著幹。「陶醉」是那樣地短暫，經不起三步兩步，稍縱即逝。而不「陶醉」的時候又是那樣地漫長，毫無邊際。你會格外思念，像上了癮，渴望再來一次。所以，「陶醉」總是空的，它是一種糾纏、縈繞，無休無止；它伴隨著失落、傷懷，遙遙無期的等待與守候。從根本上說，陶醉其實是別樣的苦，是遲鈍的折磨。但是玉秧並沒有被挫敗，她有耐心，甚至有些高亢。玉秧的心裡到底裝了一些什麼呢？玉秧問過自己，玉秧花了很長的時間終於弄明白了，是「憐愛」。楚天的模樣，他的草雞毛一樣的頭髮、他的孤寂、他鎖著的眉頭、他走路的樣子，都那樣地引人注目，需要一個人去「憐愛」他，好好地疼著他。玉秧想，這個人只能是自己了。如果天上掉下來一塊石頭，有可能傷及楚天，玉秧一定會撲上去，用自己的身體護住楚天，擋住那塊石頭。只要楚天好好的，玉秧付出什麼樣的代價都在所不惜。這樣的心思要是能夠讓楚天知道就好了。

玉秧沒有料到自己會有這樣大的膽量，不僅輕浮，可以說下作了。膽子也太大了，怎麼敢的呢？這一天的傍晚，玉秧的眼睛一直在跟蹤楚天，楚天後來走進了圖書館。玉秧在門口徘徊了片刻，進去了。楚天已經在閱覽室的長椅上坐下來了，正在閱讀。玉秧一屁股坐在了楚天的身邊，拿出書，做出認真的樣子來。玉秧到底「閱讀」了什麼，這個問題其實已經很不重要了。重要的是，玉秧和楚天坐在一起，肩併著肩。由於是圖書館，外人一點都看不出什麼異樣來的。玉秧耷拉著眼皮，努力做出一副若無其事的模樣。但是，玉秧的臉一直紅著，這是玉秧對自己極為不滿的地方。「眼睛是心靈的窗戶」，這句廢話是誰說的？對於心中有愛的人來說，臉上的皮膚才是心靈的窗戶呢。窗戶紅彤彤的，像貼了大紅的「喜」字，還有什麼能瞞得住？瞞不住的。玉秧乾咳了一聲，楚天側過頭來。玉秧知道，楚天肯定側過頭來了。楚天的這一個側頭，頓時改變了玉秧身心的基本局面，她的心咯噔了一下，沉下去了，和著幽暗向難以言說的地方，一點一點地滑落。而身體卻有點古怪，反而輕了，往上飄。閱覽室裡的空氣稠密了起來，燈光卻是潮溼的，有了撫摸和拍打的動勢。玉秧突然想哭了。並不是悲傷，一點悲傷都沒有，就是想哭，把自己哭散了才能夠說明自己的問題。稍稍調整了一會兒，玉秧從書包裡取出了筆記本。這本硬面抄還是玉秧新買的。玉秧打開來，用工整的楷體把楚天發表在櫥窗裡的詩句寫在了第一頁上：你／一二九／是火炬／／你／一二九／是號角／／你是嘹亮／你是燃燒。寫完了，打上破折號，在破折號的後面寫上了「高洪海」這三個字。這一來「高洪海」這三個字就有了「高爾基」、「莎士比亞」或「巴爾扎克」的意思了。玉秧吃不準是「紅」還是「洪」，想了想，還是「洪」。畢竟是男生，不會是「紅」吧。把這一切都做妥當了，玉秧在筆記本的扉頁的右下角寫上了自己的姓名。想了想，又注明了八二(3)班，四一二宿舍。玉秧以為自己會慌，卻沒有，出奇地鎮靜。玉秧板著臉，把筆記本往外推了推，站起身，出去了。玉秧走出圖書館大門的時候，那一陣猛烈的心慌才擴散開來，一直擴散到手指的末梢。玉秧現在反正也管不住它了，隨它去吧。

楚天把玉秧的筆記本還給玉秧已經是兩天之後了。依然是在圖書館。楚天沒有躲躲藏藏的，直接走到玉秧的跟前，把玉秧的筆記本放在了玉秧的面前。沒有人注意到玉秧的這一邊發生了什麼。玉秧打開筆記本，上頭有楚天的親筆簽名。原來還是錯了，是「紅」，不是「洪」。玉秧慌忙閤上，心裡頭一道神祕的門卻被撞開了，湧進來許多東西，這些東西蠻不講理，眨眼的工夫已經是汪洋一片了。玉秧害怕了，緊張得近乎暈厥。我這是戀愛了，玉秧想，我這一定是戀愛了。

玉秧戀愛了。這一點玉秧有絕對的把握。這一次祕密的交流之後，在她和楚天路遇的時候，玉秧的胸口都會拎得特別地緊，而楚天也表現得極不自然，不停地甩頭髮，想把額前的頭髮甩上去。楚天的動作真是多餘了，你要甩頭髮做什麼呢？玉秧想，就是不甩頭髮，我也不會覺得你亂。我怎麼會嫌你亂呢。頭髮不亂，那還是你楚天嗎？真是沒有必要。什麼時候得到機會，一定得跟他說說。

玉秧木訥，卻並不笨，她很快把楚天日常的習慣給弄清楚了。比方說，楚天喜歡一個人在操場的跑道上溜達，每一天至少有一次，有時候是在早操過後，有時候則是在晚自修之前。這兩個時候操場上都比較空曠，沒有人，最適合詩人的獨步，最適合嚮往愛情。這一天的傍晚，玉秧終於鼓足了勇氣，離晚自修還有十二分鐘，玉秧佯裝閒逛，一個人來到操場了。操場上卻空著，沒人。玉秧四下裡張羅了幾眼，吃完了晚飯她明明看見楚天朝著操場這邊來的，怎麼說沒就沒了呢？玉秧並沒有死心，而是輕手輕腳的，繞到了水泥看台的後面。終於看見楚天了。玉秧的心裡又是一陣狂跳。楚天一個人站在草叢裡，並沒有醞釀他的詩歌，而是叉著腿，面對著一棵樹，全力以赴，對著小便。小便被楚天滋得特別高，差不多都過了楚天的頭頂了。為了讓小便達到一個全新的高度，楚天借用了屁股的力量、腳尖的力量，用力地往上拱。玉秧張開嘴，她再也沒有料到，孤寂的楚天、桀驁不馴的詩人，居然偷偷地在幹這樣的一件事，太下流了、太卑鄙了！玉秧愣在原處，不敢發出一點聲音，掉頭就走，拚了命地跑。玉秧一口氣一直跑到操場的出口處，立在那裡，回過了腦袋。楚天已經出來了，他似乎已經意識到自己的下流舉動被玉秧看到了，像一根木樁，傻乎乎地釘在跑道上。玉秧和楚天都看不見對方的眼睛，但是，玉秧知道，他們一定在對視。詩人完美的形象坍塌了，玉秧的心慢慢地碎了。傍晚的顏色堆積在他們中間，暮色越來越重，他們的身影越來越模糊、越來越遙遠。玉秧扶著出口處的大鐵門，用力地喘息，眼眶裡貯滿了翻捲的淚。

玉秧失戀了。不過，玉秧的失戀並沒有妨礙八二(3)班在「一二九」歌詠比賽上的出色發揮。八二(3)班在這一次歌詠比賽中的表現相當地出色，可以用揚眉吐氣來形容。拿到了第一名還是次要的，關鍵是，同學們之間空前地團結，表現出前所未有的凝聚力，形成了一個特別能戰鬥的集體。他們在班主任老師一元化的領導下，相互配合、相互支持，開創了一個良好的班風。這一切和王玉秧當然沒有什麼關係了，但是，從某種意義上說，關係反而更加地密切了。輪到八二(3)班演出的時候，八二(3)班的同學站了起來，離開了座位。八二(3)班的位置空下來了，空蕩蕩的，只留下了兩個人。一個是孫堅強，一個是王玉秧。這樣的場面玉秧始料不及。就說孫堅強吧，平時的臉皮是多麼地厚，這一刻也不行了。脖子軟了，一直耷拉著腦袋，耳朵都紅了。八二(3)班演唱的時候，玉秧只抬過一次頭，除了孫堅強通紅的耳朵，什麼也沒有看見。玉秧的頭再也抬不起來了。全校的同學一定都看到了，楚天肯定也看見了，她王玉秧連紀念「一二九」的資格都沒有。簡直就是示眾，太現眼了。玉秧把她的腦袋夾在兩隻膝蓋的中間，不停地用指甲在地上畫。畫了什麼呢？玉秧不知道，大概是想在地上挖一個洞，好讓自己跳下去，再用土埋起來。玉秧一直想哭，但是不敢，好在還是忍住了。要是在這樣的場面、這樣的場合落下眼淚，那個臉不知道要丟多大，還不知道班主任會怎樣想。

趙姍姍風風火火的，很忙。她的妝已經化好了，一雙眼睛忽閃忽閃的，漂亮得不知道該怎麼說才好。龐鳳華遠遠地望著她，顯得格外地緊張。趙姍姍突然走到龐鳳華的面前，主動要求替龐鳳華把她的眉毛再加長一些。龐鳳華不敢相信，她趙姍姍的眼睛裡什麼時候有過自己的呢？然而，這是真的，趙姍姍的手已經把龐鳳華的下巴托起來了。趙姍姍把龐鳳華的眉毛一直勾到太陽穴的那邊去，脣線也動過了，小了一些，露出了格外鮮明的脣型，而眼影的顏色也改變了。趙姍姍拿出小鏡子，龐鳳華在小鏡子裡頭一下子就脫落出來了。趙姍姍說：「死丫頭，漂亮死了。」龐鳳華瞥了一眼遠處，班主任正全神貫注地看著這邊。龐鳳華到底還是自卑，仰著臉，說：「趙姍姍，我們鄉下人就是土氣哈。」趙姍姍用她的指關節搗了搗龐鳳華的腦袋，把龐鳳華的腦袋都弄疼了，就好像出手不重就不能說明下面要說的問題。趙姍姍認真地說：「妳怎麼是鄉下人？妳身上的哪一點是鄉下人的樣子？妳看看妳，氣質多好。」這句話進了龐鳳華的耳朵、進了龐鳳華的心，很動人。「鄉下人」一直是龐鳳華的一塊心病，現在好了，最權威的說法其實已經產生了。龐鳳華一激動，一心想著要加倍地報答趙姍姍。龐鳳華剛想說些什麼，趙姍姍關照說：「待會兒演出，妳可不要等著我對妳點頭，妳要先示意我，知道吧，妳是指揮，知道吧？」龐鳳華對著趙姍姍看了老半天，突然一陣難過，一把抱緊了趙姍姍的腰，說：「姍姍，我一直嫉妒妳，真的，我保證，以後不這樣了。我們以後做姐妹。」趙姍姍知道龐鳳華說的是真心話，人一激動說出來的話就難免犯賤。可趙姍姍聽在耳朵裡卻格外地彆扭。她龐鳳華也真是會誇自己，居然好意思做我趙姍姍的姐妹，也太抬舉她自己了，這是哪兒對哪兒。趙姍姍回過頭，遠遠地看見班主任正在看自己。這一次不是自己，而是班主任把目光讓開了。趙姍姍回過頭，拉起龐鳳華的手，說：「到我們了。」龐鳳華卻走神了，愣在那裡，相信自己和趙姍姍的友誼這一次是加深了、鞏固了，已經產生了一個質的飛躍，完全可以和她們處到一塊兒去了。

八二(3)班不是小勝，而是大勝，總分高出第二名一大截子。獎狀是趙姍姍上去領的，班主任親自走到趙姍姍的面前，用他的下巴示意了趙姍姍。班主任還帶頭給她鼓了掌。除了孫堅強和王玉秧，八二(3)班洋溢著一種節日才有的氣氛。好在誰也沒有想起他們，自己高興還來不及呢，想他們做什麼？班主任嘴上沒有說什麼，表情上也沒有流露什麼，不過，他的心情同學們都可以想見，又不是孩子了。趁著好心情，當天晚上趙姍姍就把龐鳳華拖到班主任的宿舍去了。龐鳳華不肯。要不是趙姍姍硬拖，龐鳳華絕對不會去。趙姍姍和龐鳳華手拉手，並排站在班主任的宿舍門口。龐鳳華的頭上戴著一個新式的紅髮卡，趙姍姍送給她的。班主任很高興，似乎知道她們會來，特別預備了梅子，請趙姍姍和龐鳳華的客。班主任說：「妳們立了大功。」趙姍姍不好意思地笑了，一直和龐鳳華並排坐在班主任的床上，手拉著手。班主任點了根菸，他抽菸的動作並不熟練，有些生，看起來反而咋咋呼呼的，有些誇張了。然而，並不妨礙他的談笑風生。這個晚上，他的話非常多，幾乎是一個人在說，沒有朦朧詩的風格，質樸、家常，每一句都能聽得懂。就這麼說了五、六分鐘的話，趙姍姍似乎想起了什麼要緊的事情，突然站了起來了，想離開。龐鳳華也只好跟著站起來，做好了一起走的樣子。趙姍姍說：「妳坐妳的——我怎麼忘了，人家還等我呢。」口氣相當地自責。龐鳳華一定要跟著走，而趙姍姍則堅決不讓。最終還是龐鳳華讓步了，再這麼堅持下去，反倒顯得故意了。龐鳳華留了下來，宿舍裡頓時安靜了。龐鳳華自言自語地說：「看不出來，趙姍姍其實滿熱心了。」班主任想了一會兒，接過龐鳳華的話說：「是啊，趙姍姍同學最近的表現的確不錯。」

兩個人就那麼坐著，都不開口，找不到合適的話。沒有話，那就要找話。這一來，宿舍裡的氣氛似乎有了幾分的緊張。當然，也不是真正的緊張，說異乎尋常也許更合適，帶上了蠢蠢欲動的意味，又帶上了不敢越雷池半步的局限性。綜合起來體會一下，還是溫暖人心的那一面占了上風。班主任不再看龐鳳華的眼睛，卻盯住了龐鳳華頭上的紅髮卡。這麼打量了幾秒鐘，兀自笑了，說：「看來妳還是喜歡紅顏色。」龐鳳華只是低著頭，十分用心地搓手。班主任說：「紅顏色其實不好。」龐鳳華卻不接班主任的目光，眨巴著眼睛說：「怎麼不好？你說這話要負責任的。」班主任的胸口笑了一下，說：「這還要負責任？負什麼責任？」龐鳳華說：「班裡的同學要是說我不好看，我就要找你。」班主任沒有想到龐鳳華能說出這樣的話，都笑出聲來了，說：「我是說紅顏色不適合妳。」「怎麼不適合我？」「確實不適合妳。」龐鳳華的口氣突然凶了，正眼盯著班主任，下巴一點一點地斜了過去，目光卻不動，脫口說：「放屁！」話一出口，龐鳳華立即把自己的嘴巴捂上了，十分地驚慌，卻意外地發現班主任並沒有生氣，反而希望龐鳳華這樣和他說話，反而更高興了，滿臉真心的笑。龐鳳華看得出來，「放屁」這個詞使班主任獲得了出乎意料的幸福。幸福讓人犯賤，班主任一臉的賤，小聲說：「妳剛才說什麼？再說一遍！」龐鳳華知道班主任的心思，膽子一下子大了，伸過脖子，對著班主任更小聲地說：「就是放屁。你放屁。」幾乎沒有聲音，只有脣形，成了獨特的耳語。班主任很迷人地笑了，十分甜蜜地說：「小心我撕妳的嘴。」

失戀真的是一場病。玉秧病得不輕，整天歪歪的，渾身上下幾乎都找不出一點力氣。八二(3)班贏得了「一二九」大合唱的冠軍，人人都歡天喜地。這種歡天喜地反過來只能讓玉秧看清了自己的渺小與卑微，是玉秧別樣的恥辱。玉秧只顧了自己的失戀和恥辱，卻把一件最為要緊的工作給耽誤了，她已經連著兩個星期不給魏向東老師遞送書面報告了。魏向東老師很生氣、很不滿意，這一點從魏老師的臉上完全可以看得出來。魏向東把玉秧喊進了總值班室，拉上了窗簾。魏老師並沒有繞彎子，一上來就給玉秧做出正確的診斷——玉秧「萎靡不振」，「思想上」一定「染上」了「不健康」的東西，希望玉秧「談談」。玉秧坐在魏老師的對面，又慚愧、又驚懼，知道自己已經給魏老師看穿了，低下頭來，一言不發。事實上，從認識楚天的第一天起，玉秧對自己一直非常地警惕，提醒過自己、告誡過自己，就是收不住，沒有有效地束縛住自己，差一點點就愛上了一個小流氓。如果不是楚天自我爆炸，如果不是楚天的流氓行徑及時暴露，後果將不堪設想。玉秧在魏向東老師的面前沉默了足足有半支菸的工夫，流下了悔恨的淚，玉秧勇敢地抬起了她的淚眼，說：「我坦白。我揭發。」

魏向東雷厲風行。十一分鐘之後，楚天，也就是高紅海，站在了魏向東的總值班室。魏向東首先讓高紅海「三靠」，即，鼻尖靠牆、肚皮靠牆、腳尖靠牆。高紅海在「三靠」的同時，伴隨著可恥的內心歷程，依照魏向東的要求，他必須利用這一段時間好好地「揭發一下」自己的問題。想，給我好好想。「三靠」了四十五分鐘，也就是說，高紅海自我「揭發」了四十五分鐘，依照魏向東的命令，他「轉過」了「身」來。魏老師打開了所有的電燈開關，同時搬來了台燈，讓台燈的光芒照射在高紅海的臉上。高紅海的鼻尖上有一團圓圓的石灰，彷彿京戲裡的三花臉。魏向東說：「想好了沒有？」高紅海沒有說話，卻尿了，一雙鞋子被他尿得滿滿的，灑得一地。魏向東說：「想好了沒有？」高紅海低聲說：「想好了。」魏向東說：「說。」不說不知道，一說嚇一跳。「詩人」的外衣被扒開之後，高紅海露出了他骯髒無比的內心世界，他居然同時「愛著」八個女生，分別是王芹、李冬梅、高紫娟、叢中笑、單霞、童貞、林愛芬、曲美喜。根據高紅海自己的交代，晚上一上床，主要是熄燈之後，高紅海就開始「想她們」了，「一個一個地想」。有詩為證。「妳的長髮在風中飛那是我心中的累烏黑的紛亂令我陶醉夢中一次又一次的回味我想撫摸它遠方只有妳的背妳是我的小鳥妳是我的蝴蝶啊飄潑的雨是我的淚。」——這一首詩是高紅海「獻給」李冬梅的。魏向東盯著高紅海，呼吸都粗了。但是，高紅海顯然沒有注意到魏老師的呼吸，他沉醉在自己的詩中，雙眼迷茫，越發來勁了。又舉了曲美喜的例子：「我在彷徨哦我在彷徨在遠方妳是夢的新娘我想一點一點靠近妳卻躲藏妳卻躲藏。」高紅海一首接一首背誦，有了自得其樂的勁頭，一點都沒有發現魏向東的表情是多麼的危險。魏向東盯著他，越聽越憤怒，突然一拍桌子，高聲吼叫道：「不許押韻！好好說話！不許押韻！」高紅海的兩隻肩頭十分疾速地低聳了起來，嘴裡停止了。兩隻肩頭慢慢放開了，痴痴地望著魏向東，不說話了。

高紅海在第二天的上午做了一件驚天動地的事。在他的文選課上，文選老師正在講授蘇東坡的《念奴嬌・赤壁懷古》。文選老師五十開外了，操著一口南方口音的普通話，「N」、「L」不分，「ZH、CH、SH」和「Z、C、S」不分。他的嗓子十分地尖細，但是激越，這一來尖細就變成了尖銳，有一種直衝霄漢的氣概，還有一種自我陶醉的況味。而他的兩隻眼睛在眼鏡的鏡片後面也發出了灼熱的光。為了講解「小喬初嫁了，雄姿英發」，老師開始了引徵，自然要涉及「東風不予周郎便」。老師轉過身去，特地做了板書，寫下了「銅雀春深鎖二喬」。這個時候，高紅海站起了身子，嚴厲地指出：「不許押韻！」文選老師回過頭，很小心地問：「你說什麼？」高紅海居然拍桌子了，「咚」地就是一下。高紅海扯著嗓子說：「不許押韻！」口氣極其威嚴，可以說氣吞山河。文選老師顯然是受到了意外的一擊，他望著高紅海，摁住脾氣，耐心地說：「楚天同志，你是寫新詩的，新詩可以不押韻，不過舊體詩必須這樣，這不是許不許的問題，詞牌和格律要求這樣，知道吧。只能這樣。」高紅海很憤怒，格外固執地堅持：「不許押韻！」這不是不講理嗎？這不是胡攪蠻纏嗎？老師怔在哪兒，滿心的委屈。下課的鈴聲恰好響了。老師把所有的委屈全部宣洩到了「下課」這兩個字上，夾起講義就走。可是，高紅海卻不依不饒，他盯上了文選老師，反反覆覆地對著文選老師下達他的命令：「不許押韻！」文選老師這一次沒有再忍，爆發了。他精瘦的右手一把抓住了高紅海，抓住了就拖，一直拖到教務處。文選老師對著教務主任大聲說：「是蘇東坡押的韻！又不是我！我怎麼能不押韻？豈不怪哉嘛！」很激動。教務主任不知道事情的來龍和去脈，聽不懂，滿臉都是霧，平靜地說：「怎麼回事？」文選老師越發激動，臉也紫了，「課不好，你有意見，可以提，不能以這種方式！是蘇東坡押的韻，我再說一遍，不是我！」教務主任依然一臉的茫然，迷惘的雙眼不停地打量文選老師與楚天。這時候校長過來了。文選老師拉過校長，嗓子更尖銳了：「課不好，他可以提，不能以這種方式！」圍過來的人越來越多，有老師，也有同學。校長一抬下巴，說：「好好說。怎麼回事？」文選老師拽過高紅海，把高紅海一直拽到校長的跟前：「你讓他自己說！」高紅海的銳氣已經去了大半，可是，嘴還在犟。

文選老師自語說：「豈有此理！」

高紅海立即精神了：「不許押韻！」

「豈有此理!!」

「不許押韻!!」

「豈有此理!!」

「不許押韻!!」

文選老師開始抖了。說不出話來。「你神——經——病！」他丟下這句話，掉過頭就走。

文選老師的話多多少少還是提醒了校長。校長望著高紅海，弓下腰，一手背在腰後，另一隻手很親切地伸了出去，想用手背摸一摸高紅海的前額。高紅海十分傲慢地把校長的右手撥開了，一臉的愁容、一臉的憂鬱。高紅海慢悠悠地說：「五根指頭／說穿了是一隻手／當你攥成拳頭／我是多麼地憂愁……」校長想緩和一下氣氛，笑著說：「你這不是又押韻了嗎？」

「不許押韻!!!」

校長回過頭去，把嘴巴套到了辦公室主任的耳邊，小聲說：「打個電話，叫一輛救護車來。」

救護車開進師範學校的時候，高紅海企圖逃跑，不過，顯然沒有成功。校衛隊的五個男同學一起衝刺，立即把高紅海揪住了。高紅海的掙扎極其劇烈，還伴隨著怒吼。但是，高紅海的一切相當徒勞，校衛隊的男生立即就把他制伏了，把他摁在了地上。身披白大褂的醫生走了上來，十分利索地給了高紅海一針。這一針的效果無比地奇妙，所有的老師和同學都看到了這個生動有趣的畫面，那些晶瑩的液體很會做工作，不聲不響，硬是把高紅海的工作慢慢做通了。高紅海眼看著軟了下去，肚子還挺了幾下，不過幅度越來越小，絕對是最後的掙扎，最後安穩了。而他的目光也變得遲鈍，視而不見的樣子，像岸邊上躺著的魚。嘴巴無力地張著，流出了長長的哈喇子。同學們堅信，從那一刻起，楚天永遠也不可能是楚天了，他只能是高紅海了。

高紅海被救護車拖走的當晚，玉秧做了一回賊，真的偷了一回東西。晚上九點二十八分，宿舍的燈就快要熄了，玉秧悄悄溜進了食堂。這個時間是玉秧精確推算過的，早一點或晚一點都不行。她貓著腰，心臟緊張得就差跳出來了。但是，玉秧控制住自己，躡手躡腳地走到了男生放碗的架子面前。她前後左右看了幾眼，又靜下心來聽了一會兒，四周沒有動靜，終於打開了她的手電。她在找，一排又一排地找。楚天的搪瓷飯碗到底被玉秧找到了。搪瓷飯碗上有三個醬紅色的英文字母，「ＣＨＴ」，那是「楚天」的漢語拼音的縮寫。這三個字母玉秧已經爛熟於心了，她都不知道偷看過多少遍了。現在，它就在玉秧的面前，從來沒有這樣近過。玉秧把她的右手伸出去，拿出了楚天的不鏽鋼鋼勺。玉秧把楚天的勺子裝進了口袋，掐了手電，掉頭就跑。玉秧在快要出門的時刻撞到了飯桌上。是膝蓋，碰上骨頭了，鑽心地疼。可是玉秧不敢停留，火速撤出了現場。幾乎在熄燈的同時，衝進了女生的宿舍樓。玉秧走進四一二宿舍，一進門宿舍裡的交談就立刻停止了。玉秧沒有用水，上了床，放下了蚊帳。玉秧從口袋裡掏出不鏽鋼鋼勺，在黑暗中猶豫了一會兒，突然放進了嘴裡。她的舌頭體會到了不鏽鋼的冰涼，一直涼到身體隱祕的最深處，還有不鏽鋼的硬、不鏽鋼光滑的弧度。玉秧的淚水立即湧出來了，熱燙燙的。同時熱燙燙的還有玉秧的膝蓋，那裡的傷口一定在流血。玉秧把棉被一直裹到頭頂，趴在了枕頭上。她在哽咽。她的哽咽帶動了床架，床都一起晃動了。上床的孔招弟說：「玉秧，一個人偷偷笑什麼呢？說給我們聽聽噻。」

在工作之餘，魏向東老師最熱愛的事情當然還是和女教師們說笑。和女教師們調笑，幾乎成了魏向東的業餘愛好了。誰也沒有想到，魏向東的那張嘴還真的惹出麻煩來了。所謂言多必失，真的是這樣。化學組的女教師祁蓮涓結婚兩年了，從來沒有到魏向東這裡領取過「工具」，可是，肚子到現在也沒有能夠挺起來。魏向東到底葷慣了，這一天嘴一滑，居然拿祁老師開起了玩笑。祁老師滿開朗的一個人，這一天不行了，和魏向東翻了臉。開玩笑的時候，其實也不是魏向東和祁老師兩個人，還有其他不少老師呢。說來說去，魏向東便把話題引到「那上頭」去了。魏向東笑著說：「祁老師，該生一個了吧，妳丈夫要是想偷懶，還有我呢——我不幫妳我幫誰？」要是換了別的女教師，早就和魏向東打成一團了，打完了，掐完了，還能進一步加深友誼，增進團結，挺好的。可是祁老師不是這樣。她的臉慢慢紅了，卻更像是突然紅了，紫脹紫脹的，顯然是臉上沒有掛得住。祁老師轉身就走，臨走之前還丟下了一句話：「別不要臉了！你是什麼東西？」幾個老師的臉上都訕訕的，魏向東的臉上也掛不住了，扯了幾句淡，散了。祁老師的丈夫是一個幹部子弟，留校的，老實得厲害，像一支粉筆，你要是摁住他，他吱吱嘎嘎地也能冒出幾個字；你要是不碰他，他就什麼動靜都沒有了。這個化學實驗室的試驗員自己沒本事，沒想到討了個老婆倒是一把好刷子，不饒人。魏向東被強嗆了一口，回到工會的辦公室，心裡老大地不快。

魏向東在總值班室裡點了一根菸，心裡的疙瘩老是解不開，耳邊不停地迴響起祁老師的那句話：「你是什麼東西！」這句話沒有什麼，但是，在魏向東的這一頭，實在是傷了魏向東了。魏向東是「什麼東西」，魏向東自己知道。他現在什麼「東西」都不是。既不是男人，也不是女人，一個標標準準的「第三種人」。這麼些年，他早就不行了。只有他和他的妻子知道，澈底不行了。從臨床上說，事態可以追溯到一九七九年的夏季。一九七九年的夏季之前，魏向東在床上一直不錯。那張床絕對是魏向東的一言堂，動不動就要在床上「搞運動」，妻子的臉被他的運動搞得相當苦。他說一聲「喂」，他的老婆就必須在床上把自己的身體鋪開來。三天兩頭的。魏向東的老婆不求別的，只是希望他少喝點，希望他在酒後能夠「輕點」。這個要求其實並不過分。魏向東不理那一套，上床不是請客吃飯，不是做文章，不是繪畫繡花，不能那樣雅致，那樣文質彬彬，那樣溫良恭儉讓。上床是暴動，是一個人推翻並壓倒另一個人的暴動。魏向東的老婆對魏向東一肚子的氣，只是不敢說罷了。「這種事」怎麼能說呢，說了還不是二百五嗎？蒼天有眼哪，魏向東倒台了。倒了台的魏向東換了一個人，而他的老婆似乎也換了一個人，她終於可以在床上勇敢地對著魏向東說「不」了。別看「職務」這個東西是虛的，有時候，它又很實在。魏向東在學校裡的地位變了，在家裡的地位慢慢也有了一些變化，相當地微妙。反正他的老婆有了重新做人的意思，有了翻身得解放的意思，眼見得就要爬到魏向東的頭上了。這種微妙的關係慢慢地又回到了床上。夫妻之間就是這樣，許多事情都是先發生在床上，最後又退回到床上。不幸的事情終於在一九七九年的那個夏天發生了。魏向東在床上失敗了一次，很少有的。這其實已經是一個危險的信號了，可是魏向東沒有往心裡去。這一次的失敗可以說開了一個極壞的頭，在接下來的幾個月裡，魏向東襠裡的東西「搗亂、失敗，再搗亂、再失敗」，直至滅亡，再也抬不起頭來了。一直到冬天，天都下雪了，魏向東才知道形勢的嚴重。襠裡的東西都已經小鳥依人了。從表面上看，魏向東這兩年的生活並沒有任何特殊的地方，雖說不當官了，日子還是好好的。骨子裡卻不是這樣。尤其是到了床上，魏向東憂心忡忡。魏向東也納悶，不是說無官一身輕的嗎？到了他的頭上，怎麼就變成無官一身軟了呢？全身都是力氣，怎麼到了「那兒」就成了死角了嗎？想不通。好在魏向東是經過風雨、見過世面的人，他在一個下雪的夜裡終於和他的老婆攤牌了，「要不，還是離了吧？」他的妻子表現得卻格外地剛烈，老婆說：「別以為我圖的就是你的那個二兩肉！」話是往好處說的，其實更傷人。它包含了這樣的一層意思：你的那個「二兩肉」我早就不指望了，早都受夠了。

但是，魏向東並沒有表現出他的沮喪。一個人越是在這樣的時候越是不能垮，要頂住，人是要有一點精神的。他比以往更樂觀、更開朗，反而比過去更喜歡和女教師們說說笑笑的，專門挑床上的話說，就好像只有這樣才能證明他「行」，沒出什麼問題。靜下心來的時候，魏向東自己也覺得累，其實沒有這個必要。不這樣，別人也不會知道什麼，反正現在也不在外面搞了。當然，想搞也搞不到了，想搞也搞不成了。既然不搞了，誰會知道？不丟人。可是，魏向東管得住自己的想法，卻管不住自己的嘴，就是喜歡在女教師的面前那樣說。雖說什麼也幹不了，說說總是好的。

沒想到還是惹了麻煩。這個小祁，怎麼這麼不懂得幽默的呢?!下次得對她說說。

祁老師的丈夫在當天的晚上敲響了魏向東的家門。一進門就殺氣騰騰，一雙眼像兔子的眼睛，都紅了。一手一只菜刀，一只大、一只小。兩隻胳膊不停地哆嗦，兩片嘴唇也不停地哆嗦。魏向東一開門就知道是什麼事了。魏向東一看見他那副熊樣心裡頭就好笑，跟我玩這一手，你他媽的還嫩，你小子居然跟我玩這一手！算是找對了人了。魏向東笑笑，說：「小杜啊，同事之間串串門，還客氣什麼，帶東西來幹什麼嘛。來來來，坐。」一手搭在小杜的肩上，把小杜請進了屋子。魏向東關上門，取下小杜手上的刀，放在茶几上，遞菸、泡茶，坐下來，蹺上二郎腿，很親切，開始說話了。魏向東的談話是從「祁老師」的工作入手的，「總體上說」，祁老師的工作還是很不錯的，同志們的「反映」也很好，大家對她是尊重的、愛護的。談完了祁老師，魏向東順便和小杜談起了師範學校的發展規劃，游泳館，還有風雨操場，都要建，而圖書館二樓的翻修工作下一個學期也要進行，一切都在向好的方向發展。社會在進步嘛，是吧。我們也要進步，不進則退，這是一條真理，任何時候都是這樣。魏向東已經好幾年不當領導了，但是，魏向東自己都覺得奇怪，說來說去，他當領導的感覺又回來了。語氣回來了、手勢回來了，關鍵是，心態也回來了。全他媽的回來了。而小杜也畢恭畢敬的。魏向東的腦子有些恍惚，嘴上卻越發地清晰、利索，業務水平原來並沒有丟，完全可以勝任處一級的領導工作。小杜的火氣一點一點消了，主要是氣勢上一點一點地架不住了，十分地配合，都開始點頭了。魏向東最後站起了身子，拽了拽上衣的前下襬，又拽了拽上衣的後下襬，把兩把菜刀拿起來，用《人民日報》包好了，遞到小杜的手上，關照說：「常來玩，下次空著手來。沒關係。」小杜還想說什麼，被魏向東微笑著阻止住了，說：「有空來玩。」

送走了小杜，魏向東一回頭就看見了老婆的臉。那是一張憤怒的臉。因為冷笑，幾乎變形了。魏向東還過神來了，「處級」的感覺一下子又飛走了。魏向東一個人點了點頭，想解釋，又不知道從何說起。魏向東說：「真的沒什麼事，下午和祁老師開了個玩笑，真的沒什麼事。」老婆只是冷笑，說：「知道沒什麼事。我還不知道麼，你別的長處沒有，作風上肯定沒問題。」這句話重了，魏向東的臉當即青了。「談美華！」魏向東呵斥說。談美華順手把臥室的門關了，說：「改不了吃屎。」

魏向東很心痛。痛恨這個叫做「談美華」的女人、痛恨這個家。但是，魏向東畢竟是魏向東，懂得並且能夠化悲痛為力量，更加努力地投身到他的工作中去了。魏向東特地為自己配置了一只加長的手電，特別重、特別亮。每天晚上九點三十分過後，魏向東就要提上他的手電，在操場、操場看台後面的灌木叢、畫室、琴房、實驗樓左側的小樹林、食堂、池塘的四周仔細偵察。一般來說，魏向東是不用打開他的手電的，在漆黑的夜空下面，魏向東雙目如炬，很少有什麼東西能夠逃出他的眼睛。更關鍵的是，魏向東練就了特別敏銳的感覺，幾乎成了本能。在更多的時候，他不是依靠耳朵、不是依靠眼睛，而是依靠先驗的預感，在毫無跡象的前提下，準確無誤地斷定出哪一處黑暗的地方有人在接吻，哪一處黑暗的地方有人在撫摸。一旦證實，魏向東手裡的手電說亮就亮，一道光柱，一道探照燈一樣雪亮的光柱，十分有力地橫在夜色的中間，像一只釘子，把可疑的東西立即釘在了地上。嚴格地說，雪白的光線更像一個喇叭、一個罩子，把可疑的東西罩住了，漆黑的一團馬上分開了，露出了原形，一男一女慌亂不堪，在高壓手電的底下纖毫畢現。

總體上說，以玉秧為代表的地下校衛隊對魏向東的工作還是配合的。就整個師範學校而言，誰和誰在偷偷地戀愛、誰和誰有了戀愛的跡象，魏向東大致上胸中有數。如果要說有什麼不如人意的地方，那就是魏向東一直沒有能夠親手抓住那些人的「出格」行為。只要抓住了，那絕對不是殺一儆百的事，絕對不是殺雞給猴看的事，而是發現一個「辦」一個，發現兩個「辦」一雙。魏向東對「戀愛」一類的事情特別地執拗，已經到了痴迷的程度。從某種意義上說，已經不是恨了，而是別樣的愛，是深入骨髓的愛。魏向東就是要「抓」，就是要「辦」，就是要把他們暴露在「光天化日」的下面。

玉秧的工作還算努力，就是工作的質量不高。從她定期的情況匯報來看，不是雞毛，就是蒜皮，沒有什麼太大的價值。這一點魏向東是不太滿意的。可是，比較下來，魏向東對玉秧反而更賞識一些。為什麼呢？主要是玉秧的情報準確，沒有太多的水分。王玉秧從來不利用手中的職權謀私利，搞打擊報復那一套。這樣的態度是好的，值得推廣，需要總結。在這個問題上，地下校衛隊的許多同學要糟糕得多。比方說，八二⑴班的張涓涓，還有八二⑷班的李俊，他們的表現相當有問題。就說張涓涓吧，和誰關係不好就打誰的報告，大部分還都是假的，絕對是以權謀私了。最讓魏向東惱火的還是張涓涓的假報告，她揭發班裡的同學談戀愛的事，報告裡寫得有鼻子有眼的，說某某和某某某「每天晚上都要躲到小樹林裡去。一去就是十幾分鐘」，魏向東特地在小樹林裡守了兩次，結果撲了兩次空。原來是張涓涓和那位女同學發生了口角，為了報復人家，張涓涓就來了這一招。這怎麼行？魏向東專門把張涓涓找到了總值班室。張涓涓並不認錯，還犟，堅持她反映的情況是「真實」的，魏老師撲空，是魏老師「不巧」，沒趕上。魏向東第一次對地下校衛隊的隊員發了脾氣，差一點就給了她一耳光。張涓涓眼眶紅紅的，掉了幾滴眼淚。她還委屈了還。

比較下來，王玉秧這孩子不錯。本分還是次要的，魏向東發現，王玉秧其實有非常好玩的一面、非常可愛的一面。魏向東一直以為王玉秧只是一個老老實實的榆木疙瘩，其實不是，調皮起來也滿厲害。挺活潑，特別能瘋，只是膽子小一些罷了。魏向東第一次發現玉秧的頑皮是在圖書館的後面，是一個傍晚。玉秧正在逗弄高老師家的哈巴狗。哈巴狗毛茸茸的、肉乎乎的，腿很短，又不能跳。可是玉秧有玉秧的辦法，她把自己的指頭伸到哈巴狗的嘴裡，一拎，又一拎，自己還一蹦多高，又一蹦多高。哈巴狗顯然被玉秧調動起來了，為了咬到玉秧的指頭，牠的前腿騰空了，站了起來，樣子可憨了，像一個稚拙的乖孩子。而哈巴狗的舌頭舔到玉秧指尖的時候，玉秧都要尖叫一聲，極其地誇張、極其地振奮，旁若無人。事實上，旁邊也的確沒有人。玉秧一次又一次地重複，哈巴狗也一次又一次地重複，誰也不覺得單調。玉秧和這條狗一定玩了很長的時間了，她的冬衣都脫了，只穿了一件很薄的線衣。線衣小了，裹在玉秧的身上，看上去很緊繃。這一來，顯露出來的反而不是衣服的小，而是玉秧的豐滿、玉秧的健康、玉秧的活力。別看玉秧的個頭不大，發育得卻特別的好，胸脯上的那兩塊鼓在那兒，還一抖一抖的，又俏皮、又聽話，愣頭愣腦的樣子，不知好歹的樣子。而玉秧額前的瀏海也被汗水打溼了，貼在了腦門子上。這就是說，玉秧腦門子上的弧線也充分顯示出來了，很飽滿、很光亮，彎彎的，像半個月亮。魏向東無聲地走到玉秧的身後，背了手，瞇起眼睛，十分慈祥地望著玉秧，是一種親切的關注。玉秧一點都沒有意識到，還在拎，還在蹦，還在叫。玉秧的膽子終於大了，她居然把她的手指放到哈巴狗的嘴裡去了。魏向東看在眼裡，突然說：「小心咬著。」玉秧其實是被魏向東嚇著了，一個激靈，抽出手，手指頭反而被哈巴狗的牙齒劃了，出血了。玉秧顧不得傷口，轉過身，做出立正的姿勢，老老實實地站在魏向東的面前，臉膛紅紅的，很侷促、很緊張，眼珠子卻格外地亮，都不知道往哪裡放。魏向東責怪說：「妳看看妳。」口氣裡頭其實是疼愛了。上來抓住玉秧的手，看了看，往醫務室的方向去。哈巴狗顯然不想放棄玉秧，一路小碎步，線團一樣跟了上來。魏向東回頭便給了哈巴狗一腳，哈巴狗在空中翻了兩個跟頭，在空中還轉體了三百六十度，這才落地了，尖叫了幾聲，扭動著腰和屁股，走了。魏向東在醫務室裡夾起了酒精棉球，對玉秧說：「忍著點，會疼的。」玉秧望著魏向東，有些不知所措，只能由著他了。魏向東的嘴裡不停地倒抽冷氣，就好像每一下不是疼在玉秧的身上，而是疼到了魏向東的心坎上、疼在魏向東的嘴裡。處理好玉秧的傷口，魏向東朝著窗外瞄了一眼，突然伸出手來，對著玉秧的屁股就是一巴掌，很重。嘴裡說：「聽話，下次別再和狗玩了。」魏向東自語說，「真是個呆丫頭了。」聽他的口氣，已經是玉秧的父親了，至少也是一個叔叔，還是親的。都像是王家莊的人了。魏向東的這兩句話給了玉秧十分深刻的印象，心頭由不得就是一陣感動。「聽話，下次別再和狗玩了，」「真是個呆丫頭。」

臨近寒假，「呆丫頭」居然出了大事了——懷孕了。玉秧還蒙在鼓裡呢，一點都不知道。要不是魏向東把玉秧喊到校衛隊的值班室，親口告訴了玉秧，玉秧八輩子也無從知曉。一走進值班室的大門，玉秧就感到不對了。最近的一段時間，魏向東對待玉秧的神情一直非常地和藹，從來沒有板過面孔；他的魚尾紋在遇上玉秧之後特別像光芒，晒得玉秧暖洋洋的。但是，魏老師的臉說拉就拉下了，表情分外地嚴峻。魏老師正坐在椅子上，用下巴示意玉秧把門關上，再用下巴示意玉秧「坐」。玉秧只能坐下來，內心充滿了忐忑。好在玉秧知道魏老師喜歡自己，並不害怕。玉秧以為忘記了匯報什麼要緊的事了，小心地說：「學校裡出什麼事了吧？」魏向東沒有繞圈子，直截了當，說：「是妳出事了。」玉秧愣頭愣腦地說：「我沒有，我好好的。」魏向東一把拍在了桌子上，同時拍下來的還有一封信。魏向東說：「有同學揭發妳，說妳談戀愛懷孕了。」玉秧張著嘴，傻了半天，才把魏老師的話聽明白了，一明白就差一點背過氣去。玉秧說：「誰說的？」魏向東平靜地說：「我要查。」談話在這個時候出現了僵局。學校裡的高音喇叭正在播放李谷一演唱的《邊疆的泉水清又純》，聲音很遠，又很近。李谷一用的是「氣聲」，聽上去有點像嘆息，又有點像哮喘。因為抒情，所以筋疲力盡。李谷一的演唱使得值班室裡氣氛異常了，歌聲反而更渺茫、更清晰了。魏向東說：「我們可以到醫院去，或者我親自來。」玉秧低下頭，腦袋裡卻飛一般地快。想來想去，還是讓魏老師檢查比較好。魏老師對自己不錯，絕對不會冤枉一個好人。玉秧小心地放下窗簾，十分勇敢地走到了魏向東的跟前。魏老師坐在椅子上，身子已經側過來了，兩條大腿叉得很開，像一個港灣，在那裡等。不過，事到臨頭玉秧還是猶豫了，她緊緊地抓住自己的褲帶子，手上做不出。魏向東老師倒完全是一副公事公辦的樣子，和玉秧商量說：「要不，我們還是到醫院去。」聽了這話，玉秧反而堅決了。全身的血都湧到了臉上。真金不怕火煉，身正不怕影斜，查就查。玉秧她解開了褲子，把褲帶子繞在了脖子上，站在了魏老師兩腿的中間。魏向東把手摁在了王玉秧的腹部，很緩慢地撫摸。玉秧感覺出來了，魏老師的手遵循的是科學的方法和實事求是的精神。玉秧對自己有把握，什麼也不怕。

玉秧是清白的，這一點毫無疑問。為了不放過一個壞人，同時不冤枉一個好人，魏向東的檢查可以說全心全意、全力以赴了，極其仔細。魏向東累得一頭的汗，都喘息了。好在最後的結果令玉秧澈底鬆了一口氣，魏向東拍了拍玉秧的屁股蛋子，說：「好樣的。」玉秧還有點不放心，魏老師說：「好樣的。」玉秧這才放心了。站在那兒，這會兒反而想哭了。還有什麼比組織上的信任更令人欣慰的呢。玉秧一邊繫，一邊想，這封可恥的誣告信到底是誰寫的呢？如果不是遇上魏老師，後果幾乎是不堪設想了。雖說魏老師的下手有些重，非常疼，可是，忍過去了，還是值得。她像阿加莎•克里斯蒂那樣，開始了分析，推理，判斷，把班裡的每一個人都想到了，每一個人都是可能的，不論男女。但是，到底是誰？就是不能確定。玉秧默默地發誓，一定要找到，一定要讓這個可恥的傢伙水落石出。

檢查的結果玉秧是一個贏家。但是，真正的贏家不是玉秧，而是魏向東。魏向東有了意想不到的收穫。在他摁著玉秧的腹部反覆搓揉的時候，魏向東吃驚地發現，身體的某些部位重新注入了力量，復活了。又有了戰勝一切困難的能力與勇氣。蒼天有眼，皇天不負有心人哪。魏向東滿心喜悅，晚上一上床便向他的老婆逞能。還是不行。明明行的，怎麼又不行了呢？襠裡的東西沒有任何感染力，死皮賴臉，再一次背叛了自己，分裂了自己。悲劇，悲劇啊！魏向東把他的雙手托在腦後，有了深入骨髓的沮喪，鑽心的痛。滿腦子都是玉秧。恍惚了。從此對玉秧開始了牽掛。

寒假其實也就是二十來天。然而，因為牽掛，這二十來天對於魏向東來說是如此地漫長，可以說綿綿無期了。魏向東提不起精神，從頭蔫到腳，整個人既不是男人，也不是女人，真真正正地成了「第三種人」。學校裡空空蕩蕩，看上去都有點淒涼了。看不見玉秧也就罷了，關鍵是沒有人向他匯報，沒有人向他揭發，沒有人可以讓他管，沒有工作可以讓他「抓」，生活一下子就失去了目標。實在是難以為繼。最讓魏向東鬱悶的還是寒假裡的鬼天氣，老天連著下了幾天的雪，雪積壓在大地上，一直沒有化掉。雪是一個壞東西。積雪的反光讓魏向東有一種說不出的沮喪。反光使黑夜變得白花花的，夜色如晝，一切都盡收眼底。沒有了祕密，沒有了隱含性，沒有了暗示性。就連平時陰森森的小樹林都公開了，透明了。魏向東提著手電，一個人在雪地裡閒逛，寡味得很。沒有漆黑的角落，沒有人偷雞摸狗，黑夜比白天還要無聊。魏向東深深地嘆了一口氣，只能回去。

寒假一過，學校重新熱鬧起來了。幾乎所有的同學都胖了。男同學胖了，女同學們胖得更厲害。每一個女同學的臉都大了一號，紅撲撲，粉嘟嘟的。有經驗的老師一看就看出來了，那是吃出來的胖，睡出來的胖，浮在臉上，有一種臨時性。用不了幾天還會退下去。人胖了，膚色好了，健康了，看上去自然就要比過去漂亮。當她們重新瘦下去的時候，她們就再也不是過去的黃毛丫頭了，回不去了。都說女大十八變，沒錯的。要是細說起來，這一次也許就是第十六變，或者說第十七變，有了脫胎換骨的意思。從一個大丫頭變成了一個小女人。眼眶或舉止裡頭有了一種被稱著「氣質」的好東西。算得上是一次質變。

玉秧沒胖，反而瘦了。整個寒假她都沒有吃好，甚至也沒有睡好。腦子裡一直在放電影，盡是那些難以啟齒的畫面。玉秧總覺得她的下身裸露在外面，一隻手在她的身上，始終黏在她的身上。玉秧不想去想它，但是，那隻手總是能找到她，像影子，妳用刀都砍不斷，一有空就要伸到玉秧的身上來了，蛇一樣到處竄、到處鑽。玉秧在總值班室裡並沒有屈辱感，可是，到了寒假，回到了老家，玉秧的屈辱感反而抬頭了。玉秧不敢和任何人說，只能把它藏在心裡。不過，屈辱感是一個很奇怪的東西，妳把它藏得越深，它的牙齒越是尖，咬起人來才越是疼。

屈辱感給玉秧帶來的不只是疼痛，更多的還是憤怒。她對寫誣告信的人不是一般的恨了。玉秧絞盡腦汁，她在查。二十多天裡頭，最讓玉秧耗神的就要數這件事了。玉秧依靠邏輯和想像力，一心要找到那個誣陷她的人。玉秧特地做了一個八二(3)班的花名冊，一旦有空，就盯著它，逐個逐個地看、逐個逐個地想，誰都像，誰都不像。好不容易確立了一個，一覺醒來，又推翻了。這個人究竟是誰呢？

這個人到底是誰呢？開學剛剛兩天，龐鳳華的狐狸尾巴終於露出來了。完全是龐鳳華的自我暴露。龐鳳華的床位是上床，她有一個習慣，如果趕上時間緊迫，或者心情特別地愉快，在她下床的時候，她的最後一步總要跳下來。這一次龐鳳華就是跳下來的，和以往不同的是，龐鳳華一下床便是一聲尖叫，躺在下鋪上直打滾。大夥兒不知道發生了什麼事，圍過去，卻沒有發現任何的異樣。玉秧以為龐鳳華的腳扭了，抱起龐鳳華的腳，一看，嚇了一跳，在龐鳳華的腳後跟上發現了兩顆圖釘。因為用力過猛，兩只圖釘早已經釘到肉裡去了。玉秧只能把龐鳳華摁住，幫她拔。圖釘是拔出來了，龐鳳華的腳後跟上卻拔出了兩個洞、拔出來兩注血。龐鳳華的臉都疼得變形了，順手就給了玉秧一個大嘴巴，說：「是妳放在我鞋裡的！就是妳放的！」這就蠻不講理了。龐鳳華這樣說真是沒有任何道理，這一個學期班裡頭要開素描課，每一個同學都發一盒圖釘，她龐鳳華自己也有，憑什麼就是玉秧放到她的鞋裡去的呢？是她自己不小心掉進鞋裡的也說不定。玉秧捂著嘴，眼淚在眼眶裡頭轉。宿舍裡沒有人說一句話，除了龐鳳華的大哭，所有的人都默不作聲。大夥兒其實是知道的，龐鳳華這樣說沒有別的意思，一定是疼急了，惱羞成怒罷了。不過，玉秧可不是這樣想的。透過淚水，玉秧終於看清了龐鳳華的狐狸尾巴。她龐鳳華憑什麼一口咬定自己？憑什麼認定了玉秧在報復她？她的心裡有鬼。一定有鬼，肯定是她了。玉秧硬是把眼眶裡的淚水忍住了，逼了回去，嘴角慢慢地翹了上去，都有點像笑了。玉秧想：好，龐鳳華，好。玉秧放下手，轉過身，一聲不響地出去了。

無緣無故地摑了人家一個大嘴巴，龐鳳華到底還是怕了。別看玉秧老實，到上面去告自己一個刁狀，那也是說不定的。一想起玉秧的那股子眼神、那股子冷笑，龐鳳華老大的不放心。當天晚上，龐鳳華一瘸一拐的，找到了班主任，一見面就哭了。班主任認認真真地聽著龐鳳華說完了，嘆了一口氣，臉上是痛心疾首的樣子，說：「都怪我，怎麼把妳慣成這樣。」班主任說：「妳怎麼能這樣呢？」談話從一開始就陷入了僵局了。兩個人誰都不說話，屋子裡靜悄悄的，只有日光燈的鎮流器在不知好歹地亂響。龐鳳華低著腦袋，不停地摳指甲。班主任到底心疼龐鳳華，她那樣地傷心，那樣不停地流淚，也不是事。班主任把龐鳳華的手拿過來，正反看了看，笑著說：「看不出，還滿厲害。」這一來，龐鳳華的淚水才算止住了。龐鳳華後退了一步，把手抽回去，放到了身後，很慚愧地咬住了下嘴唇，身體在很不安地搖晃。班主任板起臉，嚴肅地說：「下不為例。下次可不能這樣了——要不，我打妳一嘴巴看看。」班主任一邊說，一邊還揚起了巴掌。沒想到龐鳳華卻抬起頭來了，往前跨了一步，歪著腦袋，把臉一直送到班主任的面前，輕聲說：「你打。」這樣的場景班主任沒有料到，手還在空中，人已經失措了。「打。」一雙眼睛近在咫尺，那麼近，就那麼看著。「不敢了吧？還是沒膽子了吧？」班主任的胳膊一點一點地降下了，只降了一半，人卻僵住了，像一座雕塑。而龐鳳華也僵住了，成了另一座雕塑。這樣的場景完全是一次意外，卻折磨人了，兩個人都渴望著「下一步」，可兩個人誰也不知道下一步該是什麼。他們聽到了喘息聲，毫無緣由地洶湧澎湃，臉上全是對方的鼻息，像馬的吐嚕。最意外的一幕到底出現了，班主任突然抱住了龐鳳華，攔腰將龐鳳華摟在了胸前，十分地孟浪，卻反而順理成章了。他的嘴脣準確無誤地落在了龐鳳華的嘴脣上。龐鳳華一個踉蹌，還沒有明白過來，就已經什麼都明白了。兩個人都沒有吻的經驗，由於是第一次，所以格外地笨、格外地倉促，惡狠狠地撞擊了一下。其實這個吻根本不能說是一個吻，因為極度的恐懼，極度地渴望試探，匆匆又分開了。但是，這「一下」對雙方來說都是致命的一擊，雖然恐懼、到底沒有能夠止住，到底正式地開始了。吻了。妥當極了，黏在了一處，撕都撕不開。這個吻還沒有吻完，班主任就已經流下了滿臉的淚，而龐鳳華幾乎是不省人事。「我活不成了。」班主任說，班主任到底把悶在心裡的話捅出去了。一股悲傷湧進了龐鳳華的心房。龐鳳華軟了，閉上了眼睛，說：「帶上我，一起死。」

窗戶紙給捅開了。班主任和龐鳳華的這道窗戶紙到底給捅開了。這是怎樣的貼心貼肺。他們原來是愛，一直在愛，偷偷摸摸的，藏在心底、鑽心刺骨的愛。然而現在，對他們來說，最最要緊的事情反而不再是愛，反而不是愛的表達，而是別的。需要他們共同面對、共同對付的，首先是這樣的一件事：他們的事情，絕對不能夠「敗露」。只有不「敗露」，才有所謂的未來，才有所謂的希望。一旦敗露，後果絕對是不堪設想的。這麼一想，兩個人都不敢再動了，越看越覺得對方陌生。不敢看、不敢相信，緊張得氣都喘不過來。就好像身邊有無數顆雷，稍不留神，就是「轟」的一聲巨響。班主任喘著氣，仔細諦聽過窗外，傷心地說：「——妳懂嗎？」龐鳳華瞪著一雙淚眼，點了點頭。她這個當學生的怎麼能夠不「懂」呢？班主任還是不放心說：「——妳告訴我，懂嗎？」龐鳳華失聲慟哭，說：「懂的。」

愛是重要的。但是，有時候，掩藏愛、躲避愛，繞開別人的耳目，才是最最重要的。班主任和龐鳳華約定，不再見面了，一切等龐鳳華「畢業了」再說。他們摟抱在一起，表達愛的方式開始古怪了，成了發誓。兩個人都發誓說不再見面，重複了一遍又一遍。他們滿腦子都是幻想，幻想著龐鳳華「畢業了」的那一天。卻又不敢想。越想越覺得悲傷，太渺茫了。

誓言都是鐵骨錚錚的，誓言同樣是擲地有聲的，但是，一轉身，誓言又是多麼地可笑、多麼地一廂情願。班主任和龐鳳華共同忽略了一點，人在戀愛的時刻是多麼地身不由己。身不由己，是身不由己啊！快出人命了。恨不得天天見，恨不得分分秒秒都廝守在一塊。他們不停地約會、不停地流淚，不停地重複他們的誓言，似乎每一次見面都不是因為思戀，而是溫習和鞏固他們的誓言。「這是最後的一次了，絕對是最後的一次了」。但是沒有用。兩個人都快瘋了。

龐鳳華的眼睛一會兒亮，像玻璃，一會兒又黯淡無光了，像毛玻璃。一切都取決於他們能否「見面」。她儘可能地穩住自己、壓抑住自己。然而，她的反常到底沒有能夠逃脫玉秧的眼睛。從實際的情況來看，為了遮人耳目，龐鳳華真的可以說是費盡心機了。事實上，那些心機還是枉費了。玉秧知道龐鳳華的情況。甚至於，比龐鳳華自己知道得還要詳細，更為具體。王玉秧的日記本上這樣記錄龐鳳華的行蹤：

星期三：龐鳳華八點二十七分離開教室，九點十九分回宿舍。熄燈後龐鳳華在被窩裡哭。

星期六：下午四點四十二分，班主任和龐鳳華在走廊說話，匆匆分手。當晚龐鳳華沒有到食堂吃晚飯，九點三十二分回宿舍。深夜用手電筒照鏡子。

星期六：六點十分龐鳳華洗頭，六點二十六分出門，晚九點零八分回宿舍。龐鳳華的眼睛很紅，哭過的樣子。

星期一：晚自修龐鳳華頭疼，向班長請假，七點十九分離開。晚自修下課後，龐鳳華不在宿舍，九點十一分回來，興高采烈，話多。上床後，一個人小聲唱《洪湖水浪打浪》。

星期六：六點十一分龐鳳華洗頭、刷牙。六點二十五分離開。晚九點三十九分回宿舍。

星期六：六點零二分龐鳳華洗頭、刷牙。六點二十一分離開。七點班主任到宿舍檢查，在四二二宿舍門口大聲說話，沒有進來。七點零八分班主任離開。龐鳳華九點四十一分回宿舍。

星期天：上午龐鳳華對著鏡子發呆。龐鳳華的脖子上有傷。傷口是橢圓形的，從形狀看，像是被人咬了。龐鳳華照鏡子的時候自言自語：「倒楣，脖子讓樹枝剮了。」龐鳳華在說謊，樹枝剮的傷口不是那樣。

當然，日記本子上沒有龐鳳華的名字，只有一個英語字母：P。這個「P」現在就是龐鳳華了。別看這個「P」現在神神叨叨的，時間長了，絕對落不到什麼好。怎麼會有好呢？不會有什麼好的。玉秧不只是記錄，重要的是玉秧會分析。從邏輯上看，對照一下日記本上的時刻表，結論就水落石出了。龐鳳華一定是戀愛了。一到星期六，把自己打掃得那麼乾淨，甚至連牙齒都打掃了，不是出去談戀愛還能是什麼？這是一。二，和龐鳳華談戀愛的人雖說還躲在暗處，但在玉秧看來，班主任的可能性非常大；別的不說，最近這一段時間，班主任在課堂上沒有喊龐鳳華回答過一個問題，上課時還故意不朝龐鳳華那邊看，過去就不這樣，這些都是問題，做得過了，反而露出了馬腳。三，除了星期六，這是他們鐵定的約會時間，偶爾也會有機動。一般說來，不是星期一，就是星期三。至於他們見面的地點，玉秧暫時還沒有把握，這是玉秧的時刻表需要進一步完善的地方，需要進一步地偵察。不過玉秧相信，只要再跟蹤一些日子、觀察一段日子，所有的祕密自己就會冒出來，就像種子一定會發芽一樣。時間越長，越是能發現事態的週期性。週期性就是規律，規律最能說明問題。規律才是最大的一顆圖釘、最有威力的一顆圖釘，一用勁就能把你摁在恥辱柱子上。

實事求是地說，玉秧最初的跟蹤和挖掘只是為了完成「工作」，並沒有特別的想法。跟蹤了一些時間過後，玉秧驚奇地發現，對這分「工作」，玉秧有一分難以割捨的喜愛。「工作」多好，那樣地富有魅力，叫人上癮，都有點愛不釋手了。即使龐鳳華沒有得罪過玉秧，玉秧相信，自己也一定還是喜歡這樣的。什麼都瞞不住自己，自己什麼都能看得見。這是生活對玉秧特別的饋贈、額外的獎賞，有別樣的成就感。難怪魏向東要在同學當中培養和發展順風耳和千里眼呢。魏向東喜愛的事情，玉秧沒有理由不喜愛。自己躲在暗處，卻能夠把別人的祕密探看得一清二楚，這是多麼地美。生活是多麼地生動、多麼地斑斕，多麼叫人膽戰心驚、多麼令人蕩氣迴腸。玉秧感謝生活，感謝她的「工作」。

然而，玉秧並不快樂，一點都不。玉秧有心思，說起來還是因為匯款單的事。匯款單是一具僵屍，現在，它復活了，對著玉秧睜開了它的眼睛。玉秧都看見了，那是藍悠悠的光，是死光。玉秧再一次聽到「匯款單」是在下午的課外活動時間，魏向東老師走過來了，希望她到值班室

「去一趟」。玉秧不想去，那個地方玉秧再也不想去了。玉秧每一次看見那間房子，就要想起自己光著屁股的樣子。但是，不去看來還是不行的。事實上，魏向東一提起「匯款單」，玉秧就不聲不響地跟著魏向東去了。

匯款單就在魏向東的辦公桌子上。魏向東一言不發，玉秧也一言不發。玉秧望著桌子上的匯款單，心裡突然就是一陣冷笑，明白了，反而平靜下來了，知道了魏向東的心思。別看魏向東那麼一大把的年紀，人模人樣的，心思其實也簡單，還不就是為了摸幾下。來這麼一手，也太下作了。玉秧真正瞧不起魏向東就是從這一刻開始的。真是太讓人瞧不起了。雖說還是恐懼，但玉秧畢竟有了心理上的優勢，不慌不忙了。等著。心裡想，我倒要看看你姓魏的怎麼說，我倒要看看你如何跟我做這一筆交易。就是做，我也能好好看一看匯款單，證實了，看著它化成灰，然後你才能得手。姓魏的，我王玉秧算是把你看得透透的了。

魏向東不動聲色，從口袋裡掏出了打火機，他一定是想抽菸了。然而，魏向東沒有。魏向東一手拿著匯款單，一手拿著打火機，走到玉秧的身邊。玉秧機警地瞄了匯款單一眼，看清了，沒錯，是那一張，上頭有玉秧的筆跡。打火機點著了，橘黃色的小火苗點著的不是香菸，而是匯款單。匯款單扭轉著身子，化成了煙、化成了灰。玉秧愣頭愣腦地望著眼前的這一切，心裡還沒有重新縷出頭緒來，灰燼已經落在地上了。魏向東踩上去一腳，這一下乾淨了，就像蘇東坡所說的那樣，「灰飛煙滅」，澈底乾淨了。這一切太出乎玉秧的意料了。她偷偷瞟了魏向東一眼，魏向東還是那樣不動聲色。玉秧的心裡頓時就是一陣慚愧。魏老師一番好意，怎麼能夠那樣想魏老師呢，真是小人之心了。玉秧流下了悔恨的淚。魏向東把他的右手搭在玉秧的肩膀上，拍了一下，又拍了一下。這一來，玉秧就更慚愧了。雙手捂住了自己的臉，突然聽見「咕咚」一聲，就在自己的身邊。玉秧睜開眼，吃驚地發現魏向東老師已經跪在地上了。魏老師仰著臉，哭了。無聲，卻一臉的淚。魏老師哭得相當地醜，嘴巴張著，兩隻手也在半空張著。魏向東的膝蓋在地上向前走了兩步，一把抱緊了玉秧的小腿。「玉秧，」這一次玉秧真是嚇壞了，幾乎被嚇傻了。「玉秧，幫幫我！玉秧，快幫幫我！」玉秧心一軟，腿也軟了，一屁股癱在了地上，脫口說：「魏老師，別這樣，我求求你，想摸哪裡你就摸哪裡。」

玉秧沒有想到自己會出那麼多的血。照理說不該。哪裡來的這麼多的血的呢？鮮血染紅了整整一條毛巾，雖說有點疼，到底還是止住了。玉秧的血不僅嚇壞了自己，同樣嚇壞了魏向東老師。魏向東滿頭是汗，手上全是血，再一次哭了。但是，魏向東把玉秧丟在了一邊，似乎只對手上的鮮血感興趣，似乎只有手上的鮮血才是玉秧。他一邊流淚，一邊對著自己的手指說：「玉秧，玉秧啊！玉秧，玉秧啊！」他不停地呼喚，都有點感動人心了。「玉秧，玉秧啊！玉秧，玉秧啊！」

玉秧作了一夜的夢，是一個噩夢，被一大群的蛇圍住了。蛇多得數不過來，像一筐又一筐的麵條。它們摞在一起、攪和在一起、糾纏在一起，黏糊糊的，不停地蠕動，洶湧澎湃地翻湧，吱溜吱溜地亂拱。最要命的是玉秧居然沒有穿衣服。那些蛇貼在玉秧的肌膚上，滑過去了，冰一樣，涼颼颼的。玉秧想跑，卻邁不開步子，必須借助於手的力量，才能夠往前挪動一小步。但是，玉秧畢竟在跑，全校所有的師生都在給她加油，高音喇叭響了，高聲喊道：「玉秧，玉秧啊！玉秧，玉秧啊！」玉秧就那麼拚了命地跑，一直跑到一萬米的終點線。玉秧自己也覺得奇怪，沒有穿衣服，怎麼自己一點也不害臊的呢？怎麼就這麼不要臉的呢？高音喇叭又一次響了。有人在高音喇叭裡講話。玉秧聽出來了，是魏向東。魏向東一手揮舞著紅旗，一手拿著麥克風，大聲說：「請大家注意了，大家看看，玉秧是穿衣服的，我強調一遍，玉秧是穿衣服的！她沒有偷二十塊錢。不是她偷的！」這一下，玉秧終於放心了。有魏向東在，即使玉秧沒穿衣服也是不要緊的，只要魏向東宣布一下。宣布了，就等於穿上了。

一大早醒來，玉秧躺在床上，認定了自己是病了。動了動，並沒有不適的感覺，除了下身還有點隱隱約約的疼，別的都不礙事，一切都好好的。起了床，下來走了兩步，還是好好的。玉秧坐在床沿，知道夜裡作了一夜的夢。但是，夢見了什麼，卻又忘了。只是特別地累，別的並沒有什麼。雖然昨天出了那麼多的血，看起來也沒有什麼大不了的事，比原先的預想還是好多了。玉秧原以為自己不行了，看起來也沒有。只不過又被摸了一下，僅此而已。總的來說，雖然出血了，玉秧並沒有第一次那樣難過、那樣屈辱，好多了。長這麼大，還是第一次有人跪在地上求自己呢，更何況還是老師呢。有了這一次，往後就不是玉秧巴結他了，輪到他巴結我玉秧了。玉秧想，反正也被魏老師摸過的，這一次還是他，不會再失去什麼的。一次是摸，兩次也是摸，就那麼回事了，也就是時間加長了一些罷了。流血又算得了什麼？女孩子家，哪一個月不流一次血呢。再說了，魏向東老師已經說得很明白了，他「絕對不會虧待」自己的，會「想盡一切辦法」讓玉秧留在城市裡頭的。雖說還是一場交易，但是，這是個大交易，划得來，並不虧。魏老師都那樣了，人還是要有一點良心的。就是太難受了，說疼也不是，說舒服也不是，就是太難受了，要是能喊出來就好多了。

雖然是個孩子，關於男女之事，玉秧多少還是知道一些，也算是無師自通了。如果魏老師想「那樣」的話，玉秧說什麼也不會答應。玉秧甚至威脅過魏老師，假如他想「那樣」，她一定會喊。在這一點上，玉秧倒是十分地感謝魏老師，他一次也沒有「那樣」過。這裡頭還是有很大的區別的。魏老師說話很算數，的確沒有脫過他自己的衣裳。只要「那件事」不做，玉秧多多少少還是寬慰了。魏向東老師畢竟經歷過大的世面，處理問題還真的有他的一套，比方說，在時間的安排上，就顯示出他非同尋常的一面。他讓玉秧在「每個星期天的上午」到他的辦公室，實在出乎一般人的意料。星期天的上午，誰能想到呢？沒有誰會懷疑什麼的。很安全、很可靠了，誰也不會想到，這也是讓玉秧格外放心的地方。再說了，班裡的同學們現在都在議論龐鳳華和班主任的事，越傳越神了，誰還有心思關心她玉秧呢。

按照原來的計畫，玉秧打算在掌握了全面的情報之後再向魏向東匯報。玉秧不著急，早一天晚一天實在也沒有什麼區別，遲早總要丟丟這個小婊子的臉，弄早了反而會打草驚蛇，讓她逃脫了，反而划不來了。可玉秧到底年輕，藏不住話，她坐在魏向東的大腿上，沒有忍住，居然說了。玉秧問魏向東，知不知道「我們的班主任」在和誰談戀愛？魏向東老師猜了幾個年輕的女教師，一口氣報出了四、五個。玉秧笑笑，搖了搖頭，說不對，說是我們班的。魏向東的眼睛放光了，是那種奇異的光、古怪的光，對著一個並不存在的東西炯炯有神，甚至可以說是虎視眈眈。玉秧就覺得魏老師的目光熱氣騰騰的，有點像冒煙。魏向東說：「真的？」玉秧一定是受到了魏老師目光的鼓舞，十分肯定地點了點頭。魏向東說：「真的？」玉秧沒有再說什麼，立即回到宿舍，把日記本送到魏向東老師的跟前。玉秧就是這樣，說得少、做得多，一切讓事實自己來說話。魏向東嚴肅地問玉秧：「為什麼不早說呢？」玉秧說：「沒有調查就沒有發言權。」

一連好幾天學校裡都沒有動靜，玉秧為此失落了好幾天。驚天動地的事情發生在星期六的晚上。其實星期六也看不出什麼特別的跡象來，一切都是好好的。到了晚上，校領導不僅沒有找龐鳳華談話，反而把熄燈的時間延長了一個小時，學校裡還放了兩部打仗的電影。老師們的週末俱樂部也打開了，到處都是燈火通明的，看不出一點要出事的痕跡。九點三十分，就在平時熄燈的時刻，魏向東握著手電筒，帶領著學生處的錢主任、黃老師，教務處的高主任、唐副主任，寫過入黨申請書的教職員工，七個校衛隊的隊員，一起出動了。一彪人馬黑壓壓的，走向八二(3)班班主任的宿舍了。教師宿舍的路燈都壞了，黑咕隆咚的，魏向東他們的步伐很輕，幾乎聽不到，一路上全是他們的喘息。十幾個人喘得厲害，怎麼調息都調息不過來。他們來到班主任的宿舍門口，裡頭暗著，沒開燈。魏向東站到宿舍的門前，回過頭來用手壓了壓，示意所有的人都不要發出動靜。所有的人都不動了，除了喘息，像一棵又一棵的樹。魏向東伸出手，彎過右手的食指，用食指的關節敲門了。很輕，就好像擔心嚇著孩子似的。裡頭沒有半點動靜。魏向東伸長了脖子，小聲說：「彭老師，開門吧。」魏向東對著門板商量說：「彭老師，還是開門吧。」等了一會兒，魏向東說：「彭老師，我有鑰匙，要不我開啦。」裡頭還是沒有動靜。魏向東掏出鑰匙，插進去，還是沒有打開——鎖給拴死了。所有的人都深深地吸了一口氣。魏向東拔出鑰匙，突然扯起了嗓子，喊道：「給我砸！」手電同時打開了，一道鋥亮的光柱無比醒目地釘在了木門上，刺得人眼睛都痠。宿舍裡「咚」的一聲，日光燈的燈管蹦了幾下，亮了。班主任打開門了，那個人哪裡還像八二(3)班的班主任，哪裡還像一個講授辯證唯物主義、歷史唯物主義、政治經濟學和社會發展簡史的人民教師，絕對是一隻落湯雞，要不就是一條落水狗。人型都沒了，一根骨頭都找不到。

隔離審訊是在當天夜裡進行的。龐鳳華死不開口，直到將近凌晨三點，龐鳳華總算哭累了，開口了，一切都供認不諱。她把所有的事情都攬過去了，就好像所有見不得人的事情都是她一個人幹的。然後就是哭，死也不開口了。比較下來，班主任的態度要好得多，喝了七、八杯開水之後，你問什麼他說什麼。但是班主任的交代還是出了一些波折，突然吐血了。原來是開水燙的。這個彭老師，真是太莽撞了。那麼燙的開水，他怎麼就一點知覺都沒有的呢？怎麼喝得下去的呢？還咕咚咕咚的，看起來還是嚇呆了。好在班主任的態度還是好的，很配合。班主任什麼都交代了。第一次是怎麼吻的、誰先抱的誰、誰的舌頭首先伸到誰的嘴巴裡去了、有沒有摸、怎麼摸的、誰先摸的誰、摸了哪兒，班主任都說了。有些問題說了還不止一遍。因為魏向東不停地重複，他重複地問，班主任只能重複著說。班主任說一遍，魏向東的眼睛就亮一回，臉上的肉還一跳一跳的，彷彿很痛苦，又彷彿很痛快，十分過癮的樣子。不過，在「上床」這個問題上班主任顯得不那麼老實，老是吞吞吐吐，其實是避實就虛了。但是，魏向東怎麼能讓他的陰謀得逞呢。魏向東的追問嚴絲合縫，一點都沒有給班主任機會。魏向東說：「什麼時候上床的？」班主任說：「沒有上床。」魏向東說：「你們兩個都在床上，這麼多人都看見了。被子是亂的、床單是亂的，連枕頭都是亂的，你怎麼說沒上床？」班主任說：「是上床了，但不是那個上床。」魏向東說：「那你說說哪個上床？」班主任說：「我們是在床上，沒有那個。真的沒有那個。不是上床。」魏向東說：「是啊，到底是哪個上床呢？」班主任說：「我是說睡覺。沒有睡覺。我們沒有睡覺。」魏向東說：「誰說你睡覺了？睡著了你還能起來開門？」班主任說：「不是那個睡覺，我是說沒有發生關係。」魏向東說：「什麼關係？」班主任說：「男女關係。」魏向東說：「男女關係是什麼關係？」班主任說：「性關係。你們可以帶她到醫院去查。」為了證明他自己的話，班主任猶豫了半天，還是從口袋裡掏出了一只小盒子。班主任自己把小盒子打開了，裡頭是避孕套。班主任當著錢主任和黃老師的面數了一遍，十個。一個都沒有少。魏向東突然生氣了，拍了桌子。錢主任立即用眼睛阻止了魏向東，讓他「注意態度」。魏向東厲聲說：「這能說明什麼？嗯？你說說看能說明什麼？不用這個你就不能發生性關係了？」班主任仰起了臉。是啊，不用這個怎麼能證明他沒有發生過性關係呢？班主任不停地眨巴眼睛，突然跪下去了。他對準魏向東的腳，迅速地磕。一邊磕頭一邊說：「真的，絕對真的。想是想的，還沒來得及，被你們抓住了。」魏向東說：「說起這個問題沒有？」班主任說：「說，說起過。」魏向東說：「誰對誰說的？」班主任想了想，想了半天，說：「不是我。」魏向東說：「那是誰？」班主任說：「是她。」魏向東說：「她是誰？」班主任說：「龐鳳華。」

凌晨五點，星期天的上午凌晨五點，也就是天快亮的時候，令人失望的事情還是發生了。班主任逃跑了。本來是兩個校衛隊的同學負責看管他的，學生到底是學生，年輕瞌睡多，又沒有經驗，居然讓八二(3)班的班主任從他們的眼皮子底下逃跑了。校衛隊的隊員在校園裡搜索了好幾遍，連廁所裡都搜查過了，沒有找到班主任的影子。魏向東在六點十分向錢主任做了自我檢討。錢主任沉默片刻，並沒有批評魏向東，反而安慰魏向東說：「他沒有逃掉。他怎麼能逃得掉呢？他掉進了人民的汪洋大海。」

班主任「掉進了人民的汪洋大海」。上午十點四十五分，玉秧從同學的嘴裡聽到了錢主任的這句話。玉秧從來沒有見過大海，拚了命地想像。直到午飯時刻，玉秧也沒有能夠把大海的模樣想像出來。不過玉秧堅信，總的來說，汪洋大海比想像的還要大，無邊無際。這一點是可以肯定的。

（全書完）

等待一個人（後記）

一

一九九九年，我寫完了《青衣》，在隨後的十多個月裡頭，我幾乎沒有動筆。我一直在等待一個人。這個人是誰呢？我不知道。這句話聽上去有些可疑，但是，我的等待是真實而漫長的。

一個有風有雨的下午，我一個人枯坐在客廳裡的沙發上，百般無聊中，我打開了電視，臧天朔正在電視機裡唱歌。他唱道：如果你想身體好，就要多吃老玉米。奇蹟就在臧天朔的歌聲中發生了，我苦苦等待的那個人突然出現了，她是一個年輕的女子，她的名字叫玉米。我再也沒有料到，一個鄉村的女子會以搖滾的方式出現在我的面前。我開始騷動，但並不致命。

我愛玉米嗎？我不願意回答這個問題。我怕她。我不止一次地設想過，如果玉米是我的母親、妻子或女兒，這麼說吧，如果玉米是我的鄰居或辦公室的同事，我將如何和她一起度過漫長的歲月呢？這個虛空的假設讓我心慌。我對玉米一定是禮貌的、客氣的、得體的，但我絕對不會對玉米說，你圍巾的顏色不大對、你該減肥了。我感覺到了我們在氣質上的牴觸。我尊重她，我們所有的人都尊重這位女同志，問題恰恰出在這裡。我們之間有一種潛在的戰爭，這場戰爭永遠不會發生，然而，戰爭的預備消耗了我，我感受到了我自己的緊張，因為我感受到了玉米的緊張。

在〈玉米〉開始後不久，我就認識玉秀了。這讓我多少鬆了一口氣。首先引起我注意的是玉秀的那雙手。玉秀的手真是太漂亮了，和她鄉下姑娘的身分全不相符。我在許多畫家和戲劇演員的身上看到過這雙手。這雙手洋溢著異樣的氣質，好動，時常會自言自語，有無限的表現力，內心的縱深與祕密全在指頭上頭了。我在〈玉秀〉裡頭幾乎沒有涉及過玉秀的那雙手，她的那雙手太調皮了，正「悄悄地蒙上你的眼睛」。可是玉秀和我一起疏忽了，生活不只有被「蒙著」的眼睛，也還有一雙手。當玉秀明白那雙手是多麼地有力時，她已經倒下了。

玉秧是誰？這個問題依然纏繞著我。玉秧屬於這樣的一種人：我們天天見面，她沒有給我留下特別的印象，我相信她是簡單的、平庸的。後來，玉秧這個人就從我們的生活中消失了。有一天，我們在閒聊中提起了玉秧，或者說，有一天遠方傳來了關於玉秧的消息，所有的人都大吃了一驚——那是玉秧嗎？是的，那偏偏是玉秧。這時候我們猛然發現，我們所有的人都被玉秧騙了。玉秧不是騙子，她並沒有騙我們。但是，我們被她騙了。因為不可更改的生活環節——不是細節，是環節，我們被玉秧騙了。我們生活得過於粗疏、過於膚淺，我們與真相日復一日地擦肩而過。回頭一瞥，再大吃一驚，成了生活賜予我們最後的補充。

對我來說，玉米、玉秀，還有玉秧，她們是血緣相關的三個獨立的女子，同時，又是我的三個問題。我描繪她們，無非是企圖「創造性地解決問題」（亨利・米勒）。然而，我沒有解決問題。這是我的目光至今都沒有學會慈祥的根本緣由。我還想再一次引用亨利・米勒的話：「不要坐在那裡祈禱這種事情的發生！只是坐著觀察它的發生。」我想，我能做到的，也許只有坐著，睜著我的三角眼。

我沒有想到臧天朔的一首歌能為我帶來三位神祕的客人，因為她們，我度過了十五個月的美妙時光。我感謝臧天朔。

二

有一個問題我不能不有所提及，那就是這本書的敘述人稱。

我堅持認為這本書採用的是「第二」人稱。但是，這個「第二」人稱卻不是「第二人稱」。簡單地說，是「第一」與「第三」的平均值，換言之，是「我」與「他」的平均值。人稱決定了敘述的語氣、敘述的距離、敘述介入的程度，敘述隱含的判斷、敘述所伴隨的情感。這不是一句可有可無的話。我想強調的是，〈玉米〉、〈玉秀〉和〈玉秧〉當然都是用第三人稱進行敘述的，然而，第一人稱，也就是說，「我」，一直在場，一天都沒有離開。至少，在我的創作心態上，確實是這樣。

關於人稱，我有這樣一個基本的看法：第一人稱多少有點神經質，撒嬌、草率、邊走邊唱，見到風就是雨；第二人稱鋒芒畢露、凌厲，有些得寸進尺；第三人稱則隔岸觀火，有點沒心沒肺的樣子。這些都是人稱給敘述所帶來的局限。事實上，敘述本身就是一次局限。我在鄉村的時候遇到過許多冤屈的大媽：愛用第一人稱的基本上都是抒情的天才、控訴的高手，一上來就把她們的冤屈變成了吼叫、眼淚和就地打滾；而愛用第二人稱的潑婦居多，她們步步為營，一步一個腳印，打不盡豺狼絕不下戰場；選擇第三人稱的差不多都是滿臉皺紋的薛寶釵，她們手執紡線砣，心不在焉地說：「她呀，她這個人哪……」——欲知後事如何，且聽下回分解。當我回想起她們的時候，我想起了一個藝術上的問題，或者說，人稱上的問題，什麼樣的敘述人稱最能夠深入人心？這就提醒我想起了另一位大媽。她不吼叫、不淌眼淚、不打滾、不挺手指頭，只是站在大路旁，掀起她的上衣，她把她腹部的傷疤袒露在路人的面前，完全是有一說一，有二說二。在我看來她的驚人舉動裡有人稱的分離，彷彿是有一個「我」在說「她」的事，或者說，有一個「她」在說「我」的事。我至今記得那位大媽裸露的腹部，可以說歷歷在目，比二十一世紀另類少女完美的肚臍眼更令我心潮湧動。這正是「第二」人稱的力量。

三

我一直認為所有的藝術都存在一個「速度」的問題，即使是瞬間藝術繪畫或者雕塑。小說裡的「速度」問題則尤為重要。小說是一個流程，有它的節奏，選擇什麼樣的速度對一部作品來說一點也馬虎不得。小說的速度起碼有兩種，一，結構性的速度，事態自身「發展」的速度；第二，語言性的速度，也就是說，你敘述的速度。我發現許許多多的作品在語言的速度感上是不講究的，讀者就如同坐在一輛汽車上，駕駛員是一個冒失鬼，雖然他的絕對速度並不快，但他在忙，而你在慌。

中國作家裡頭敘述速度最快的也許是王蒙和莫言，他們是作家裡的F1車手，是舒馬赫或哈基寧。他們的語言風馳電掣，迅雷不及掩耳，所以他們的作品你最好是吃飽了再去看，否則你撐不住。而語言速度上最有控制力的則可能是王安憶和蘇童，讀他們的作品就好像在和他們拔河，一點一點地、一點一點地，你就被他拽過去了。讀他們的作品，你永遠是一個餓漢。

快和慢不存在好和壞，我只能說，快有快的魅力，慢有慢的氣度。這本書我選擇了什麼樣的敘述速度呢？我把速度問題先放在了一邊。這本書我力求讓我的讀者到「王家莊」去看一看，看清楚，把所有的角落都看清楚。這樣一來，我只能讓「馬兒哎你慢點走」。我的敘述用的是騎驢看唱本的速度，或者，我乾脆用的就是步行的速度。這是很原始的。這樣的速度傻巴拉嘰。然而，對於一個一心要讓遊客「看清楚」的導遊來說，我只能放棄「兩岸猿聲啼不住，輕舟已過萬重山」。

四

我還想在這裡談一談所謂的「寫法」。小說當然會有它的「寫法」，〈玉米〉、〈玉秀〉和

〈玉秧〉也有它的「寫法」，這一點毫無疑問。在許多情況下，這個該死的「寫法」會讓我們這些被稱作「作家」的傢伙們傷透腦筋。因為「寫法」的差異，文學變得無比地熱鬧，有了「新」和「舊」的區別，乃至於，有了「新」和「舊」的對抗。其實，我更願意把「新」和「舊」的區別和對抗放在一邊，尊重和認同「寫法」的變遷。「變遷」這個說法輕而易舉地避開了一個無聊的邏輯，無聊的邏輯是這樣下結論的：「新的就是好的，有生命力的；舊的就是壞的，快斷氣了。」

文學無語。但文學的魅力就在於，它時常會對著無聊的邏輯流露出含蓄的微笑。這種含蓄難免會帶有譏諷的意味。閱讀告訴我們，在更多的時候，文學總是在逼近了生活質地、逼近了生活祕密、逼近了生活理想的時候，綻放出開懷的笑聲。如果我們勇敢，我們一定會在「變遷」面前沉著一些，而不會爭新恐舊。爭新恐舊是文學的性格之一，所以，總體上說，文學有點癲瘋。

「寫法」是折磨人的，在你做出選擇的要緊關頭，你不得不像一次脫胎換骨的探險。有時候，你在遙不可及的前沿；有時候，就在你最初出發的地方，在路口。

當一個人被折磨得傷了神的時候，他也許就不再猶豫，反而會加倍地堅定。比如說，剛開始，我曾經想把這本書寫得洋氣一些、現代一些。寫著寫著覺得不行，不是那麼回事。我就問我自己，到底什麼是「寫法」？我對自己說：你覺得怎麼寫「通」，什麼就是你的「寫法」。文學就是這樣一點一點親切起來的，最終成了朋友。我再也不會相信脫離了具體作品之外的、格式化的「寫法」。「寫法」還能是什麼？就是我願意帶上這樣的表情和朋友說話。

五

在我寫〈玉秧〉的時候，我曾經和一位朋友有過一次有意思的談話。我們聊起了青春期，聊起了緊迫感。我說，我對青春期並沒有特殊的懷念；我對我的朋友說，我對現有的年紀非常滿意。朋友有些詫異，十分婉惜地望著我，對我說，飛宇，你老了，——你搞創作，為什麼不能保持二十歲的心態呢？老是很可怕的。

我問他，可怕嗎？

我從來不認為時光的飛逝有什麼可怕。我對我的朋友說，如果我永遠十八歲，那麼，我三十八歲的作品誰替我寫？我六十八歲的作品又是誰替我寫？我的「青春期書寫」已經完成了，假如我的作品永遠呈現的都是「二十歲的心態」，我會對我表示出最深切的失望。謝天謝地，我已經三十八歲了，我很滿意我可以寫出三十八歲的東西了。將來我六十八歲了，我還渴望我能夠寫出六十八歲的東西。一個藝術家的藝術創作能夠完整無缺地展示他的一生，我認為，那才是一個藝術家最大的幸運。

我的年紀一年比一年大，作為一個寫作者，我沒有任何的抱怨，相反，我感謝時光。時光會使我們一天又一天地老去，但時光同樣會使我們一天一天地豐富起來、睿智起來。時光有她絕情的一面，然而誰也不能否認，時光也有她仁慈的一面。比方說，在我們的內心，時光總能留下一些東西。有時候，時光可以超越你的智商、氣質、意志、趣味，使你變得像目光一樣透明。我堅信這個世界上沒有天才，如果有，那一定和時光有著千絲萬縷的聯繫，我們原本沒有的東西，時光會有所選擇地賦予我們。

我不敢說《玉米》這本書有多麼的出色，可是我可以負責地說，這本書我在二十歲的時候是寫不出來的。儘管我二十歲的時候自視甚高，比現在還要自負。

畢飛宇

二〇〇二年十一月
於南京龍江小區

畢飛宇作品集 04

玉米

著者 畢飛宇
責任編輯 薛至宜
發行人 蔡文甫
出版發行 九歌出版社有限公司
臺北市105八德路3段12巷57弄40號
電話/02-25776564・傳真/02-25789205
郵政劃撥/0112295-1
九歌文學網 www.chiuko.com.tw
印刷 晨捷印製股份有限公司
法律顧問 龍躍天律師・蕭雄淋律師・董安丹律師
初版 2005(民國94)年11月10日
初版6印 2015(民國104)年12月
定價 250元

書號 0111404
ISBN 957-444-270-5
(缺頁、破損或裝訂錯誤,請寄回本公司更換)

國家圖書館出版品預行編目資料

玉米／畢飛宇著. -- 初版. --臺北市：
九歌，〔民94〕
面； 公分. --（九歌文庫；742）
ISBN 957-444-270-5（平裝）

857.7 94018920